D1492676

Ietje Liebeek-Hoving

Bloemen
in de nacht

Westfriesland

ISBN 978 90 205 3112 1
NUR 344

Eerste druk in deze uitgave
Oorspronkelijke uitgave © 1999 Zomer & Keuning familieromans, Kampen
Omslagontwerp: Hendriks grafische vormgeving, Kampen
© 2012, Uitgeverij Westfriesland, Utrecht

www.uitgeverijwestfriesland.nl

Deel één

HOOFDSTUK 1

Ze wil het niet, Roosmarijn Walda, maar iets in haar is sterker: ze móet hem kwetsen, die volmaakte broer van haar! 'Goeie mensen, Mels,' zegt ze op lijzige toon, 'waarom ben jij eigenlijk niet het klooster ingegaan? Kan tegenwoordig ook als je niet katholiek bent, hoor. Fijn mediteren en stille tijd houden, in de moestuin werken en bidden voor al die stakkers die dénken dat ze christen zijn. Maar jíj, jij weet wel beter, natuurlijk! Dat Robien het met zo'n halve heilige volhoudt! Volgens mij heb je in al die jaren van jullie verkering nooit meer uitgewisseld dan zoentjes, en ach, handje vasthouden zal er ook wel...'

'Zwijg, Roos, je weet niet wat je zegt.' Kalm en kort klinkt zijn donkere stem.

Roosmarijn opent haar mond, ziet dan die felle gloed in Mels bruine ogen en klapt haar kaken op elkaar.

Zwijgend blijven hun ogen in elkaar gevangen: haar amberkleurige, zijn nu bijna zwarte. De stilte begint loodzwaar te worden, maar Roosmarijn geeft niet zomaar op: híj zal de eerste zijn die de ogen neerslaat, niet zij. Daar moet-ie niet op rekenen, die halfzachte kwezel met z'n preken over het 'heiligen' van de zaterdagavond! Haar adem stokt als ze zijn tranen ziet en ja, dan slaat zij toch als eerste haar ogen neer. Een hete blos vliegt naar haar blanke sproetengezicht, haar handen klemt ze stijf ineen achter haar rug. Ze zou hem het liefst willen omhelzen, de tranen van z'n ogen wissen. Maar nee, haar akelige trots staat haar weer eens in de weg.

Ze kijkt beschroomd op als hij luid tetterend z'n neus snuit en zoekt vragend zijn blik. Ze zijn weer warm, de ogen van haar geliefde, gehate broer Melchior.

'Dom meissie,' zegt hij zacht en hij strekt zijn armen uit. Hun omhelzing is goed en veilig.

'Kom eens even hier,' sommeert hij even later en hij klopt op de bank waarop hij is gaan zitten.

Roosmarijn schuift naast hem, toch alweer wat geërgerd door wat ze zijn 'domineestoontje' noemt. 'Nu?'

'Ja, nú!' zegt hij schertsend.

Roosmarijn wil hem afbekken, maar weet zich te beheersen; ze mag zijn humor wel, al zou ze dat nooit hardop zeggen.

'Weet je, zusje, over dat feest... Ik wil je niets inpeperen of zo, maar joh, je wéét toch hoe het eraan toegaat in die tent? Ik heb je zelf een keer tegen mam horen zeggen dat ze daar ook van die troep verkopen, en laatst... die slachtoffers van die atropine, dodelijk spul in die pillen! Ik, nee... wíj kunnen en willen je niet missen, Roosje, snap dat nou toch! Ik heb er heus geen behoefte aan de zedenmeester uit te hangen – en tussen twee haakjes, ik ben ook niet die 'monnik' voor wie je mij verslijt, vraag gerust aan mijn Robijntje – maar... Ach, ik ga het hele verhaal niet opnieuw afsteken, je bent wijs genoeg om je eigen beslissingen te nemen. Maar als jij vanavond naar Happy House gaat met – kom, hoe heet je nieuwste vlam? – Tjibbe, dan lukt het jou niet morgen om halftien fris in de kerk te verschijnen. Het is tenslotte al vaker gebeurd dat je je versliep of een barstende koppijn had van de drank. Je wéét toch dat je pap en mam daarmee verdriet doet?'

'Ze hebben niets meer over mij te vertellen, ik ben nota bene vierentwintig, je denkt toch niet dat ik...'

'Ik denk dat jij er niet op uit bent die lieve mensen verdriet te doen, wat meer is, daar ben ik van overtuigd! Enne... wat mij betreft, ík kan niet zonder dat geestelijk voedsel, door de week niet, en op zondag al helemaal niet. Ik tank bij om er weer tegen te kunnen, tegen m'n toch wel hectische studentenleventje in Leiden. Ik heb Gods hulp hard nodig om die studie te kunnen doen, het gaat me bepaald niet makkelijk af, dat weet je. Robien en ik zitten wat dat 'geestelijk voedsel' betreft gelukkig op dezelfde golflengte. Dat is een zegen, hoor, het is immers het fundament van ons bestaan! Weet je, jij zou...'

Roosmarijn springt op en duwt zijn hand weg. 'Zo kan-ie wel weer, Mels, de boodschap is duidelijk! Ik ga me optutten, Tjib kan over een kwartier op de stoep staan. En eh... nou ja, toch bedankt.'

Melchior Walda kijkt haar na, z'n springerige zus met haar tengere maar ó zo vrouwelijke figuurtje. Haar rossige wilde krullen, die tot bijna op haar smalle achterwerk vallen. Roos... wat gaat er écht in jou om? En waarom heb ik zo vaak dat akelige gevoel, de beangstigende gedachte dat je me haat? Hij zucht eens diep, geeuwt dan hartgrondig en sjouwt de twee trappen op naar zijn 'kroondomein', zoals hij z'n fraaie, torenachtige zolderkamer betitelt. Studeren... báh. Maar goed, hij gaat ervoor. Volgende week tentamens én een scriptie. Brr, droge kost, maar niettemin staat hij nog altijd volledig achter zijn studiekeuze en hij nadert de eindstreep!

Hij huivert als hij achter zijn massieve bureau schuift en dan pas dringt het tot hem door dat de stevige wind die zich in de namiddag deed gelden, is aangewakkerd tot stormkracht. Felle regenvlagen striemen de boogvensters. Hij schiet snel een warme trui aan over zijn sweater en is binnen vijf minuten verdiept in zijn werk.

Roosmarijn keurt van top tot teen haar spiegelbeeld. Ja, ze mag er zijn, ondanks haar wipneus, haar sproeten en haar te volle rode lippen.

'Lekker pruilbekkie,' vindt Tjibbe Hovinga. En nog andere, pikantere uitspraken geeft hij vaak ten beste. Is ze eigenlijk nog wel zo gek op die jongen? Ze strijkt langs haar heupen, brengt haar gezicht wat dichter bij de spiegel en zet het lijntje onder haar ogen nog iets sterker aan. Zo, ze is dik tevreden, en verder geen gezemel. Houdt ze niet van, dat laat ze liever aan Mels over.

Hé, die wind gaat aardig tekeer, dat haar dat nu pas opvalt! En het regent niet gewoon, het hóóst! Ze rilt en trekt haar schouders op, zich afwendend van haar spiegelbeeld; de bezorgdheid in haar ogen wil ze niet zien. Maar ze kan er niet omheen: pap, mam en Willemijntje zitten nu naar alle waarschijnlijkheid op de dijk Enkhuizen-Lelystad. Vanochtend vroeg waren ze met stralend weer vertrokken naar Hoorn, om omi Walda's verjaardag te vieren. Zij had er totaal geen zin in gehad, en bovendien, omi is zo dement als een deur, die beseft niet eens dat ze bezoek heeft. Of dat misschien nog wel, maar aan mem Maaike vraagt ze steevast: 'En mevrouw, wat brengt u hier?' En dan zegt Willemijntje giechelend: 'De auto, omi!'

En pap, de lieverd, sjouwt het ouwe mensje overal mee naartoe, praat honderduit tegen z'n moeder, die steeds vaker beweert nooit kinderen te hebben gehad. Triest. Hoe dan ook, zij past ervoor, zo'n bezoek is voor haar, Roos, domweg een bezoeking! Ze gniffelt even om die woordspeling, sluit dan de kastdeur, graait haar tasje van het bed en stuift de trap af.

Ze is amper beneden of de bel gaat. Ze opent de zware voordeur, die haar bijna uit de handen zwiept.

'Zo, poppie,' zegt Tjibbe grijnzend als hij haar uitgebreid gekust heeft en een tikje tegen haar achterste heeft gegeven, 'ik dacht: laat ik maar eens komen aanwaaien!'

Hij lacht hinnikend om zijn eigen grap en abrupt duwt Roosmarijn hem van zich af. 'Je stinkt naar knoflook,' zegt ze bot, 'en hoe vaak moet ik je nog zeggen dat ik niet gediend ben van zo'n macho-klap tegen m'n achterste!'

'Lekker temperament, lekker kontje,' zegt Tjibbe, opnieuw

met een grijns, 'dat mag ik wel, daarom val ik juist op je, Roosjemijn!'

'Als je maar niet op je gezicht gaat, en mag ik je eventjes corrigeren? Ik bén jouw Roosje niet, ik ben van niemand, snappie?'

Tjibbe haalt nors zijn schouders op, en doet er verder het zwijgen toe. Ze moest eens weten hoe onzeker hij vaak is, hoe bang haar kwijt te raken...

'Kom, laten we gaan, anders blijf ik net zo lief thuis met dit hondenweer.'

Eenmaal in Tjibbes Pandaatje rijden ze in een onaangenaam stilzwijgen naar Happy House. Even later in de disco schreeuwt de muziek, of wat daarvoor door moet gaan, haar in de oren en de lichtflitsen in alle kleuren van de regenboog maken haar draaierig. Wat dóet ze hier eigenlijk! Ineens, in een moment van luciditeit, begrijpt ze wat Mels bedoelde. Leeg, kil is het hier, ondanks de drukke toestanden en de hitte van zwetende lijven.

Dan schudt zij haar krullen echter naar achteren, neemt Tjibbes hand en sleept hem haast naar de dansvloer. En ze danst, ze danst tot ze er bijna bij neervalt. Ze drinkt; eerst bier, dan wijn, dan een glas port. En wéér swingt ze, ze gooit haar armen in de lucht. Hier kun je heerlijk uit je dak gaan, hier... een golf van misselijkheid, Tjibbe die vloekt als zij z'n nieuwe shirt onderkotst. Het gelach, gekrijs. Weg! Ze wil weg van hier, weg van Tjibbe. Nooit zal ze hier nog een voet over de drempel zetten!

Eenmaal buiten geeft ze nogmaals over. Dan dwingt ze zichzelf te gaan lopen. Ze vecht tegen de storm, de regenvlagen zwiepen als gemene, bijtende twijgen tegen haar wangen. Ze vecht zich in haar veel te dunne jas een weg naar huis. Huis, thuis...

Eindelijk! Het Blauwe Haventje. Ze snikt van opluchting als ze de wagen van pap ziet staan. Thuis, ze is thuis! Later koestert ze zich in de warmte van haar bed, maar meer nog in de gloed van het zich geborgen weten in hun gezin. Voor ze wegdoezelt fluistert ze haperend een gebedje uit haar kinderjaren.

Die nacht eist het noodweer twee slachtoffers in hun dorpje. En Mels' kroondomein is ontluisterd; een venster is totaal vernield en beneden in de tuin liggen her en der leistenen dakpannen te glimmen in de regen die van geen wijken weet.

HOOFDSTUK 2

Willemijntje Walda kauwt fronsend op het knopje van haar ballpoint; ze wil zo graag schrijven, maar ze weet niet precies hoe ze moet beginnen. Haar bolle toet licht op, ze gaat over de storm van gisteren vertellen! Aan zichzelf vertellen. Niet dat dit een dagboek is, maar écht schrijven, dat wil ze later heel goed kunnen en dan kunnen anderen het ook lezen. Ja, ze gaat een echt boek maken, want ze kan al bijna zonder fouten schrijven! Met het puntje van de tong uit haar mond begint ze.

Er was eens een meisje. Ze was zeven jaar en moest dingen gaan skrijven, want ze wou skrijfster worden. Ze keek uit het raam en zag de boze wind die kon haar lekker niet pakken!
Laatst waren er dakpannen van het huis gewaaid en dat was eng, hoor maar ze was niet bang en nou ook niet. Niet echt. Binnen is het warm en veilig. Zei haar grote broer. Zij hield veel van hem zijn stem was rustig en aardig.
Het raam lachte de wind uit. Ha, jij kunt tog niet binnenkomen!! Het meisje had het heel druk vooral in haar hoofd met denken over alle dingen. En over haar grote broer en zus. De zus was wel lief maar soms niet, hoor dan skreeude zij tegen Damian. Damian was een mooi naam vond ze, het kleine meisje. En haar zus heette Floortje en, zei papa dat heeft te maken met bloemen. Maar bloemen zijn tog zacht en Floor haar stem was te hard. Wel vrolijk maar zo hoog dat deed het kleine meisje pijn in haar oren en ook ergens in haar borst. Zoiets tenminste. Toen dacht het meis-

je mijn naam past goed bij mij want ik heet Esmeralda en
dat is van een edelsteen smaragd. Soms is water net sma-
ragd zei papa en dat zag het meisje wel, hoor!
En haar moeder was ook lief maar dan anders met strakke
ogen. En een lage stem net of ze uit haar buik praat nee
niet zoals zo'n pop. Ha ha lachtte het meisje Esmeralda en
van hun achternaam heten zij Waterlander dat was grappig
want ze woonden dicht bij het meer het Snitsjermeer en
toch op het land niet in een boot.
Toen dacht Esmeralda dat is toch raar hoor want ze had
net gelezen dat waterlanders ook tranen betekent. Nou ja
soms moest ze huilen als Floor skreeude tege Damian
omdat ze was bang voor ruzie. papa ook en Damian maar
moeder niet zo erg. Die zei koppen dicht. Dat vond haar
vader niet netjes. Koppen bedoelde hij want zeg dan mond!
En ze woonden in een heel leuk huis dat was een statsjon
geweest en helemaal geverboud. Skrikkelijk mooi! En toen
dacht Esmeralda wij zijn gelukkig want sommige kinderen
hadden altijd ruzie met hun vader en moeder. Nou die van
haar niet, alleen as mam niks zei. Dat was wel akelig hoor!
Maar het kamertje van Esmeralda was heel erg prachtig je
keek so over de tuin en de bomen en het meer. Soms met
heel veel kleuren, ja ook smaragd!
En toen riep de moeder eten en toen moest ze gelijk naar
beneden en dat was jammer hoor maar het rook lekker.
Hutspot.
En na het afwassen ging Esmeralda verder skrijven want ze
kon bijna niet meer stoppen!

Roosmarijn hoort de dringende stem van haar moeder.
Báh, ze heeft totaal geen zin in eten en dan dat zogenaamd
spontaan uitwisselen van wat iedereen die dag beleefd
heeft. Ach, ze moet maar meteen gaan, ze hoorde het brave
Willemijntje al zingen op de trap. Willemijntje, haar kleine
zusje... Zo jong en toch al zo wijs. En lief. Nee, tegen Mels

en 'us famke' moet zij het per definitie domweg afleggen; zijzelf is nu eenmaal een kreng. Niet altijd, natuurlijk niet. Maar soms...

Tijdens sommige gesprekken, vooral die tussen Mels en haar, geniet ze ervan roet in het eten te gooien. Vaak door een rotopmerking, het liefst eentje die hard aankomt. Een naar trekje. Nou ja, er is nog hoop, verzucht ze in gedachten als ze de trap afrent; moeder had nu werkelijk kwaad geklonken. Tja, misschien wordt het toch eindelijk eens tijd om zelfstandig te gaan wonen.

'Wat ben jij stil,' zegt Maaike tegen haar oudste dochter, 'je ziet eruit alsof je je laatste oortje versnoept hebt.'

'Há!' gilt Willemijntje, 'hoe kan dát nou? Je oor opeten, da's vast heel vies!' Ze schatert het uit.

Gefascineerd kijkt Roos naar dat olijke ronde kopje met de diepe kuiltjes in de bolle wangen; een toonbeeld van levenslust. Het witblonde gladde haar, de ronde donkerblauwe ogen met de lichte wimpers, het lachgrage kleine mondje met de frisrode lippen. 'Stel je niet zo aan, stom wicht!' Ze hoort het zichzelf zeggen, en ze heeft er onmiddellijk spijt van. Maar ze laat zich niet kennen, wat haar betreft is de maaltijd voorbij; het bijbellezen en danken, toch al zo obligaat, slaat ze dan maar een keertje over. Ze staat abrupt op en beent de kamer uit.

Maaike Walda staart door het behuilde venster van haar antiekwinkeltje naar de troosteloze tuin. Ze is bedroefd, en ziet er ondanks haar forse, statige gestalte, haar scherpe gelaatstrekken en zware wenkbrauwen – die altijd lijken te fronsen – kwetsbaar uit. Kwetsbaar en gedeprimeerd, en zo vóélt ze zich ook...

Anneriek van de slager, tijdens dat noodweer... Onderweg naar het ziekenhuis overleed zij, twintig lentes jong. Haar schedel was grotendeels verbrijzeld door een enorme tak van een eik, die niet bestand bleek tegen dat oergeweld en afbrak...

En dan Wilco Tolsma... hij zou de dag na het ongeluk zijn zestigjarig huwelijk vieren met zijn Lobke. Hij was, tegen de smeekbeden van z'n vrouw in, toch op z'n fiets gestapt – ik ben nog zo vitaal als een jonge vent! – en was op de bochtige weg richting Sneek met fiets en al het water in gezwiept door de meedogenloze storm. Hij stond niet meer op uit die smalle, ondiepe sloot; hij stierf ter plekke aan een hartstilstand. Misschien, tobt Maaike, mísschien, als er iemand anders in de buurt was geweest, zouden ze hem hebben kunnen reanimeren. Als... maar er was geen 'als'.

Wilco Tolsma, de atheïst... Dag in dag uit hadden hij en zijn Lobke aanvaringen, en ook in gezelschap konden ze elkaar soms genadeloos afkraken. Maar nu! Lobke is Lobke niet meer, ze lijkt in de korte tijd na de dood van Wilco nóg kleiner en gebogener te zijn geworden en haar altijd nog zo vinnige oogjes – zwartbruin – lijken overtrokken door een troebel waas. Ze hadden niet mét elkaar kunnen leven, maar zéker niet zonder elkaar, denkt Maaike. Ze zucht diep.

Ze vouwt haar handen en praat met God. 'U weet, Heer, dat Anneriek vol was van Uw geest. U weet evenzeer dat Wilco niets van U wilde weten. Maar dank U, Vader, dat het niet aan ons armzalige mensenkinderen is te oordelen, laat staan te véroordelen. Waar elk menselijk kunnen tekortschiet, komt Uw eindeloze goedheid des te meer aan het licht. Wees met hen, Vader in de hemel, die zo intens verdrietig zijn, wees met allen die geen uitweg meer zien. Maar leer ons ook het goede te blijven zien, zodat we dankbaar genieten hetgeen we van U ontvangen hebben. Heer, wees ook met ons gezin. U weet dat Sietse en ik veel zorgen hebben om Roosmarijn. Ik leg de namen van mijn kinderen in Uw handen, drievuldig God! Amen.'

Ze opent haar ogen, Maaike Walda, en keert zich af van

het raam; vrolijk dansen de vlammen achter de micaruitjes van de oude gietijzeren potkachel. Haar winkeltje! De oude stormlantaarns, diverse antieke scheepsbellen, een wat gehavend zwaard van een reeds lang vergane kotter, een kompas en nog veel meer unieke maritieme stukken. Kom, ze moest maar eens aan de slag: de kassa controleren en afsluiten, hier en daar wat schoonpoetsen en dan via de smalle, lange gang naar hun woonhuis. Naar haar warme, in cottage-stijl gedecoreerde woonkeuken. Sietse zal straks zeker een stevige trek hebben, na zijn inspectieronde bij de jachthaven. De erwten had ze gisteren al geweld, het zou een puur Hollandse snert worden! Net als haar mem die nog altijd maakt. Eenmaal in de keuken neuriet ze tevreden, terwijl ze achter het fornuis met de oude marmeren schouw erboven staat te kokkerellen. Tot ze abrupt stopt. Roos... Wat is er toch mis met hun Roosje? Ja, voor de buitenwacht lijkt ze fleurig genoeg, een zorgeloos zieltje. Maar zij, de moeder, schouwt dieper: achter die vlotte meid gaat een onzekere jonge vrouw schuil. Ze weet het, zonder het te kunnen duiden. Roosmarijn, die toch alles mee heeft: haar leuke koppie met de prachtige bos krullen, haar ranke figuurtje. De aandacht van zo veel jonge mannen – ook wel van oudere trouwens – en... ja, toch ook een thuis waar zij met liefde omringd wordt. Roosje, waarom? Waarom pest je je zusje, wáárom probeer je altijd maar weer Melchior te kleineren, conflicten uit te lokken? Och, je hebt vaak meteen spijt, kunt ook 'sorry' zeggen, maar tóch...

'Hé, schatteboutje van me, het ruikt hier weer best!'

Maaike laat de houten lepel met een plons in de soep vallen. 'Mán, ik schrik me wezenloos!' Ze slaat haar hand tegen haar keel.

'Ach, lieveling, het spijt me. Maar waarom moest je nou toch zo schrikken? Je kent mijn stemgeluid toch langer dan vandaag en je weet toch dat ik nu eenmaal klink als een klaroen? Je stond te piekeren, is het niet? Nou, biecht maar op, Maaike Walda, ik roer ondertussen wel even in die prut.'

'Die prút! Man, je moest eens weten hoeveel tijd er in het voorbereiden en klaarmaken van onvervalste snert gaat zitten. O, wacht, zou ik bijna de worst vergeten, ik...'

'Daar trap ik niet in, jongedame, in die afleidingsmanoeuvres van jou.' Maaike grinnikt tegen wil en dank. 'Jóngedame nota bene! Ik met m'n vijftig jaar, m'n rimpels en een drilpudding van een onderkin. Of je bent slechtziend, of liefde maakt écht blind. Nou, wat is het?'

'Eerst jouw antwoord, Maaike. En tussen twee haakjes, ik ben dol op drilpudding met rimpels, dus dat komt goed uit. Maar oké, ik wacht!'

Maaike heeft de pollepel weer overgenomen en roert driftig in de heerlijk geurende soep. Sietse ziet hoe ze haar schouders wat optrekt, iets wat ze altijd doet als ze gespannen is. 'Het gaat... ik bedoel eh... Ach, nou ja, ik maak me nogal zorgen over Roosmarijn!'

'Roosje?' vraagt Sietse verbaasd. 'Hoezo, is er iets gebeurd, iets akeligs? Nee? Nou, waar maak je je dan druk over, gek mensje? Jij ziet ook altijd leeuwen en beren op de weg, zélfs op het Snekermeer!'

Nu gaat de pollepel kopje-onder. Maaike keert zich af van het fornuis en kijkt haar man woedend aan. 'Jíj! Zoek de zonzij; wie dan leeft, wie dan zorgt; alles sal reg kom... Ik kén ze inmiddels wel, al die clichés waarmee je elk probleem uit de weg gaat, Sietse Walda! Maar vergis je niet, zo zit het leven niet in elkaar. Er gaan dingen mis, en niet alleen ver van ons bed! En dan, als Roos weer eens afgeeft op Mels, altijd vergoelijk je dat. Ze meent het niet zo kwaad, ze is toch een toffe meid, in elk gezin is weleens wat... en gá zo maar door. Weleens gehoord van struisvogelpolitiek? Nou, daar ben jíj een meester in, jij...'

'En dan nog havenmeester ook,' zegt Sietse met een scheve grijns. Als zijn vrouw opnieuw wil uitvaren, heft hij bezwerend zijn handen op.

'Ho, ho, nu laat je míj even uitpraten, Maaikemijn!'

Hij trekt haar tegen zich aan, en zij? Maaike Walda voelt zich de gelukkigste vrouw van het universum. Steeds maar weer krijgt hij het voor elkaar haar te vertederen. Maar ze wil evengoed haar zorgen met hem delen! Ook al is Roosmarijn dan vierentwintig, ze woont nu eenmaal nog thuis en zíj heeft als moeder toch het meeste contact met de kinderen. Hun kinderen, geboren uit liefde voor elkaar. Liefdespanden, van God te leen gekregen, want ten diepste zijn het Gods kinderen. Ze heft haar hoofd op naar haar lange robuuste man en trekt even speels aan zijn snor. Hij kust haar en Maaike voelt zich weer helemaal verliefd. Maar haar nuchtere, praktische kant zorgt ervoor dat ze zich desondanks losmaakt uit zijn omhelzing.

Ze doet een stap achterwaarts en verwoordt wat haar in Roos' gedrag beangstigt. 'Ze is nota bene nog steeds aan het puberen!'

'Lieverd,' reageert hij kalm, 'ik weet ook heus wel dat er iets aan schort, Roos zit niet echt lekker in haar vel. Maar weet je, als ze ergens mee zit, moet zíj ermee komen, wij kunnen haar vertrouwen niet afdwingen. Wie weet heeft ze weer eens liefdesverdriet. Nee, zonder gekheid, het zou toch kunnen zijn dat ze bang is alleen te blijven? Ja, ik wéét dat ze nog bloedjong is, en aan aanbidders geen gebrek heeft. Maar wij weten niet wat er in haar hoofdje omgaat. Al haar vriendinnen zijn inmiddels aan de man, om het zo maar eens te zeggen, sommigen zijn al getrouwd en hebben een kleintje. Dat is jou toch niet ontgaan? Maar gelukkig heeft ze veel aan haar vriendschap met Evie Landheer. Fijn meidje, precies de goeie tegenhanger voor ons vlindertje. Hoe dan ook...'

'M'n snert brandt aan!' Snel draait Maaike het gas uit en dan lachen ze samen.

Hoewel het buiten inmiddels donker is en de regen in

stromen langs de vensters loopt, is het binnen veilig en goed.

De snert blijkt toch nog 'uit de kunst' te zijn, aldus Willemijntje. Het is een uitdrukking die ze pas heeft opgedaan en nu gebruikt ze hem te pas en te onpas.
Maaike trekt licht haar schouders op en kijkt met een schuin oog naar Roosmarijn. Maar die zit wat voor zich uit te staren en schijnt niet eens te proeven wat ze eet. Och, laat ook maar, denkt Maaike, liever een zwijgende Roos dan een boze Roos!
Vanaf de andere kant van de tafel knipoogt Sietse naar haar. Maaike wordt warm vanbinnen, doorgloeid van liefde.

HOOFDSTUK 3

Sietses gedachten gaan gedurende de maaltijd zo hun eigen gang. Maaike... zijn liefste! Hij is de enige die haar wezenlijk kent, die verder kan en mag kijken dan haar stoere, zelfverzekerde buitenkant. Ze is wat zwaar op de hand, maar ach, juist daarom past ze zo goed bij hem. Zij zet hem aan tot wat dieper schouwen, zoals nu met Roosmarijn.
Is er nou echt iets mis met dat meidje? Ze ziet er inderdaad niet bepaald fleurig uit. Hij moest haar maar weer eens zien te porren voor een pittige wandeling. Roos houdt, net als hijzelf, van vechten tegen de wind, van de regen op je gezicht voelen. Dan zijn ze in hun element. Ja, ook als de lente zich openbaart en de zomer uitbundig feestviert, zijn ze vaak buiten te vinden. Dat hebben de anderen trouwens ook, Maaike, Mels en ook Willemijntje. Al moeten ze die kleine wat ontzien, want ondanks haar uiterlijk van Hollands welvaren heeft ze snel een koutje te pakken. Maar verder is het een vrolijk kind, al heeft ze beslist een wat filosofische instelling: alles wil ze begrijpen, ze vraagt je de oren van het hoofd! Soms over zaken waar ze volgens hem nog lang niet aan toe is.
Hier thuis is het echter de gewoonte dat niemand met een kluitje in het riet gestuurd wordt. Willemijntje krijgt op haar niveau antwoord op haar vele vragen, en een van hun stelregels is: 'Laat nooit de zon ondergaan over een opwelling van je toorn.' En daar houden ze zich – en zo nodig elkaar – aan!
Na de afwas zegt hij: 'Roos, zin in een frisse wandeling?' Hij ziet hoe Maaike haar schouders wat optrekt; zo zeker

als ze overkomt is ze dus écht niet. Ze is bang voor een nare reactie van hun oudste dochter.

'Hmm, ik weet niet, ik moet eigenlijk nog studeren. Toch wel moeilijk, hoor, zo'n schriftelijke studie Frans. Nou ja, ik heb natuurlijk m'n cassettes en zo, maar toch...'

'Nou, wat wordt het? Frans of ik?' zegt haar vader schertsend.

Haar smalle gezichtje bloeit open in een stralende glimlach: 'Frans kan in nog geen honderd jaar tegen jou op, heit, ik ben je man!'

Willemijn gilt van het lachen. 'Hoe kán dat nou, jij bent een meisje!'

'Nou, een óud meisje, zuske.'

Maaike haalt opgelucht adem, laat haar schouders zakken en zegt dan: 'Maar eh... het is toch eigenlijk geen weer voor een...'

'Frisse neus? Altijd, mem! Kom op, ga je goed inpakken, heit, je wordt toch een dagje ouder, en ik...'

'Hou eens op met dat geblaf!' snauwt ze plotseling tegen haar zusje, wier lachbui is overgegaan in een heftig gehoest. 'Drink een slok water en doe normáál!'

Maaike zucht, en kijkt dan bezorgd naar Willemijntje. Dat famke heeft het echt benauwd, denkt ze. 'Haal jij dan even water voor haar, Roos, en let een beetje op je woorden, wil je? Je zíet toch dat die kleine het Spaans benauwd heeft?!'

'Eh ja, sorry, ik vlieg al!'

Als Sietse en Roosmarijn, gehuld in hun regenpakken, even later om het hoekje van de kamerdeur gedag zeggen, schrikt Sietse. Wat ziet Willeke bleek! Als ze maar niet weer bronchitis krijgt. Vorige herfst was ze er wekenlang flink ziek door geweest.

'Kom, pake, nu of nooit!' Roosmarijn schudt aan zijn arm. Hij kijkt haar wat verdwaasd aan en knikt dan. 'Ja, we gaan eropuit. Reken maar gerust op een uur of anderhalf, Maaikelief. En Willeke, kruip jij maar vroeg onder de wol, schat, je ziet er een beetje moe uit. Vergeet je hoestdrankje niet, hè. Ja, je wilt toch weer van die lekkere rode wangetjes hebben als Mels overmorgen komt? Anders weet-ie niet eens zeker of jij Willemijntje wel bent!'

Weer schatert het meiske en opnieuw komt het haar op een akelige hoestbui te staan.

'Ga maar,' zegt Maaike rustig, 'ik zorg heus goed voor ons liefste popke, niet soms?' Sietse glimlacht en sluit dan, als Roos langs hem heen is geglipt, zacht de kamerdeur. Hij moet wat meer vertrouwen hebben, en nu zijn aandacht op Roosmarijn richten!

Eenmaal buiten blijkt een gesprek vooralsnog niet mogelijk; het plenst nog altijd en de wind blaast toch ook nog een aardig partijtje mee. Stevig gearmd zetten ze er de pas in.

Roosmarijn voelt zich gelukkig nu, heits onverdeelde aandacht is voor haar! Hoeveel uren zouden ze al samen gelopen hebben? Elk seizoen, vanaf haar peutertijd? Kostbare uren, die ze altijd heel bewust had gekoesterd; ze gaven haar de bevestiging die ze zo broodnodig had... en heeft. Ze fronst en vraagt zich af waarom ze toch altijd het gevoel heeft dat ze iets tekortkomt. Is het mems gedrag tegenover haar? Is het omdat zij nou eenmaal een vrolijke Frans is, of liever gezegd, líjkt? Of is het toch jaloezie? Jaloezie op haar brave, geliefde zowel als gehate broer, op haar vrolijke, gehoorzame zusje? Ze komt er niet uit.

'Wat dacht je ervan? Zullen we even ons stamkroegje binnenwippen voor een onvervalst kruidenbittertje?!' Sietse schreeuwt boven de regen en wind uit.

Roosmarijn knikt lachend en zegt: 'Zien we tenminste wat we zeggen.'

Na ruim drie kwartier zijn ze inderdaad wel toe aan een hartversterking, en als ze eenmaal achter hun Beerenburg zitten en af en toe ervan nippen, voelt Roos pas hoe rozig ze is. En straks moeten ze dat hele eind nog terug! Maar nee, ze laat zich niet kennen. Stel je voor, zeg, heit zou haar vierkant uitlachen en vragen of hij soms een rijtuig met koetsier moest optrommelen.

'Roosje?'

Ze kijkt abrupt op en denkt: wat klinkt heits stem vreemd! Haar ogen kijken vragend en ze trekt nerveus met haar mond.

'Is eh... gaat het goed met je, famke?' begint hij aarzelend. 'Ik doel niet op je werk, ik weet dat je daar een kei in bent en het nog leuk vindt ook, of eigenlijk andersom. Nou ja, je snapt wel wat ik...'

'Nee,' zegt Roos kort. Haar amberkleurige ogen staan afwerend, de volle lippen zijn stijf op elkaar gedrukt.

Oei, waar is hij aan begonnen? Maar anderzijds, geen flauwekul. Roosmarijn is tenslotte een volwassen jonge vrouw. Hij mag vragen stellen, zij mag ze al dan niet beantwoorden. Maar meteen die felle blik, ze is toch verdraaid geen púber meer? Of heeft Maaike toch gelijk?

Zie je wel, mokt Roos, het kan ook nooit es gewoon goed zijn. Wat wil heit in vredesnaam van me horen? Dat ik me beroerd voel, dat ik het thuis soms niet oké vind, dat ik Mels haat, dat ik...? Hier stokken haar gedachten en ze bedenkt: heit mag dan nóg zo'n optimistische levensinstelling hebben, hij is niet van gisteren. Hij voelt natuurlijk heel goed aan dat het tussen Mels en mij niet altijd botert. Wil hij daarvan de schuld bij haar leggen? Of is ze te overhaast met haar conclusies? Ach, ze stelt zich aan, ze zijn tenslotte volwassenen onder elkaar, ook al zijn ze dan vader en dochter. En ze is nog niet te oud om iets te leren van haar paatje!

'Lief dat je dat vraagt. Het spijt me dat ik eerst een beetje... Och, je begrijpt me wel... Maar ik kan je geruststellen, hoor, alles is oké, kón niet beter. Ik denk alleen dat het met Tjibbe niet, ik bedoel, ik ben van plan het uit te maken. Voor zover het ooit echt aan is geweest. Hij is me veel te bezitterig, en dan van die flauwe opmerkingen, dat machogedoe... Nee, ik ga niet meer met hem uit en ik zal er geen traan om laten. En trouwens, die tent, je weet wel, Happy House, daar kom ik ook niet meer. Het is een opgefokt zootje en ik voel me er te – ja, hoe zeg ik dat – te volwassen voor. Klinkt truttig, hè? Maar nee, ondanks alle herrie en hitte is het leeg daar. Vanbinnen voelt het gewoon niet goed meer als ik daar ben.' Ze zwijgt en kijkt haar vader vragend aan met een blik die zegt: zo tevreden?

'Fijn dat je me in vertrouwen neemt, Roos. Ik weet wel, je bent al vierentwintig, maar vergeef je ouwe pa maar dat-ie gewoon bezorgd is over het welzijn van z'n kinderen. Want dat blijven jullie, onze kínderen. Ouders hebben levenslang, wist je dat? Begrijp me goed, voor mem en mij is dat allerminst een straf, hoor, het is juist fantastisch! Te zien hoe Mels en jij je plekje gevonden hebben in de maatschappij, ieder op je eigen manier. En dan ons kleintje... die hebben we voorlopig in elk geval nog een hele tijd onder onze hoede en ons dak...'

Sietse zwijgt even en vervolgt dan aarzelend: 'Eh... denk jij er weleens over het huis uit te gaan? Nee, nou niet meteen zo aangebrand reageren! Je mag zo lang het jou goeddunkt in Het Blauwe Haventje je domicilie houden, maar ik dacht... Nou ja, je bent 's avonds vaak bij vrienden en vriendinnen in Sneek, je logeert regelmatig in Groningen bij Evie om daar de bloemetjes buiten te zetten. Tja, ik dacht dat je... ach, laat ook maar. Ik zou het maar niks vinden als je niet meer thuis woonde en mem... die laat haar gevoelens niet zo gauw zien, maar ondertussen. Leer míj Maaike van Alkmade kennen! Haar kroost is haar alles. Ze zou het liefst elke week een dag naar Leiden afreizen om op Mels' honk de boel schoon te maken, reken maar! Natuurlijk wil Mels daar niets van weten, logisch, maar mem is nou eenmaal een echte moederkloek, ook al heeft ze dan haar winkel én 's zomers die zeilkampen. Of zie ik dat verkeerd?'

'Nee, zo zie ik mem ook. Alleen... zoals wij nu praten samen, dat is met mem niet – hoe leg ik dat nou uit – zover kómt het gewoon nooit. We lijken wel op een andere golflengte te zitten. Met Willeke is dat anders, mem en zij voelen elkaar volgens mij zonder woorden aan, en of ík dat nou altijd zo leuk vind...' Ze zou willen vragen: houden jullie echt net zoveel van mij als van Mels en Wil? Ze zou zijn bevestigende antwoord willen horen, niet eenmaal, nee, duizendmaal! Maar ze doet er het zwijgen toe en staart naar haar handen. 'Doe me nog zo'n neut, en voor jou ook eentje natuurlijk. Mijn rondje, heit!'

Hij knikt en strijkt peinzend langs zijn snor. Roosmarijn Theodora, hun godsgeschenk... Ze is toch niet jaloers op Melchior en Willemijntje? Omdat die twee nou eenmaal makkelijker zijn in de omgang, meer structuur aan hun leven lijken te geven? Hij moet haar laten voelen dat ze de plank volkomen misslaat als zij denkt dat... Het is domweg niet wáár, maar als Roos het nu zo ervaart? Prijzen Maaike en hij Mels niet al te vaak? Zijn ze niet te toegeeflijk naar Willemijntje toe? Hebben ze Roosmarijn – onbewust weliswaar – het idee gegeven mínder te zijn? Zo veel vragen dienen zich ineens aan.

Het gesprek krijgt geen direct vervolg; nadat ze hun tweede bittertje gedronken hebben staan ze op. Roos rekent af, duldt geen tegenspraak, en zegt: 'Gauw de pas erin, en stevig ook, anders val ik hier ter plekke in slaap!'

Ze lopen stevig gearmd, net als op de heenweg. Maar Sietse ervaart pijnlijk die afstand tussen hen. Roosmarijn heeft haar hart – althans voor het moment – voor hem gesloten. Eenmaal thuis gaat Roos, na een korte groet, meteen door naar boven.

HOOFDSTUK 4

In Roosmarijns hart huist dezelfde onrust die zich nog steeds in het weer manifesteert: de herfst lijkt geen einde te nemen! Gelukkig zijn er tijdens stormen en rukwinden geen slachtoffers meer gevallen, wel is er enorm veel materiële schade. De gevelde reuzeneiken, heel de verwilderde, verschrikte natuur, grijpen Roosmarijn echter meer aan: dingen zijn vervangbaar, maar niet de bomen, de struiken, de zich buigende tengere berkjes achter in hun tuin.

De schade aan haar ziel... Zij bekommert zich daarom, dag en nacht vaak, al merkt bijna niemand iets aan haar, die vrolijke vlotte Roos. Alleen heit en mem... die wel. Heit kijkt haar soms vragend aan. Maar zij geeft geen antwoord, zij sluit haar ogen voor zijn genegenheid, zijn smeekbede hem in vertrouwen te nemen. Bovendien voelt ze zich schuldig, vanwege haar domme jaloezie jegens Willemijntje. Het kleintje blijft zo vatbaar, ziet vaak zó inwit dat de schrik haar, Roosmarijn, om het hart slaat. En tóch die jaloezie, dat rottige groene monstertje! Omdat nota bene mem zo veel tijd aan Willeke besteedt! Het wordt hoog tijd dat ze eens volwassen wordt.

En dan Mels, geloofd en geprezen zij Melchior Walda, die weer twee tentamens heeft gehaald. Niet op het nippertje of met de hakken over de sloot, niks daarvan! Met twee tienen! Meneer dóet het niet voor minder. Ze heeft er behoefte aan met Robien te praten. Ze liggen elkaar uitstekend en ze heeft Robien al eens in vertrouwen genomen omtrent haar ambivalente gevoelens over Mels. En ze was helemaal niet kwaad geworden, integendeel, ze had oprecht geprobeerd het te begrijpen! Een gouden meid, Mels' Robijntje...

Zíj is voor niemand de allerliefste, de belangrijkste. Zij, Roosmarijn Walda, is makkelijk te 'versieren'. Leuke meid voor een avondje stappen, lekker ding om eens fijn te zoenen en nog een beetje meer... Een allemansvriendinnetje, een vlinder die ooit eens haar kleurige vleugels zal schroeien. O ja, reken daar maar gerust op! Of ze wordt weer een rups, verscholen, niet om aan te zien, onaanzienlijk dus... Een traan, nog meer tranen en dan ineens kan ze met God praten. 'Mag ik er zijn? God, help me. Ik wil het goede, maar ik denk en doe te vaak het kwade, net als Paulus. Toch hebt U hem, juist hem, gebruikt in Uw dienst. Geef mij een rustig hart, Heer, en maak dat ik Melchior met warmte tegemoet kan treden. Dat ik lief ben voor m'n zieke zusje. Amen.'

5 December, pakjesavond! Roosmarijn kijkt genietend om zich heen. Hoewel buiten nog altijd de regen en storm heersen, is er rust in haar hart gekomen; God heeft haar gebed verhoord! En Willemijntje, ze is zo geweldig opgeknapt! Ze heeft nu weer die heerlijk rode koontjes; de kuiltjes in haar bolle wangen vertonen zich weer regelmatig. En Mels... hij is een regelrechte schat! Ineens is het of er een deur is geopend, een deur die niet te zien was geweest door stapels troep ervoor. En nu! Hij heeft met haar gepraat, naar haar geluisterd vooral. Hij wist dat Robien haar gevoelens voor hem zo ongeveer kende. Ja, zijzelf had Robien carte blanche gegeven, na een intensief maar goed gesprek. En alweer mag zij, Roosmarijn, zich verwonderen om zo veel goede dingen!

Mem lacht zo nu en dan, niet luidruchtig, dat zou ook niet bij haar passen. Maar ze ziet er vergenoegd uit, tevreden ook. En heit straalt. Er is warme chocolademelk met slagroom, er zijn mooie cadeautjes, zotte surprises en komische gedichten. Er is werk van gemaakt.

Roosmarijn staart in de vlammen van de open haard, ze ziet er warmte in en voelt die, ook vanbinnen. Er zijn geheimen in het vuur, dat gretig omhoogschiet; het is een beetje geel en blauw en rood. Oranjerood. Het vuur vertelt verhalen; knusse vertelsels uit vroeger tijden. Het vertelt van goede dingen die mensen voor elkaar gedaan hebben. Oorlog, pijn en vernedering zijn ver; het hier en nu is goed! Ze had Mels verteld dat ze het uit zou maken met Tjibbe. Dat ze niet meteen daarna weer een ander zou nemen. 'Er is niets aan, Mels, ik hoef bij wijze van spreken maar met m'n vingers te knippen en... Nou ja, ik schijn 'iets' te hebben en ik weet niet of ik daar nou wel zo blij mee ben. Het zijn altijd dezelfde types die op me afkomen, beetje macho, hoge eigendunk, uit op seks. Vooral dat laatste is me steeds meer gaan tegenstaan. Waarom vindt iemand als Rutger Soterius mij te min? Ach, logisch, hij vindt mij natuurlijk een afgelikte boterham, en hij heeft nog gelijk ook!'

Mels had haar niet tegengesproken, maar haar woorden evenmin bevestigd. Hij had alleen maar gezegd: 'Jij hebt veel meer in je mars dan alleen maar een mooi lijf en een leuk snuitje, Roosje. Boor die bronnen aan. Het zal hard werken worden, maar het zal de moeite waard zijn, dat geef ik je op een briefje!'

Ze zucht diep. Hard werken... Een modekreet: werken aan jezelf. Maar daarmee wordt juist vaak bedoeld: denk vooral aan je eigen belangen, laat niet over je heen lopen, ontplooi je naar eigen inzicht en maai degenen die in de weg staan gewoon opzij.

Nee, zo wil zij een en ander per se níet invullen; ze moet leren eerst aan de ander te denken, en dan pas aan zichzelf. Tenminste... Hoe zei Mels dat ook alweer? 'Je bent een kind van God, Hij heeft je lief en verwacht dat jij Hem liefhebt boven álles. Maar je moet ook je naaste liefhebben als jezelf. Dat impliceert dus wel degelijk dat je ook jezelf waardeert, zij het op de juiste manier. En van daar uit kun je aan de slag. Je doet het feitelijk allang, Roos, vooral in je werk. Dienstbaar zijn, het ligt je beter dan je zelf in de gaten hebt. En nu, voorwaarts christenstrijders, zus! Ja, ik moet ook regelmatig mezelf op de vingers tikken, leren van m'n fouten. Ik blunder dagelijks, dat doen we allemaal. Maar weet je, het is zo heerlijk dat we elke dag met een schone lei mogen beginnen!'

Roosmarijn huivert even. Tjibbe... Die 'schone lei' van haar had haar wél eerst door de drek gehaald! 'Dus Roosmarijn, jij zegt mij de wacht aan. Nou, prima hoor, ik was toch al op je uitgekeken. Je bent gewoon een eigenwijs krengetje en nog gemeen ook: aanhalen, aanhalen, verleiden! Een kei ben je daarin, dat moet ik je nageven. Maar als het erop aankomt, stoot je af. Je hebt me de laatste tijd continu uitgedaagd je te pakken en dan... de kuise Susanna spelen. Báh! En voor de rest: geen handvol meiden, maar een landvol, hoor. En mooiere dan jij. Want zó bijzonder knap ben je nou ook weer niet. En daarbij... er zijn genoeg meiden die sexy zijn en het niet alleen bij ophitsen láten! Nou, het ga je goed verder, misschien trapt een andere gozer er binnenkort wel weer in. Mijn zegen heb je. En nu...'

Hij had brutaal zijn forse handen op haar schouders gelegd, haar met een ruk naar zich toe getrokken en wreed gezoend. En zijn handen gleden onverbiddelijk naar haar hals en borsten en deden haar pijn. Toen hij haar had losgelaten was ze bijna achterover gesmakt op de glimmende keitjes.

'Een gevallen vrouw!' had Tjibbe gehinnikt. 'Scheelt ook niet veel. En bedankt voor de toegift. Nou, ajuus!' Toen was hij van haar weggelopen en had hij over zijn schouder op de grond gespuugd. Dat had ze het allerergste gevonden.

Ze had gekotst van pure walging en had het – toen ze weer

een beetje was bijgekomen – op een rennen gezet; die smeerlap had haar wel mooi op dit achterafpaadje laten staan! En ze moest douchen, lang en heet, om alle vuiligheid van zich af te spoelen. En iets drinken, om die vieze, bittere smaak weg te spoelen. Die smerige smaak, die niet alleen met dat kotsen te maken had.

Die nacht had ze nauwelijks geslapen. Maar gaandeweg had ze zich hersteld, was ze zich schoner gaan voelen, zuiverder; zíj had het zelf in de hand haar reputatie bij te stellen en dat zou ze doen ook! Met hulp van hogerhand, dat wel. En met de steun van haar familie, met name die van heit en Mels.

Ze strekt haar handen uit naar het haardvuur en denkt: stel je eens voor, dat Rutger... Ik vind hem eigenlijk al zo lang leuk, al hield ik mezelf steeds voor dat hij maar een saaie was, en bovendien als 'gewoon' timmermannetje te min voor mij zou zijn! Belachelijk, want het is een zeer goed geschoolde, bekwame scheepstimmerman. En wat haar opleiding betreft, dat is immers ook mbo? Wat had ze zich eigenlijk wel verbeeld...

'Roos, je luistert niet! Dat gedicht mocht ik van Sinterklaas skrijven!'

Met een schok keert Roosmarijn terug in de realiteit, en ze kijkt pal in de verontwaardigd opengesperde poppenogen van haar zusje. 'Ach, famke toch. Het spijt me echt, hoor. Ik zat in de haard te kijken of Piet er misschien nog iets in zou gooien door de schoorsteen. Lees dat gedicht nóg eens voor?'

Willemijn straalt als ze aan Roos' verzoek heeft voldaan en neemt met gepaste trots het applaus in ontvangst.

Het is écht een goed gedicht, denkt Roosmarijn, dat meidje hééft het. Ze wil o zo graag schrijfster worden, en wie weet zal het haar nog lukken ook, ooit!

Mels schenkt haar een warme lach, zij knipoogt vol genegenheid terug en verwoordt dan wat zij allen ervaren:

'Héérlijk avondje, echt zoals het moet zijn. Allemaal tevreden gezichten. O, wat is dit feest toch lékker Hollands. Die kerstman kunnen ze van mij cadeau krijgen!'

Waarop Willemijntje in een van haar beroemde schaters schiet, en het ditmaal gelukkig niet hoeft te bekopen met een hoestbui.

Mems ogen, vol liefde gericht op haar Mijntje. Ze geniet ervan, Roosmarijn. Er is vrede in haar hart. Ze is er diep dankbaar voor en wil het uitdragen, naar allen die haar lief zijn. Een goed voornemen op 5 december in plaats van op 1 januari. Niks mis mee, toch?!

Wat was ze toch ongelooflijk naïef geweest! Te denken dat een oubollig sinterklaasavondje haar leven, haar persoonlijkheid, totaal zou kunnen veranderen! Zelfs op haar werk krijgt ze commentaar. 'Hé, Roosje, waarom vandaag meer doornen dan bloei?'

Dat is mevrouw Matsiers, ze is al jaren aan bed gekluisterd maar niettemin opgewekt, vol belangstelling voor haar medepatiënten en het personeel. Of het nu een dokter is of iemand van de schoonmaakploeg, dat maakt haar echt geen zier uit.

'Beetje moe,' zegt Roosmarijn kort en ze ontwijkt die lieve ogen.

En dan die lolbroek, broeder Tjeerd. 'Ik zie je gaarne, famke, maar niet met zo'n chagrijnig smoeltje!'

'Bemoei je met je eigen zaken!' zegt ze bits.

'Bokkenpruik op?'

Ze reageert niet en loopt pal langs hem heen met haar 'rijdende bar', zoals ze hier de wagen met dranken – koude zowel als warme – aanduiden.

Beppe Schoonderwoerd brengt haar er letterlijk toe bij haar gedrag stil te staan als ze zegt: 'Jongedame, waar is je vrolijke lach? Daar kunnen wij hier echt niet zonder, hoor!' En dan, ernstiger, een beetje streng zelfs vervolgt ze: 'Jij loopt hier je benen uit je lijf, dat weten we allemaal, maar je bent jong, en wat meer is, gezond. Kijk eens naar dat meisje Veen, die is nog maar achttien. Kanker, ach, je weet het immers wel. En de kans op genezing is maar heel klein. Ja, dat zij vaak nors is en de mensen hier afsnauwt, dat kan ik begrijpen, maar jij!'

'Alsof ook ík niet mijn verdriet kan hebben!' Ze spuugt die woorden eruit.

'Oei, die ogen! Ik zou er bang van worden, maar niet heus. Kom, Roos, je bent een volwassen jonge vrouw, doe alsjeblieft een beetje normaal, wil je? En wat jouw problemen betreft... je hebt groot gelijk, hoor, natuurlijk ga ik er niet zomaar van uit dat gezonde mensen geen narigheid zouden hebben. Eenieder krijgt z'n pakje te dragen vroeg of laat. Maar probeer dan in elk geval je collega's en ons als zieken er niet onder te laten lijden, dán kun je je beter ziek melden. Kom es even zitten, kind.' Beppe klopt op de rand van haar bed.

'Ik... ik ben al achter op m'n schema, de anderen...'

'Kolder, dit is je laatste zaal, dat weet jij net zo goed als ik. Wil je met me praten over wat je dwarszit? Tranen van ons Roosje... daar schrik ik toch wel van!'

Waardoor er natuurlijk nog meer waterlanders komen. Roos laat zich op het bed zakken en grijpt dan naar Beppes uitgestoken hand. Beppe is de lieveling van zo'n beetje de hele afdeling. En heus niet omdat ze een zacht eitje is! En dan vertelt Roos wat haar zo zwaar op de maag ligt. Ze stort haar hart uit. Tijd en ruimte lijken terug te wijken, ze is weer helemaal terug bij die avond dat... dat het weer fout ging. Helemaal fout!

Ze had zich die avond weliswaar sportief maar toch heel netjes gekleed. Geen al te korte rokjes, geen te strakke legging, nee, ze droeg een prettig zittende spijkerbroek met een vlot, glanzend zwart-wit geblokt shirt erop, met wijd uitlopende mouwen. En een hoge col, die ze eenmaal had omgeslagen. Niets op aan te merken, en ze voelde zich er nog fijn in ook!

Het paste bij haar gemoedsgesteldheid: rustig en toch blij. Evie, haar beste vriendin, had al een paar keer een onderzoekende blik op Roos geworpen. Dat was Roos natuurlijk niet ontgaan, maar ze had het niet nodig gevonden op dat moment, hier op de soos, tekst en uitleg te geven. Ze had wat mysterieus geglimlacht en een drankje besteld.

'Hé, ben jij ziek of zo?' Dat was Jopke, een eersteklas flapuit; klein, vinnig, maar populair om haar malle kuren, haar aanstekelijke lach. Jopke, net twintig en zwanger van... ja, van wíe?

'Een man die ik dacht te kunnen vértrouwen, maar die gétrouwd bleek te zijn,' zo had ze het spits geformuleerd. En nu? 'Ik gá ervoor, voor dat kindje van me!' En dat terwijl ze thuis regelmatig alle hoeken van de kamer had gezien. Heit Woldering was geen beroerde kerel, zolang hij maar niet te diep in het glaasje keek. 'En hij dóet niet anders,' had Jopke droogjes opgemerkt, toen ze weer eens bont en blauw op de soos verscheen. En weggaan, haar moeder achterlaten met haar zes kleine broertjes en zusjes? Nooit. Nee, zij redt zich wel, laat Jopke maar schuiven!

Roosmarijn had ook Jopke willen afbekken, maar razendsnel waren deze gedachten over dat rottige leven van de ander door haar heen gegaan. 'Een voorkind', zo noemde de oudere generatie dorpelingen haar; mem Woldering was ooit eens met een ander de koffer in gedoken. Tja, dan kreeg je dat, hè? Er wordt wat afgeroddeld in dit gat, had Roosmarijn smalend gedacht, en wat zijn ze allemaal gelovig hier in Wijnje. Allemaal beste mensen die nooit een scheve schaats reden... Dat praatje over heit Woldering met betrekking tot het ongeboren kind van Jopke... Gek, het was net of Roos het als een helderziende voor zich zag. Beangstigend en, zoals mem het zou betitelen, nonsens natuurlijk. Maar toch!

'Nou?' zei Jopke vasthoudend, 'zég het 's, Walda!'

Zij was in een nerveuze proestlach geschoten, Jopke ook altijd met haar gekke opmerkingen!

'Zó kennen we je weer,' zei Tjibbe lijzig, 'ons blommetje. Altijd in voor een geintje, tenminste...'

'Kop dicht!' Dat was Jopke en Tjibbe droop af.

'Nee, Jop, ik bén niet ziek, ik hoef toch niet altijd de giechelgeit uit te hangen? Ik ben inmiddels bijna vijfentwintig, hoor, dat moet je ook niet uitvlakken!'

'Marie wordt wijzer dus. Maar je blijft toch wel een beetje gezellig, hè? Ik bedoel, er is al genoeg ellende op deez' aardkloot, dus...'

Dat had een ouderwetse slappe-lachbui tot gevolg. Toen Roosmarijn haar ogen had drooggewist had zíjn blik de hare gekruist; een blik vol minachting. Rutger Soterius zag zijn mening over haar natuurlijk weer eens bevestigd. Nou, hij zou z'n zin krijgen ook! 'Kom op, Eef, laten we een pilsje pakken, meid!' zei ze stoer.

Evies verwonderde gezichtje, het lichte schouderophalen. Zij, Roos, had zich er niets van aangetrokken. Ze dronk en dronk en danste of haar leven ervan afhing. Ten slotte belandde ze in de armen van Pieter-Jan Bosscha, een stoere kerel, belust op willige meidjes. Nou, daar was zij er dus één van. Ze liet zich waar iedereen bij stond door hem kussen, en ze liet toe dat hij zich stijf tegen haar aandrukte, ze ervoer zijn opwinding en genoot ervan!

'Pas op, Pieter-Jan, ze luist je erin waar je bij staat! Straks smaakt ze naar meer en dan is het ineens o zo'n braaf famke. Ik kén dat!'

'Mooi niet, Tjibbe, 't is gewoon dat jij er niet uitziet en je stinkt nog uit je mond ook! Deze jongen hier is fris en daar hou ik wel van!'

'Roos, kom joh, je bent teut. Laten we gaan, alsjeblieft!' Evie zag bangelijk en bleek.

'Nee, ik ga nog even stappen met Pieter-Jan, een frisse neus halen. Nou, 't goede, mensen, en tot ziens dan maar weer!' En buiten, verscholen achter een hoge, dode beukenhaag had ze Pieter-Jan dingen laten doen waar ze van walgde! Nee, ze had het niet té ver laten komen, maar toch ook weer wél.

's Avonds in bed had ze niet kunnen bidden, zo hypocriet was ze nou ook weer niet. Leegte, angst, een vreemde kwellende pijn in haar borst, een bobbel in haar keel die zich niet liet wegslikken. En de zekerheid dat ze het voorgoed voor zichzelf verknald had waar het Rutger betrof. Daar ging ze dan met haar goede voornemens. Een lafaard, dát was ze, een mooi-weerchristen, een... een slet! Ze huilde zich de ogen uit haar hoofd, maar dat gaf haar geen opluchting.

Die ochtend werd ze wakker met een gigantische kater, zowel lichamelijk als geestelijk. Ze bleef de hele dag in bed en liet niemand toe. En binnenkort zou het Kerst zijn, het feest van Gods Zoon, die op aarde was gekomen voor mensen zoals zij. Voor zondaars. Maar had Hij, Jezus, niet gezegd: 'Uw zonden zijn u vergeven. Ga heen en zondig niet meer!' Ja, dat had Hij gezegd en zij, Roosmarijn Walda, trapte van de ene valkuil in de andere, met wijd open ogen. En ze had geen excuus...

'Tja, famke, da's niet niks,' verzucht beppe Schoonderwoerd als Roos haar het hele verhaal verteld heeft. 'Maar aan de andere kant... van je fouten kun je léren en je bent trouwens de énige niet die steeds maar weer voor de bijl gaat. Een schrale troost misschien, maar toch zo waar. Roosmarijn, je voelt je belabberd, je hebt spijt. Dat is alvast een begin, famke. En ik? Ik zal voor je bidden.'

HOOFDSTUK 5

Melchior Walda steekt een sigaret op, de derde al sinds hij in Leiden in de trein stapte. En nu naderen ze pas station Utrecht. Hij slaat ritselend een pagina van de krant om, en duikt er opnieuw achter weg zonder ook maar een woord in zich op te nemen. Ja, letters ziet hij, voor hem zijn het nu zinloze tekens, en foto's met allerlei schreeuwerige koppen.

Hij zit met zijn hoofd ergens anders; na dat verontrustende telefoontje van heit had hij geen rustig ogenblik meer gehad. Toch had hij er niet onderuit gekund dat ene belangrijke tentamen te doen; het zou hem in totaal zéker een halfjaar verlies hebben opgeleverd en dat kon hij zich domweg niet permitteren. Er stond tegenwoordig nu eenmaal een bepaald aantal jaren voor een universitaire studie en financieel kon hij geen gekke bokkensprongen maken. Zijn ouders droegen toch al zoveel bij!

Heits stem klonk wat schorrig toen hij zei: 'Willemijntje is weer zo ziek, de dokter wil haar laten opnemen voor een uitgebreid onderzoek. Mem is helemaal van slag en juist nu is het weer helemaal mis met Roosmarijn. Kun je alsjeblieft zo snel mogelijk komen, Mels? Robien brengt in ieder geval het weekend hier in 't Haventje door. Zij lijkt de enige te zijn die Roos nog enigszins kan bereiken. Er is iets voorgevallen... Er zijn roddels, geruchten, je kent dat wel in ons knusse dorpje. Meestal is er dan toch wérkelijk iets gaande, ook al wordt een en ander vaak aangedikt.'

En nu is het vrijdagavond. Wat zal hij thuis aantreffen? In elk geval Robien! Gelukkig zal zijn famke er ook zijn, dat scheelt de helft. Hij fronst als hij aan Roosmarijn denkt; het was juist zo goed geweest de laatste tijd. Die sinterklaasavond stond in zijn geheugen voorgoed met een sterretje genoteerd! Zou ze toch weer aangepapt hebben met een van die op seks beluste kerels? En Willeke... als er maar niets ernstigs aan de hand is met haar! Hij doezelt weg, de krant zakt via zijn benen naar de vloer. Hij merkt het niet.

Pas bij Zwolle schiet hij wakker. Hij moet zich met zijn duffe hoofd haasten om in het treinstel voor Leeuwarden een plekje te vinden. Het is wezenloos druk, iedereen lijkt onderweg te zijn. Onderweg... waarheen? Waarom heeft iedereen altijd zo'n haast? Tijd voor bezinning, je hoort die term vaak genoeg, maar wie doet er ook werkelijk iets mee?

Hij betrapt zichzelf er ook maar al te vaak op uitsluitend bezig te zijn met zeer aardse zaken: zijn studie, zijn streberige kant... Hij wil iemand zijn in deze maatschappij. Niet zomaar iemand, nee, een man waar men tegen opziet: goede baan, mooie vrouw, leuk huis, mooie auto en als het even kan graag een paar mooie, intelligente kinderen. Niemand kent dat trekje van hem. Ja, Robien, zíj wel. En God natuurlijk, zijn Vader in de hemel die evenzeer weet hoe hij ertegen vecht, hoe hij probeert tijd vrij te maken om zich bezig te houden met de essentie van dit leven. Natuurlijk mag hij zich doelen stellen, en is het zelfs niet zijn plícht zich naar vermogen te ontplooien? Ja... maar toch! Heit en mem zien hem als iemand die amper fouten maakt, die zijn leven goed op orde heeft, zich een goed christen betoont, die veel voor zijn medemens overheeft. Ja, die kant hééft hij ook wel, maar niet alléén. Het zou niet eens zo verwonderlijk zijn als Roos zich vaak de underdog heeft gevoeld. Hij, de 'perfecte' oudste zoon, hun trots, en dan het nakomertje Willemijn, mems liefste famke...

Het is ook een heel makkelijk kind; opgewekt, wat filosofisch ingesteld, met daarbij toch haar jongensachtige manier van boompje klimmen en slootje springen. En haar gulle lach, die haar blauwe poppenogen nóg heller doet stralen. Terwijl er op Roosmarijn nogal wat af te dingen viel. En vált... 'Gedraag je eens wat volwassener; je bent een flirt, je doet al voor je denkt. Denk aan onze goede naam, maak je toch niet zo opzichtig op.' En ga zo maar door. Je zou er toch ook een sik van krijgen?!

Hij grinnikt hardop en ziet de verbaasde blikken van zijn medepassagiers; nou ja, laat ze maar denken dat-ie een beetje getikt is, kan hem het schelen.

Eindelijk: Leeuwarden! De drukte op het perron, de gure oostenwind en dan Robiens armen om zijn hals, haar warme lippen op de zijne. Hij is thuisgekomen. Nu kan hij er weer tegen!

Hoewel de thermostaat 22 graden aangeeft en de open haard gloeit, ervaart Melchior iets van kilte. Mem kijkt hem somber aan, de schouders hoog opgetrokken. En heit gaat jachtig in de weer met koffie en een 'bittertje erbij' om wat op verhaal te komen. Nee, Roos is er niet. Naar Evie toe, dacht hij, en Willeke...

'Heit, ga nou eens even zitten, ik zorg wel voor de koffie. En Mels, ga jij bij Willemijntje kijken, ze heeft zó vaak om jou geroepen!' Robien neemt de regie over.

Maaike zit onderuitgezakt in haar leunstoel, bibberig en lamgeslagen; Mels neemt met twee treden tegelijk de trap naar boven. De deur van Willekes kamer staat op een kiertje, er brandt een schemerlampje dat een zacht licht verspreidt. Hij sluipt naar binnen, en hoort meteen haar zwoegende ademhaling.

'Mels...' Een zacht klaaglijk jammeren, dat hem door merg en been gaat.

'Ja, Mijntje, ik ben het. Ben je nou weer zo ziek, famke?' Ze huilt aandoenlijk en hij gaat voorzichtig bij haar op de rand van het bed zitten. 'Mag ik nog een lampje aandoen? Ik kan je bijna niet zien, kleintje.' Hij voelt hoe ze knikt, knipt haar bedlampje aan en schrikt dan heftig. Haar bolle toet zit onder de rood-paarse vlekjes, de anders zo grote ogen zijn ingebed in rode zwellingen.

'Kijk, zo zijn m'n armen ook, Mels, álles en ik ben zo koud! Nee, warm juist, bibberwarm. En nou kan ik niet eens skrijven over Esmeralda, en toen Roos zo skreeuwde leek ze helemáál niet op een bloem. Ik ben bang, Mels. Ikke... het ziekenhuis... ga ik dood? Ik hou wel van Jezus, maar ik wil niet dood!'

Ze huilt hartverscheurend en Mels, die hevig ontsteld is, weet niets beters te doen dan het zieke kind tegen zich aan te nemen en haar zachtjes in zijn armen te wiegen. Ondertussen gaan zijn gedachten koortsachtig tekeer. Dit is veel erger dan hij dacht, heit en mem hadden haar meteen moeten laten opnemen! Nee, de huisarts natuurlijk! Of waren deze verschijnselen onlangs pas opgetreden? Ze had hoge koorts, om dat vast te stellen hoefde je geen dokter te zijn, en ze ijlde daarnet toch ook, over een meisje Esmeralda en over Roos die geen bloem was en... Hij maakt zich voorzichtig van zijn kleine zusje los. 'Ik ga even wat drinken voor je halen, dat is goed als je koorts hebt. Oké? En lieveke, heb je ook jeuk aan die rare plekjes?'

'Nee... Mels, m'n keel doet ook zo'n zeer en ik wil mem, ik wil mem...'

'Goed, mem komt meteen, en ik ga drinken voor je halen, Mijntje.' Hij rent de trap af.

'Dokter Wierda, onmiddellijk bellen!' hijgt hij. 'Mem, ze wil jou, ga alsjeblieft naar haar toe en Robien, bel jij de dokter? Zo kunnen we de nacht niet in! Ik ga nu een sapje voor die kleine inschenken. Mem, gá nou!'

Maaike richt zich op uit haar verstarring en vliegt al. Sietse zit letterlijk met zijn handen in z'n haar en kreunt: 'Wat gebeurt er toch allemaal?'

Robien is de enige die echt kalm blijft. 'Ik schenk een borrel in, heit. Toe nou, blijf bij je positieven, aan paniek heeft niemand iets.' Tegen Mels zegt ze: 'Breng nu snel dat drinken naar boven en laat mem dan even alleen met Willemijntje, tot de huisarts komt. Ja, ik héb al gebeld! Ik zal voor jou ook iets pittigs inschenken en eerlijk gezegd ben ik er zelf ook wel aan toe.'

Als Mels weer beneden komt, reikt Robien hem zijn drankje aan. 'Zo, en nu proberen kalm te worden. Kom joh, neem een slok. Eh, voor de dokter komt nog even dit: Roosmarijn is niet bij Evie. Waar ze wél uithangt weet ik niet, maarre... nou ja, ik denk dat ze weer verkering heeft. Ze beweert dat dat kolder is, maar ik ben niet van gisteren. Ze liegt, en waarom? Ik weet het niet, echt niet, ook voor míj heeft ze zich totaal afgesloten. Ze is zichzelf niet, Mels, ik ben nogal bezorgd. En nu dit weer met ons lytse famke!'

Nu is het Melchior die kalm wordt en zijn huilende meisje troost. Ze schrikken alle drie van de bel. Sietse laat dokter Wierda binnen en loopt achter hem aan naar boven.

'Het leek allemaal zo goed te gaan...' snottert Robien.

Mels vindt geen woorden, hij knikt slechts. Snel drinkt hij z'n glaasje leeg en hij neemt er prompt nog eentje.

Binnen tien minuten zit Willemijntje dik ingepakt in de auto van de huisarts, op de achterbank in de armen van Maaike, op weg naar het ziekenhuis in Sneek.

De achterblijvers zitten in een treurig stilzwijgen bij elkaar. Tot die stilte ruw verbroken wordt door een uitgelaten gejoel vlak bij de keukendeur.

Mels vliegt overeind, hij duwt Robiens hand weg. 'Die rótmeid,' sist hij en woedend zwiept hij de buitendeur open. Daar staat ze – of beter gezegd, daar hángt ze – in de armen van Pieter-Jan, z'n achternaam wil Mels niet te binnen schieten, wat doet het er ook toe?

'Je lieve zus is in de lorum,' hikt Pieter-Jan, 'ik dd... dacht, la'k het kind maar even ttt... thuisbrengen. Nou, tabee.'

Roos staat te zwaaien op haar benen als haar 'ridder' haar plotseling loslaat en Mels trekt haar ruw aan haar arm naar binnen. 'Jij misbaksel, del die je bent!' Hij slaat haar in haar gezicht, tweemaal, en heft opnieuw zijn hand op.

Robien is het die hem achteruit trekt en haar arm rond Roosmarijns schokkende schouders slaat.

'Dronkenmanstranen,' snauwt Mels, 'ga naar je nest, ik wil je zo niet zien. Báh, wat verlaag jij jezelf! En voor zover het je interesseert, Willemijntje wordt opgenomen, ze zijn al vertrokken naar het ziekenhuis. Ja, het Streekziekenhuis in Sneek waar ze van jóu zo'n hoge pet op hebben. Ze moesten je nou eens zien! Ik schaam me ervoor dat jij mijn zus bent!' Robien probeert hem het zwijgen op te leggen, maar hij duwt haar ruw van zich af. 'Nee, de maat is vol! Ik zou haar het liefst een pak op haar achterste geven. Een kínd is ze, in plaats van een volwassen jonge vrouw. Ze kon maar beter een voorbeeld aan jou nemen, Robien, ik…'

Roosmarijn rent de kamer uit, ze stoot zich tegen de punt van het theemeubel. Het serviesgoed rinkelt.

Scherven, brokken komen hiervan, denkt Robien angstig. Maar zij moet en zal rustig blijven. Van heit valt op dit moment niets te verwachten; hij zit apathisch voor zich uit te staren, en lijkt niets te zien of te horen.

En dan gebeurt er ineens van alles tegelijk. Roosmarijn zwiept de kamerdeur wijd open, Sietse ontwaakt uit zijn lethargie, en Mels staat al voor Roos, die als een furie tegenover hem staat.

'Jij schijnheilige zedenmeester!' lalt ze. 'Een slappeling ben je, een vent zonder passie, zonder ruggengraat. Nee, dán Pieter-Jan, die heeft tenminste…'

Dat is de druppel die voor Robien de emmer doet overlopen. Lijkwit grijpt ze Mels' arm en ze gooit Roos alles wat mooi en lelijk is voor de voeten.

Sietse gromt en beent woedend de kamer uit. '… sta niet

voor mezelf in,' vangt Mels nog op en dan laait de woede hoog op.

'Jij, jij maakt hier alles kapot, wellustige jongensgek, leeghoofd dat je bent! Rot zo snel mogelijk op, ga voor mijn part in New York wonen, ik kan je niet meer zíen, ik…!'

Roosmarijn haalt uit. 'Zó, die had je nog van mij tegoed, heilig boontje, en hier heb je er nóg een en… en…!'

Roosmarijn stikt bijna in haar woede.

Robien slaat de angst om het hart als ze de haat in Roos' ogen leest. Haat! Ze háát Mels, haar liefste. En waarom, waaróm?

'Jij pakt nu je spullen en vertrekt,' zegt Mels, akelig kalm ineens. 'Ga naar Evie, of trek bij die hartstochtelijke minnaar van je in. Aan jou valt toch niets meer te bederven. Een egoïste ben je, een oppervlakkig schepsel, en zo stom als het achterend van een varken. Of een koe, maakt niet uit. Nou, hoepel op, inpakken en wegwezen jij! En als je niet opschiet, schóp ik je de tent uit. Wordt het hier eindelijk weer een beetje normaal. O nee, door jou zou ik ons doodzieke Mijntje vergeten. Nou, wat stá je daar nog? Hoepel op, uit m'n ogen! En wat mij betreft, als jij je leven niet betert, ben ík je broer niet meer, dan wil ik niets maar dan ook niets meer met je te maken hebben!'

'Ik zal je 'raad' opvolgen, Melchior Walda, van míj zul je geen last meer hebben. En over één ding zijn we het in elk geval eens: ik ben je zus niet meer. Voor mij ben je dood, hartstikke dood!' Ze rent de kamer uit, rent de trap op, struikelt en vloekt. Niet éénmaal, nee, wel vier-, vijfmaal, voluit!

Sietse, die inmiddels weer binnen is gekomen, slaat z'n handen voor zijn oren. Robien krijst en Mels? Mels staat daar midden in de kamer, onder de kleine namaakkroonluchter. Hij beweegt niet, staat als vastgeklonken.

Binnen tien minuten horen ze Roos van de trap roffelen en even later slaat de voordeur met een slag in het slot.

Voorbij... voorbij, dit komt nooit meer goed, huilt het in Sietses hart. Hij loopt mechanisch naar de keuken en schenkt drie glazen water in, zet ze op een dienblad en gebaart Robien en Mels te gaan zitten. Stil is het nu, een loodzware stilte. En juist die stilte is oorverdovend en hartverscheurend tegelijk.

Robien snikt zachtjes na, en is de eerste die begint te praten. 'Mels, dit... dit kán helemaal niet! Jullie stelregel is toch nooit kwaad weg te gaan? Nooit te gaan slapen voor de lucht is opgeklaard? Je moet achter haar aan, Mels, je móet, anders zul je je leven lang spijt hebben dat je...'

'Hou je mond!'

Ze kijkt hem aan en herkent hem niet; de koude ogen, de verstrakte kaaklijn, de bijna wrede trek om zijn lippen.

'Ik denk dat ik maar ga,' fluistert Robien.

Sietse staat al. 'Ik breng je naar huis, famke, Mels is nu niet in staat achter het stuur te gaan zitten. Nee, niet tegenspreken, ik laat je niet alleen gaan, in het holst van de nacht.'

Robien huivert en slikt moeilijk. In het holst van de nacht... Een nacht die geen einde zal nemen? Of is er nog hoop, zullen Mels en Roos inzien dat ze op deze manier totaal verkeerd bezig zijn? Ze hoopt en bidt dat dát waar mag zijn!

In de auto spreken Sietse en zij geen woord, maar nu is er geen sprake van een pijnlijke stilte. Zij delen hun ontzetting, angst en... hoop. Zonder woorden.

Twee dagen later komt er eindelijk een levensteken van Roosmarijn. Telefonisch. 'Ik bel alleen maar om te horen hoe het met Mijntje gaat. Waar ik zit hou ik liever voor me, die leuke zoon van je mocht het eens in z'n hoofd halen mij op te zoeken om zoete broodjes te bakken.'

Sietse heeft in eerste instantie geen woorden. Ja, ze zijn er wel, in zijn hoofd, in zijn hart, maar zijn stem weigert dienst.

'Wil jíj soms ook niks meer met me te maken hebben? Kan er ook nog wel bij, hoor, ik ben toch altijd maar het vijfde wiel aan de wagen geweest in wat eens mijn thuis was. Reken er maar niet op dat ik ooit nog onder dát dak zal wonen! En nu over Willemijntje. Ik hoop tenminste dat zíj mij nog wel als haar zus ziet, of hebben jullie haar al dusdanig geïndoctrineerd dat ook zij...'

'Zwijg!'

Stilte. Stilte die aanzwelt tot een zacht ruisen. Een ruisen dat overgaat in een allesoverheersend vacuüm.

Ik móet reageren voor ze ophangt, denkt Sietse paniekerig. Hij schraapt zijn keel, en gooit er dan uit: 'Met je zusje gaat het helemaal niet goed, de artsen overwegen haar over te brengen naar het Academisch Ziekenhuis in Groningen. Er is nog steeds geen duidelijke diagnose. Tja, kind, het is zo moeilijk allemaal. Je moeder is...'

'Als je het niet erg vindt, denk ik op dit moment liever in de eerste plaats aan mezelf. En aan Willemijntje. Trouwens, ik zal nog eens bellen binnenkort; wanneer ze in Groningen terechtkomt, kan ik haar opzoeken. Als jullie als ouders tenminste niet bang zijn voor mijn verderfelijke invloed.'

Groningen, denkt Sietse, dan zit ze bij Evie Landheer, en niet bij die knaap, dat is tenminste íets.

'Nou, het beste ermee, ik moet nu ophangen.'

'Wil je helemaal niet weten hoe het met je broer is? Mels is weer afgereisd naar Leiden. Hij heeft nog twee tentamens vóór de kerstvakantie, en hij...'

'Ik weet niet over wie je het hebt, ík heb geen broer.' Koud klinkt het, koud en hard.

'Roos, dit kun je niet menen! Zo ben je niet. Niet écht. Famke, denk toch na, besef alsjeblieft waar je mee bezig bent! En wat Mels betreft, ik heb hém dezelfde boodschap meegegeven. En nu hoop en bid ik dat een van jullie je trots opzij zal kunnen zetten, of 't liefst allebei natuurlijk. Wat

Robien zei was zo waar: laat de zon niet ondergaan over een opwelling van je drift, je woede. Alsjeblieft, Roos, kom tot bezinning, wij willen zó graag dat...'

Verdwaasd kijkt hij naar de hoorn in z'n hand; ze heeft zomaar de verbinding verbroken!

Moeizaam doet hij Maaike verslag van het onverkwikkelijke telefoongesprek.

Zij, hoog in de schouders, kijkt haar man angstig aan en zegt dan bot: 'Zie je nou wel dat ik gelijk had? Jij zag altijd het positieve, maar feitelijk heb je gewoon altijd al aan struisvogelpolitiek gedaan. Denk dáár maar eens over na, Sietse!'

Hij gaat er niet op in. Hij is moe, hondsmoe. 'Ik ga naar bed, morgen heb ik ontzettend veel te regelen. Ik moet werkzaamheden uitbesteden. En ik wil morgen op het bezoekuur fris en uitgerust bij Willeke verschijnen. Jij ziet maar wat je doet...'

Zij zit alleen in de kille kamer. Het is al ver na twaalven, de thermostaat van de cv is automatisch overgeschakeld op de nachttemperatuur. De open haard ligt er doods en somber bij, als een gapend, duister monster.

Willemijntje... Roos... Drijft al deze narigheid haar en Sietse uit elkaar? Ze wíl het niet, maar het lijkt hun domweg te overkomen. Of doet zij niet genoeg haar best? Is zij nou werkelijk die stabiele vrouw die de zaakjes altijd onder controle heeft? Het is een retorische vraag, dat beseft ze maar al te goed. Zo zit ze daar nog uren te kleumen. Steeds probeert zij te bidden, maar er zijn geen zinnen, geen zinvolle woorden.

En God is ver, onbereikbaar ver...

Melchior Walda kan de slaap niet vatten, vele gedachten tuimelen door z'n pijnlijke hoofd. Nog een kleine week, dan is het Kerst. Het feest van de vrede die alle verstand te boven gaat. Mels denkt honend aan zichzelf bij dit besef.

Waarom is hij zo'n dekselse stijfkop? Waarom wil hij niet de minste zijn? Waarom? Zo veel vragen. Vragen zonder antwoord. Hij komt er niet uit.

Robien... Die lieverd probeert hem toch almaar weer te begrijpen en te steunen, maar het enige wat ze ervoor terugkrijgt is stilte. Een muur van zwijgen heeft hij rond zijn hart gebouwd.

HOOFDSTUK 6

'Roos...'

'Ja, wát nou!'

'Je weet best waarover ik...'

'O ja, maar ík wil het niet, Eef. Ik wil er niets meer over horen, geen woord!'

Evie Landheer zucht diep en bekommerd. Wat is er toch allemaal misgegaan in dat fijne gezin Walda? Willemijntje ernstig ziek, Mels en Roos die definitief met elkaar gebroken lijken te hebben. Haar ouders volkomen van slag door al die narigheid, wat kan zij in vredesnaam uitrichten? Niets, totaal niets, of ze moet Roosmarijn voor het blok zetten en zeggen: je zoekt maar ergens anders onderdak, je kunt terugkomen als je op z'n minst een póging hebt gedaan met Mels weer *on speaking terms* te komen. Is dat dan echt de enige oplossing? Mels en Roos, broer en zus, dol op elkaar; al had zij, Evie, weleens iets van jaloezie bij haar vriendin bespeurd. Maar toch! Een leuk gezin: pittige stabiele moeder Maaike, zachtmoedige hardwerkende vader Sietse, die altijd zijn gezin op de eerste plaats stelde. En waarom is Mels zo koppig, even koppig als Roos? Zo kent ze hem niet. Hij had altijd de mond vol van 'je naaste liefhebben als jezelf, conflicten uitpraten, bidden én werken'. Nee, hij was nooit een kerel van alleen maar mooie woorden geweest, hij handelde er ook naar. Maar nu! Robien lijdt er ook onder. Met haar heeft ze zo'n beetje om de dag telefonisch contact. Ze hebben elkaar ook tweemaal getroffen bij Willemijntje, in aanwezigheid van Roos. Bij die gelegenheid hadden zij zich op de vlakte gehouden, maar tijdens hun telefoongesprekken zoeken ze samen continu naar een doorbraak in deze afschuwelijke impasse.

'Ik snap het niet, Eef, Mels is toch nooit zo... zo haatdragend geweest? Van hem heb ik juist geleerd nooit boos uit elkaar te gaan! Je weet het, met mij valt best om te gaan, maar als ik eenmaal driftig word, nou, berg je dan maar! Maar Melchior... hij heeft me door de jaren heen geleerd na zo'n uitbarsting te praten. Alles uit te praten, desnoods tot diep in de nacht. En nu dít, ik kan er niet bij, echt niet. Ik bereik hem niet, hij lijkt wel een muur rond zichzelf te hebben opgetrokken. Inmiddels heeft hij al één tentamen verknald, maar ook dat laat hem kennelijk koud.'

Nu Roos zo bot reageert moet Evie huilen als ze terugdenkt aan die gesprekken met Robien en dát lijkt haar vriendin toch wel te raken. Ze staat al achter haar en legt haar smalle handen op Evies wat mollige schouders.

'Sorry, Eef, ik... ik zadel jou op met mijn aanwezigheid inclusief problemen en vervolgens blaf ik je almaar af, als een ondankbare hond. Het spijt me, echt! Geef me nog een kans, Evie, alsjeblieft?'

Evie draait zich langzaam om en kijkt de ander indringend aan met haar lieve, nog vochtige ogen. 'Zie je wel! Je kúnt het best, sorry zeggen. Waarom... wat weerhoudt je ervan om Mels...'

Roos opent haar mond al om weer een snauw ten beste te geven, maar ze weet zich te beheersen. 'Er is te veel stukgemaakt, Eefje. De klappen... die waren erg, ja, maar de woorden! Die hebben mij zo, zo...' Ze snikt en gooit er dan uit: 'Die hebben me opengescheurd vanbinnen, juist omdat het Mels was die ze uitsprak. Mels, mijn rustige, betrouwbare, zij het ietwat prekerige broer... Nu weet ik dat Mijntjes toestand ook meespeelde, maar...'

'En straks is het Kerst. Niet alleen met kalkoenen en kaarsjes en zo. Mag best, hoor, gezellig juist, maar wij...

Jij gelooft toch ook dat Kerst het feest van Christus is? Feest van licht, van verootmoediging ook. Alsjeblieft, Roosje, wacht niet te lang, denk ook aan je ouders en je zieke kleine zus!'

Roos heeft Evie losgelaten en is bij het venster gaan staan, het hoofd licht gebogen. Heel lang blijft het stil. Steeds wil Evie iets zeggen, vragen of Roos zich wil uitspreken, of ze alsjeblieft wil reageren!

Juist als de hoop in haar dreigt te doven klinkt het schor, nauwelijks verstaanbaar: 'Je hebt gelijk, Evie, je hebt gelijk. Maar het is zó moeilijk! Wat moet ik doen, voor Mels op de knieën? Ik kan het niet!'

'Je wilt het niet.' Evie slaat haar hand voor de mond en denkt: dit is echt hartstikke fout! Nu zul je het beleven, nu...

'Ik zoek wel contact met hem. Morgen, via Robien in eerste instantie. Ik wil een gesprek, maar wél met als uitgangspunt dat waar er twee vechten er ook twee schuld hebben. Ja, morgen zal ik Robien bellen, die meid gaat er op deze manier aan onderdoor en dat heeft ze niet verdiend...'

Evie is al bij haar, ze geeft Roos spontaan twee fikse klapzoenen. 'Je bent een kei!'

Roos trekt haar mondhoeken omlaag en zegt: 'Nou, da's te veel eer. Maar ik slaap er slecht van, voel me doodongelukkig en... tja, ik zal dus de minste moeten zijn...' Ze zucht hartgrondig.

'Niemand zegt dat het makkelijk is, Roos.'

'Nee, dat ís het ook niet. Maar zoals het nu gaat... De prijs is te hoog, zeker nu we zo veel zorgen hebben om Willemijntje. Ga je vanavond met me mee op bezoek bij die dappere schat? Toch een geluk bij een ongeluk dat ze nu hier in het Academisch ligt.'

Even aarzelt Evie. Ze heeft het nog razend druk met een werkstuk, ze moet... Ach wát, dat uurtje kan er heus wel af, zeker nu Roos 'om' is!

Mem! Vanwaar die glimlach rond haar vermoeide mond? En heits ogen, daar zitten weer líchtjes in! 'Wat... is er goed nieuws over Willeke, ons famke?!'

Sietse knikt, hij veegt snel langs z'n ogen. 'Professor Hermans heeft het virus geïsoleerd! Ze... ze hebben er wel meteen bij gezegd dat ze nog geen idee hebben hoe Willemijntje dat onbekende virus heeft opgelopen, en waar. Maar toch! Ze gaan nu hard zoeken naar de juiste antistof. Er is geen serum voorhanden, wellicht moet het via het buitenland hier komen, maar er is weer hoop, Roos! En ons popke, ze is zó blij! Ga jij nu maar eerst naar binnen met Evie. Ja, toe maar, wij zijn al een tijd bij haar geweest. Ze was erg druk, we hebben ons even teruggetrokken en een kop koffie ging er ook wel in. Maar nu... ze zal allicht wat tot rust gekomen zijn.'

Roos trekt Evie aan haar hand mee naar binnen, het kamertje in waar die kleine ligt. Ze struikelt zo ongeveer over haar eigen voeten, en blijft dan pal staan. Evie botst onzacht tegen haar op en ziet dan meteen waarvan haar vriendin zo geschrokken is. Willemijntje ligt in een soort isolatietent, ze is wel te zien maar niet te bereiken! Ze pakt prompt een telefoon en gebaart heftig: dáár!

Met trillende handen neemt Roos het apparaat aan haar kant en met een beverige stem zegt ze: 'Schatje, ik wil je knuffelen, maar dat kan nou niet, hè?'

'Nee, Roos, maar dat geeft niks, hoor. Ik kan toch met je práten!' Het geluid klinkt mechanisch, maar Mijntjes intonatie is vrolijk, opgewonden zelfs.

'Rustig, rustig, famke. Je hebt zulke rooie wangen, het lijken wel appeltjes, je weet wel, die we soms oppoetsen tot ze glimmen. En jij wint altijd, jij...'

'Ze gaan mij beter maken, Roos, dat zegt de dokter, dat zeggen alle dokters én de zusters en broeders. En ik mag ze gewoon bij hun voornaam noemen! Já, de dokters ook, echt wel!'

Roos slikt en slikt; ze hunkert ernaar die paar meter te overbruggen, om haar zusje vast te houden, te knuffelen, haar hartje te voelen kloppen! Maar nee, zij moet zich inhouden, juist ter wille van die kleine flinkerd in dat grote bed met al die toeters en bellen! 'Wil je ook even met Evie praten? Zij houdt bijna net zoveel van je als een zus, daarom...'

'Hou jij niet meer van ons Mels?'

Roos kucht, ze valt stil en herneemt zich dan. 'Ja, ik hou nog wel van Mels, hoor. En morgen ga ik met hem praten! Nou ja, eerst met Robien, maar dan zo vlug als het maar kan met...' Haar stem breekt.

Evie neemt de telefoon over. 'Fijne dingen allemaal, niet, famke? De dokters gaan gauw pilletjes of zo zoeken om jou beter te maken en Roos en Mels worden weer dikke vriendjes, nét als vroeger!'

Willemijn hiklacht. 'Vroeger? Gekkie, ze hebben toch nog maar net pas ruzie? Ja toch, da's toch niet vroeger? Dat was toen ik een baby was en toen...'

Evie ziet hoe Willemijntje ineens wit wegtrekt en ze zegt lief: 'Hé, jongedame, wij zijn veel te druk. Jij moet weer een beetje uitrusten, hè? Nou, híer een dikke pakkerd van mij – ze smakt in de hoorn – en natuurlijk twee van Roosmarijn!' Roos doet wat van haar verwacht wordt, ze drukt twee zoenen op de koude, plastic hoorn.

Later drinken ze met Sietse en Maaike koffie in het grote restaurant beneden.

'Bah, je kunt nergens meer gezellig roken, daar heb ik nou juist zo'n behoefte aan,' moppert Roos, maar haar ogen staan mild.

'Ja, kind, je valt tegenwoordig zo'n beetje onder de categorie crimineel als je af en toe een rokertje leven inblaast. Ach ja, 't is in zo'n ziekenhuis eigenlijk wel logisch ook, hier moeten ze toch het goede voorbeeld geven.'

'Ja,' beaamt Evie droogjes, 'en artsen en verpleegkundigen paffen er ondertussen in hun eigen ruimtes lustig op los! Onderscheid moet er zijn, nietwaar?'

Sietse knikt, en kijkt dan onderzoekend naar zijn oudste dochter; bespeurt hij enige verandering ten goede in haar houding? Of is het alleen de vreugde om Willemijntje?

'Eh... heit en mem...' Ze schraapt haar keel, Roos, neemt té snel een slok koffie en verslikt zich. Evie is al in de benen voor een glas water en als Roos voorzichtig een paar slokjes genomen heeft zegt ze zonder te pauzeren: 'Ik, eh... ik wil met Mels gaan praten. Eerst met Robien, maar nog vóór de Kerst met Mels.'

Maaike strekt haar hand uit, Roos legt de hare erin. 'Goed zo, meid!' is alles wat haar moeder zegt, maar haar ogen stralen.

Sietse zegt schorrig: 'Roosje, famke... eerst dat hoopgevende nieuws over Willeke, en nu dit! Mijn dag kan niet meer stuk!'

Met haar hoofd gebaart Roosmarijn richting Evie. 'Je moet háár bedanken, zij heeft me over de drempel gekregen!'

Ze staan ineens alle vier, en het geeft nogal wat hilariteit als hun hoofden onzacht met elkaar in botsing komen.

'Moet kunnen,' hikt Roos lachend, 'wij Friezen hebben harde koppen, beweert men toch altijd?'

De omhelzingen volgen alsnog en met blije, ontspannen gezichten gaan ze later, buiten bij de hoofdingang, ieder huns weegs.

Mijn dag kan niet meer stuk, huilt het slechts enkele uren later in Sietses hart. Niet meer stúk?! Alles is kapot, voorgoed. Zijn hart wil bidden, maar zijn lippen vloeken.

En Maaike? Zij heeft geen woorden. Haar ogen zijn leeg, haar gelaat is als een masker. En steeds maar weer denkt ze: het is niet waar, het is niet waar, het is níet waar!

Maar het is wél waar. Hun geliefde zoon Melchior zal nooit terugkeren. Nooit, nooit meer! Dit verdriet is te groot voor tranen.

HOOFDSTUK 7

'Nee!' Roos schreeuwt het uit: 'Zeg dat het niet wáár is, het kan niet, het mág niet. Ik moet hem spreken, Mels, ons Mels!' Ze kijkt heit met wijd opengesperde ogen aan, dwingend. 'Zég dan dat het een vergissing is, zég het dan toch eindelijk!'
Sietses gezicht verkrampt, er volgt een loodzware stilte.
Roos kijkt verwilderd naar haar moeder. 'Zég iets, zeg dat het niet waar is! Robien, ik moet Robien spreken. Dit is een vreselijke vergissing, dit gaat over iemand anders. Mels kan niet dood zijn, ik móet... We moeten het goedmaken, ik ga immers morgen, ik bedoel...'
Maaikes ogen blijven leeg, Sietse kreunt.
Roosmarijn voelt het bloed wegtrekken uit haar gezicht. Ze klauwt met haar handen in haar haar, ze trekt eraan tot de tranen haar in de ogen springen. Robien, ze moet onmiddellijk Robien spreken, die weet in welk ziekenhuis Mels ligt, zij weet wat er gebeurd is. Hij was toch niet ziek en hoe dan... waar...! Ze loopt naar de telefoon, en begint Robiens nummer in te toetsen.
Dan is het heit die haar het apparaat uit handen neemt. 'Nee, famke, zij kan elk moment hier zijn, haar vader brengt haar. Zij was erbíj, Roos, zij heeft gezien hoe...' Hij huilt schokkend; zijn lichaam kromt zich als in pijn, ondraaglijke pijn. Hij ziet alles voor zich: Melchior, die een vrouw te hulp was geschoten omdat niemand anders... Het gejouw, messen, bloed... op klaarlichte dag. En Robien, zij had het zien gebeuren en... niets! Ja, ze zou wel gegild hebben, natuurlijk had ze gekrijst, haar longen uit haar lijf!

Maar toen was Mels opgestaan om haar te troosten. Er is niets aan de hand, famke, kijk maar. Het valt reuze mee, zie je wel! En straks komen ze samen hier binnen. En ze zullen erover vertellen, de schrik zal levensgroot in hun ogen staan. Maar ze kunnen elkaar immers opvangen en troosten? Elkaar vasthouden, aanraken en praten. Ze moeten er de komende tijd veel over praten, dat schijnt het beste te zijn, anders blijf je ermee zitten. En zij hier zullen luisteren, urenlang als het moet. Langzaam maar zeker zal de verschrikking verdwijnen, zich terugtrekken tot een verre, mistige achtergrond. Als iets van ooit, iets dat allang voorbij is en...

Zijn gedachtestroom stokt en terwijl een laag gegrom zich aan zijn keel ontworstelt, schiet zijn hand naar zijn borst. Maar zo zál het niet gaan, dat kan niet! Nooit meer zal Mels hier binnenkomen, nooit meer zal hij zijn verhalen vertellen, die milde lach in Maaikes ogen tevoorschijn toveren. Of Roos plagerig aan haar lange haren trekken, of hem een stevige dreun op z'n schouder geven. Nooit meer met Willemijntje dollen tot ze het uitschatert, of haar voorlezen, eindeloos. Nooit meer haar blonde hoofdje tegen zijn schouder...

'Heit!'

Roosmarijns schrille schreeuw, die zich voortzet in haar ogen. Moet híj haar de gruwelijke waarheid vertellen? Wie heeft daar woorden voor? Het is niet in woorden uit te drukken! Waarom helpt Maaike hem nu niet, wat... Hij beweegt zijn schouders die vast lijken te zitten, legt zijn handen in zijn nek en buigt zijn pijnlijk bonzende hoofd achterover. 'Kom, ik ga koffiezetten, Robien kan elk moment hier zijn.' Met vreemd stramme passen verdwijnt hij naar de woonkeuken.

'Melchior is vermoord. Doodgestoken. Met messen. Doodgemaakt, zomaar. In een drukke winkelstraat, in Leiden op klaarlichte dag.' Vlak en mechanisch spreekt Maaike die afschuwelijk afgekapte zinnen uit. Roosmarijn staart haar wezenloos aan, en zakt dan langzaam neer op het wollen kleed; er is geen kracht meer in haar benen. Ze wil iets zeggen, maar er komen geen woorden, enkel wat doffe klanken. Ze wil opstaan maar er is geen beweging. Dit is een nachtmerrie, dat kan niet anders, een weerzinwekkende zwarte droom; beelden die door haar onderbewustzijn worden opgeroepen, omdat ze zich schuldig weet. Maar zo meteen zal ze ontwaken, verward, bezweet – angstig, natuurlijk – maar dan zal het tot haar doordringen: ik heb het maar gedroomd, ik kan het nog goedmaken! Soms weet je dat je droomt, dan kun je jezelf opdragen, jezelf dwíngen je ogen te openen. Dat lukt niet meteen, maar het gebeurt uiteindelijk wel! En dan, na een douche en een kom hete thee, zullen de ergste beelden verdwijnen. Dan besef je, en dat is een rustgevende gedachte, dat het logisch is dat je die afschuwelijke droom had, zó ben je ermee bezig! Zo belangrijk is Melchior voor je. Misschien, in die ene nacht die nog overbrugd moet worden, zal er opnieuw de angst zijn, de gruwel. Maar dán, dan komt alles goed. En ze zullen met elkaar Kerst vieren. Na het feestelijke ontbijt zullen ze naar de kerk gaan en luisteren, bidden, zingen. En dan samen naar Mijntje en alles zal goed zijn. Vrede in huis, vrede in het hart. En ze zullen elkaar aankijken, tussen de flakkerende kaarsvlammen door en Mels zal knipogen. En zij? Zij zal...

Een heftige rilling schiet langs haar ruggengraat als de bel haar droom verscheurt. Ze staat al, op bibberbenen, maar ze stáát en ze dwingt zichzelf naar de gang te lopen. De gang is ineens zo lang en de deur zo ver... Heits silhouet, grotesk, belemmert haar het uitzicht. Hij groeit en groeit en als hij zich langzaam omdraait, is zijn lieve gezicht een bloederig masker en zijn uitstulpende lippen vormen woorden die ze niet kan begrijpen. De mist zet op, sluipt naar binnen en sluit haar in. Grijs, alles is grijs... Grijs maar zacht. Het geeft niet, het is niet erg dat ze valt, dat ze blijft vallen, zo diep, zo diep... Ze hoeft niet te schreeuwen, want alles is zacht, de mist is als een donzen dekbed. Grijs, nog steeds grijs, maar met zwarte puntjes die groot worden, ontzettend groot, en dan is alles zwart.

Als Roosmarijn Walda moeizaam haar ogen opent, heeft haar dekbed weer normale afmetingen, en de gewone kleur. En het voelt zacht, heel zacht en warm. Maar haar hoofd doet zo'n pijn, haar keel brandt en ze heeft dorst. Al die dromen, die vreselijke gruwelbeelden! Ze rilt en dan ineens heeft ze het heet, stikheet! Ze slaat het dekbed van zich af en spert haar ogen, die dik en gezwollen aanvoelen, open. Wie is die man?
'Roosmarijn, ik ben het, dokter Wierda. Je bent een tijdje buiten westen geweest en dat is... tja, dat is logisch, kind.'
Dokter Wierda... Hij had ook bij haar bedje gezeten toen ze roodvonk had en hij was het geweest die de lelijke wond had gehecht op haar knie, na die valpartij op het ijs. En ze hadden juist zo'n lol gehad, en eerder die middag had ze, samen met Baukje van boer Rintjes, de eerste prijs in de wacht gesleept op de honderd meter. En toen ze longontsteking had... hoe oud was ze toen geweest? Een jaar of tien. Doks bezorgde ogen onder de donkere, zware wenkbrauwen. 'Je eigen bedje is altijd het beste, famke. Maar als het niet snel betert, moet je toch een poosje naar het ziekenhuis...' Gelukkig was het zover niet gekomen. En later, toen ze net veertien was en door die jongens achterna was gezeten... Ze had haar benen uit haar lijf gerend, was achterom gegaan bij het doktershuis en zomaar de spreekkamer binnengehold, struikelend over haar eigen benen. En hij had haar laten huilen, haar laten vertellen wat er gebeurd was en mem gebeld. Die was haar komen halen en ze had wat pilletjes meegekregen. Die jongenshanden die haar wilden beetpakken, de vreselijk smerige dingen die ze

hadden geschreeuwd, hun duivels gelach... Maar zíj was sneller geweest en de dokter... hij was haar redder geweest. '... lúisteren, Roos. Robien is beneden, met haar vader en die agent die... Je móet luisteren, Roosmarijn! Het gaat om Melchior, je weet toch wat hem overkomen is? Je moet nu flink zijn, kind, ze wachten op je in de woonkeuken. Je moeder zegt niets, en ze beweegt zich niet, ik moet nu bij haar gaan kijken. Kom, ik geef je een arm. Kijk, hier is je trui, kom, aantrekken. Je zit te bibberen! Mels is dood, famke. Vermoord. Robien heeft het zien gebeuren, zij wil jullie vertellen wat... Ze is héél dapper, Roos, dus wees nu sterk. Zij heeft je nodig, en je ouders ook. Goed zo, nu heb je het niet meer zo koud, hè? En hier, neem dit in, je hebt het nu nodig.'

Roosmarijn neemt het glas water aan. Haar handen trillen en de tablet kauwt ze stuk, want slikken gaat niet. Twee sterke armen helpen haar op de been, ondersteunen haar als ze haar kamer verlaat. De brede bovengang, de trap. Boven aan de houten wenteltrap blijft ze staan, ze leunt zwaar tegen de brede borst van dokter Wierda. 'De daders... zijn ze gepakt?'

'Ja, Roosmarijn, die zitten vast!' Het klinkt grimmig. 'Kom, naar beneden. Eénmaal heel die afschuwelijke gebeurtenis vertellen zal voor Robien al bijna te zwaar zijn...'

Ze huilen in elkaars armen. Tijd en ruimte worden onbelangrijk. Ze houden elkaar vast op een eilandje van stilte, een wonderlijk goede stilte. Er is alleen een zacht ruisen, als van de branding. Zo blijven staan, niets meer hoeven horen, niets meer zeggen...

'Toe, meidjes, ga nou zitten,' zegt Sietse. Zijn stem klinkt dodelijk vermoeid.

Roos laat Robien los, ze wankelt een moment en grijpt Robiens hand. Ze zakken naast elkaar op de grote hoekbank rond de geblutste grenen eettafel van onwaarschijnlijke afmetingen. Dan pas ziet Roosmarijn de vreemdeling: een lange man met ronde, heel donkere ogen, zijn huid als van ebbenhout. Een fraai gebogen neus, een vriendelijke mond...

'Jan Veskai.' Een stevige, droge hand rond haar klamme hand.

Dat uniform staat hem fantastisch, denkt ze dwaas. Ze zou heel hard willen lachen om deze komedie, ze zou... Nee, ze zal níets! Ze drijft haar nagels in het weke vlees van haar hand, en bijt op haar lippen tot ze bloed proeft. Het smaakt naar metaal en het is warm. De huisarts kijkt haar vermanend aan en ze knikt, nauwelijks merkbaar. Mem zit daar als een stenen beeld en heit... Hij is wit, er zijn diepe lijnen langs zijn mond, maar zijn ogen leven. Zijn handen strijken als gevangen vogels over het hout. Dan kijkt ze naar Robien, ze ziet bleek, maar ze is heel kalm, met veel te grote ogen.

Zij legt haar brede, altijd wat gebruinde handen op tafel, keert ze dan langzaam om, met de palmen naar boven. 'We liepen in die drukke winkelstraat,' begint ze.

Ze spreekt langzaam, en articuleert zorgvuldig. Het wordt heel stil als ze vertelt.

HOOFDSTUK 8

Ze lopen hand in hand, Robien en Melchior, tussen al die jachtige of juist slenterende mensen in de drukke winkelstraat. Samen en toch alleen, denkt Robien verdrietig.
'Mels?'
'Hmmm.'
Ze trekt haar hand los. 'Ik wil dit niet, Mels! Er is niets dan leegte tussen ons, dan hoef ik ook geen 'handje vasthouden'!'
'Ook al goed, hoor, net wat je wilt.'
'Toe, joh, laten we even ergens iets gaan drinken. We moeten praten. Echt praten!'
'Alles is al gezegd.'
'Néé!' Ze kijkt naar zijn onverzettelijke profiel; wat is er toch in hem gevaren? Ze smoort een snik en versnelt haar pas. Verblind door tranen botst ze tegen een met pakjes beladen dame op. Nou, dame?
'Hé, stommerd, ken je niet uit je doppe kijke?!'
Mels is er al bij. 'Ach, mevrouw, we zullen even die pakjes voor u oprapen. Zo'n botsing, dat kan nou eenmaal gebeuren in deze drukte.'
'Het... het spijt me,' vult Robien aan en duikt al. De 'dame' bindt onmiddellijk in en zegt: 'Ach, wijfie, je mot om zo'n akkefietje toch niet huile? Wat mijn betreft, zand erover, hoor!'
'Zo,' zegt Mels, 'dat hebben we dan ook weer gehad.'
'Zie je wel, je kunt het wel, Melchior Walda! Vrede stichten, zo'n... zo'n vervelend kijfachtig type in *no time* door de knieën krijgen. Een wildvreemde! En over Roos wil je

niet praten. Daar klopt niks van, jochie. Kom, laten we ergens wat gaan drinken!'

De eerste brug lijkt geslagen; hij legt zijn arm rond haar schouders. Ze kijkt opzij en leest spijt in zijn nu weer warme ogen.

'Goed voorstel, ik kan wel een pilsje gebruiken. Kom op, hier hebben we de Irish Inn.'

De leegte is weg, er is weer ruimte voor communicatie, denkt Robien blij. Ze stappen vanuit de motregen, die eerder herfst dan winter doet vermoeden, de betrekkelijke duisternis van het café binnen. Achterin vinden ze een rustig hoekje. Als ze hun bestelling voor zich hebben staan, komt het tot een gesprek.

'Dus... ze wil met me praten...' zegt Mels als Robien hem verteld heeft over Roos' voornemen.

'Ja! Dat heeft ze van jou geleerd, Mels. Conflicten niet laten voortwoekeren, nee, uitpraten en 't liefst zo snel mogelijk!'

Mels zucht diep en bekommerd. 'Robijntje, je hebt helemaal gelijk. Maar weet je... ik was zó vreselijk teleurgesteld in m'n zus. Ze haalde zichzelf op zo'n onwaardige wijze naar beneden. En dat terwijl Willemijntje...'

'Ja, het wás ook walgelijk. En dat je kwaad werd, dat begrijp ik ook, maar daarna... Zó onverzoenlijk, dat zijn we niet van je gewend, Mels.'

'Nee, maar dat imago van zedenmeester... ik was het zat, meer dan zat! Ik ben geen heilige, bij lange na niet.'

Er zijn twinkeltjes in Robiens ogen. 'Ik heb je nooit versleten voor heilige, zelfs niet voor een halve. En da's maar goed ook, Mels!'

Hij grijnst scheef. 'En nu?'

'Tja, Roos heeft mij ingeschakeld als bemiddelaar zal ik maar zeggen. Ze wil je spreken. Morgen komt ze naar Leiden, om drie uur hoopt ze je te treffen op je etage.'

'Dus, als ik het goed begrijp...' Even is er die felle gloed in

zijn ogen. Robien houdt haar adem in. 'Was alles al achter mij om geregeld door de dames. Nou, fraai is dat!'
Robien slaakt een zucht van verlichting als ze de milde trek om zijn mond ziet.
Melchior schiet in de lach. 'Het vleesgeworden schuldige geweten! Maar oké, ik ben óm. Dit probleem tussen Roos en mij moet de wereld uit, en wel zo snel mogelijk. En niet alleen omdat het bijna Kerst is, al heeft het er natuurlijk wel mee te maken. Als ik jou toch niet had, edelsteentje! Je doet het goed hoor, als 'intermediair', je kunt zo de politiek in.'
'Bewáár me,' zegt Robien geschrokken, 'niks voor mij, al die antwoorden die geen antwoorden zijn, al dat gekonkel in de wandelgangen. Nee, daar ligt mijn ambitie niet, maar dat wist je toch al?'
Hij kust haar vol op de mond.
Robien is gelukkig; het zal weer goed komen tussen Roosmarijn en Mels!

Hoewel het nog geen vier uur is, is de kerstverlichting in de straat al ontstoken. Het doet wonderlijk aan; elk lichtje afzonderlijk heeft een eigen stralenkransje door de gestaag vallende motregen.
'Niks witte Kerst,' zegt Robien, 'maar ach, dat is niet belangrijk, zolang je vanbinnen maar gelukkig bent.'
En dan gebeurt er ineens van alles tegelijk; boven al het rumoer uit klinkt een snerpende gil. Mensen blijven abrupt staan, anderen lopen door alsof ze niets gehoord hebben.
'Wat is er gebeurd?!'
'Ik weet het niet, Robien, al die mensen voor m'n neus.'
Mels begint zich door een massief blok rompen, armen, benen en nieuwsgierige hoofden heen te dringen, hij schroomt niet met zijn ellebogen te werken. Robien roept zijn naam en volgt hem op de voet. En dan zien ze het: een vrouw van tegen de zestig, omringd door een stel jongens.

Eentje van de groep zwaait lachend met de tas waarvan hij zich meester heeft gemaakt. De anderen schreeuwen en lachen en slaan een taal uit waar je haren recht van overeind gaan staan.

'Een mes,' zegt Mels bij haar oor, 'die lange heeft een mes! En die kleine ook!' Hij doet nog een paar stappen naar voren.

'Wacht, Mels, je kunt je er beter niet...'

'Níemand doet iets!' schreeuwt Melchior. 'Nou, ík laat die lui niet zomaar hun gang gaan!' Hij kijkt om zich heen, en ziet enkel starre angstogen of, wat erger is, sensatiebeluste blikken. Er is alleen een man van ruim tachtig die lucht geeft aan zijn verontwaardiging. Hij doet een paar stappen vooruit en schreeuwt schor: 'Laat die vrouw met rust, stelletje tuig, en geef haar die tas terug, nú!'

'Bemoei je er niet mee, ouwe, ik sla je tot moes,' dreigt een van de jongens.

Robien ziet het verbijsterd aan, ze voelt het bloed wegtrekken uit haar gezicht als Melchior zich onverschrokken tussen de oververhitte knapen dringt. 'Niet doen, Mels, kijk uit!' schreeuwt ze. Maar het is slechts een zacht, hijgend gefluister. Ik moet naar hem toe, denkt ze, maar haar benen willen niet. En niemand doet iets.

'Laat iemand 1-1-2 bellen!' roept een jong meisje.

Ja, denkt Robien, dat is het enige wat ik kan doen. Maar nog steeds weigeren haar benen dienst en dan...

De film speelt zich pal voor haar verwilderde ogen af: Mels krijgt de tas te pakken, deelt hier en daar een mep uit en dreigt met de politie. Dan het flitsende metaal, een kreet van ongeloof en pijn. Een terugdeinzende menigte. Gegil, kluwens van armen en benen en witte gezichten.

Ze springt naar voren. 'Stop! Hou op, zeg ik, hou op!'

'Ook een por, schatje? Of zullen we jou es lekker pakken? Is dit soms je vriendje? Mooi ziet-ie eruit, vin je niet, rood staat hem goed!'

Rood... bloed, veel bloed, het geluid van een sirene. Ver weg nog, *te* ver! Maar iemand heeft tenminste gebeld.

Schoppende voeten, Mels gezicht, onherkenbaar verminkt, vijf, zes paar voeten die hem voor even aan het gezicht onttrekken; ze dansen op zijn lieve gewonde lijf. Nog een mes, in de akelige stilte een rochelend gekreun. Vluchtende voeten, geduw, gedrang, paniek. Ze valt, en wordt overeind geholpen door de oudere heer, die zichzelf ook maar amper op de been kan houden.

De vrouw van de tas gilt hysterisch: 'Het is míjn schuld! Maar die koppen, ik heb ze gezien! Vermoorden zal ik ze, ik zal...' Dan valt ze flauw. De film draait verder. Robien ziet zichzelf, gebogen over haar liefste, voelt hoe ze haar hoofd op zijn borst legt. Ze luistert naar dat zwakkloppende hart. Kust zijn bebloede lippen, praat tegen zijn starende ogen, die nu al opzwellen. Witte jassen, een brancard, een dodenrit naar het Academisch Ziekenhuis. Een dodenrit... Zij houdt die slappe hand vast, en leunt verstijfd naar achteren als ze hoort zeggen: 'Hartstilstand, reanimeren!' Zijn doorweekte jas is losgeknoopt, zijn trui is rood, donkerrood. Gek, die was toch grijs? 'We hebben hem terug; snel, snéller, inwendige bloedingen! Ik vrees voor z'n longen, hij...' Dood... Mels gaat dood. Nee, dat kan niet! Ze buigt zich over hem heen.

'Robijntje,' prevelen zijn lippen en iets in zijn brekende ogen dwingt haar nog dichterbij. 'Zal altijd van je houden... komt goed, alles komt goed... Zeg Roos...'
Een knetterende vloek.
'Te laat. We zijn hem kwijt. De rótzakken, ik...'
'Hou je wat in voor dat vrouwtje. Alsjeblieft, Ton!'
Robien lacht kakelend. Wat een vertoning! En 'vrouwtje', waar halen die lui het vandaan! Ze gaan trouwen, Mels en zij, volgend voorjaar, als er bloesems zijn, roze en wit en rood. Bloedrood.

'Ze zijn gepakt, alle zes. Die verdwijnen binnen de kortste keren achter slot en grendel, mevrouw... Er zijn drie getuigen vrijwillig hier gekomen.'

'Ik heet Robien, ik ben geen mevrouw, dat word ik volgend voorjaar. Maar ik laat me natuurlijk gewoon Robien noemen, ook als Mels en ik getrouwd zijn.'

De agent zucht diep en weet geen antwoord. Dit is ook allemaal te erg voor woorden. Hij moet deze vrouw hier achterlaten, in de handen van bekwame artsen en psychologen. Hij pakt haar hand. 'Sterkte, Robien, als je me nodig hebt...' Snel draait hij zich om en maakt zich uit de voeten: dit went nooit!

HOOFDSTUK 9

Nou kan ik weer skrijven want ze hebben mijn virus ge-
vonden en uit Amerika de goede prikken. Die doen wel
zeer maar dat geeft niks. Want in haar borst had het meis-
je Esmeralda veel meer pijn want Damian was dood. En
Floor had ruzie gemaakt dus het is haar skuld! Het is ge-
lukkig maar een verhaaltje dattie dood is Damian want dat
kan toch niet. Zij lijkt op Willemijntje Walda van het Blau-
we Haventje maar verder is alles anders hoor. Hij moest
maar gauw op bezoek komen bij Esmeralda dan kon hij
ook weer zeggen net als heit je bent een smaragd!
En zijn stem moest ze wel horen die donkere klok, zo
mooi! En dan Floortje het zusje en zij ging natuurlijk zacht
praten niet skreewen. Omdat het kleine meisje toch nog
wel ziek was dat begreep de grote zus wel, hoor dacht het
meisje. Maar heit en mem waren gekomen en Floor maar
zonder Damian en wel Zilvertje dat was zijn vriendin om
mee te trouwen. Ook een soort edelsteentje van zilver dan
hè!!
Het meisje Esmeralda moest erg huilen want hij kwam niet
nooit meer. Ze zeiden hij is gestorven maar dat betekent
dood. Maar dat geloofde Esmeralda natuurlijk niet want
hij kan niet zomaar dood zijn!
Het meisje was toch ook zeer ernstig ziek geweest zei die
ene dokter die aardigste en nou werd ze toch beter. Dus
Damian ook meskien. Maar als je dood bent ben je in de
hemel zegt heit, maar Floor zei nee ik geloof niet in de Here
Jezus nou niet meer. Maar dat is heel erg dat mag je niet
zeggen eigenlijk. Dat doet God verdriet en dat is niet goed!

En het meisje Esmeralda ging Damian lekker terugbidden want Jesus deed vaak wonderen in de bijbel en nou ook nog dat wist ze zeker!! Toen zei die andere dokter, die was niet zo aardig soms wel maar soms niet, het is mooi geweest weg met dat skrift, je moet gaan slapen. Nou en toen moest het meisje weer erg huilen en toen was ze wel lief ineens en ze tilde haar op. En ze legde haar op bed en nou was het al weer dag en moch ze even skrijfen niet te lang. En ze was ook wel erg moe en verdrietig; vooral om Damian. Ze wou eigelijk ook wel naar de hemel. Toen stopte het meisje want allemaal vlekken. Bah!

'Ze moet het toch weten,' zegt Sietse moe, 'anders hoort ze het van een ander. Daar in het ziekenhuis hebben ze immers ook kranten...'
'Niet vóór de begrafenis,' zegt Maaike vlak, 'dat is nergens goed voor, ze zou er maar van achterop raken.'
Roosmarijn hoort het zwijgend aan. De begrafenis. Ja, het is echt zo. Mels is vermoord en zij heeft het niet meer kunnen goedmaken! Ze zou willen huilen, maar er zit iets vast in haar keel, en het voelt of er een zwaar massief blok op haar borst ligt. Ademen doet pijn, denken doet pijn. Eten kan ze niet, slikken gaat domweg niet. Ja, water en koffie, vooral veel koffie. En voor het slapengaan twee glazen port. Op doktersvoorschrift, om je wild te lachen!
'Dat is beter dan gewenning aan slaaptabletten.'
Nou, het zal best. Hè, heeft ze weer die onbedwingbare neiging om te gaan gillen, gillen van het lachen! Ze hikt, en nog eens en dan kreunt ze.
Heit legt zijn brede sterke hand over de hare. Mem zegt niets en als ze al praat is het op die toonloze manier, robotachtig. Eng.
Dokter Wierda is daar ook nogal bezorgd over. 'Als dit niet verandert... Ik hoop dat ze tijdens de rouwdienst of bij het graf openbreekt. Zo gaat het helemaal fout!'

Mem openbreken, denkt Roosmarijn schamper, dat zit er echt niet in. Haar moeder heeft zich opgesloten in een cocon van ongenaakbaarheid. Nog een wonder dat ze af en toe aan Willemijntje denkt, dat ze over haar praat. En zij, haar dochter Roosmarijn? Ach, ze merkt haar aanwezigheid amper op, en als ze dat wél doet, laat ze het niet blijken. Misschien wil ze haar straffen; zij had haar geliefde zoon Melchior afschuwelijk behandeld, daardoor was die jongen zichzelf niet, anders had hij nooit...

Ze probeert al die zinloze gedachten af te kappen. Ze wordt er gek van, en met wie kan zíj praten? Ja, met heit, die doet heel erg z'n best er voor haar te zijn, haar te troosten... Maar och, die arme lieverd heeft z'n handen al vol aan zichzelf en die vreemde vrouw, die daar maar roerloos aan de tafel zit te staren. En dan ook nog Mijntje bezoeken... Nee, heit houdt het misschien vol tot na de begrafenis, maar dan zal hij instorten, dat weet ze nou al. En hij had die vreselijke taak op zich genomen om Willemijntje te vertellen dat Mels...

Robien is de enige die, nu in het volle besef van het drama dat zich aan Melchior en haar voltrokken heeft, sterk blijft. Die niet de ogen sluit voor de vreselijke werkelijkheid. Vanavond komt ze praten over de kaart, de liturgie voor de samenkomst. Ze weet precies welke liederen en psalmen Mels mooi vond. Zij zal ook een gedicht voorlezen waar Melchior en zijzelf altijd al zo veel troost en liefde uithaalden. Liefde van God.

Die flinkerd gaat natuurlijk binnen niet al te lange tijd gigantisch op haar lieve smoeltje. Ze leeft nu op een soort geestelijke hoogvlakte. Ze zegt zich gedragen te weten door God de Vader, schuilt onder Zijn vleugels en al die fraaie zaken meer. O, zij, Roosmarijn, twijfelt geen moment aan de oprechtheid van Robien; haar ogen stralen kracht uit, zijn overglansd door iets wat niet van deze aarde kan zijn. Maar wat haarzelf betreft... God? Wat moet zij met een zogenaamd liefdevolle hemelse Vader die haar broer laat vermoorden? Zomaar, omdat hij een medemens wilde helpen? Nee, van haar hoeft het allemaal niet meer. Tijdens de dienst en bij het graf zal ze zich gedragen, ze zal echt proberen mee te zingen, en tijdens de gebeden zal ze keurig haar handen vouwen en haar ogen sluiten. Dat zal ze doen, uit piëteit met haar ouders, en vooral met Robien... Arme meid, wat moet die nou toch verder met haar leven? Zijzelf weet zich al geen raad!

Aan goede raad van de zeer meelevende dorpsgenoten geen gebrek, die weten het allemaal precies! Gods wil... afleiding zoeken, er veel over praten, we zullen voor jullie bidden en ga zo maar door. Gods wil?! Waar halen ze het vandaan! Als ze dan nog ergens in moet geloven, is het in de duivel, of beter het kwaad. Ja, dáár gelooft ze wel degelijk in! En laat al die mensen maar fijn bidden en troosten, zij zal het spelletje wel meespelen. Tot op zekere hoogte natuurlijk! Gisteren... die tante Cato van de tuinderij, die had nota bene de euvele moed gehad te zeggen: 'Roosmarijn, je mag niet vragen 'waarom', Gods wegen zijn ondoorgrondelijk. Maar alles zal uiteindelijk meewerken ten goede, dat belijd jijzelf toch ook? Nee, Roos, je moet op de knieën gaan en zeggen, net als eens Job: 'De Here heeft gegeven, de Here heeft genomen, de naam des Heren zij geloofd!' Dát is de enige weg, anders loopt je weg dood, meisjelief!'

'Mevrouw Reinders, ik bén geen meisjelief, en u hoeft mij niet de les te lezen! En tussen twee haakjes, kent u uw bijbel eigenlijk wel? Die staat stíkvol 'waarom'-psalmen. Of hebt u soms een andere bijbel? Of interpreteert u naar eigen goeddunken? Wat kijkt u nou raar! O, ik begrijp het al: moeilijk woord, sla ik over, hè? Nou, ik ben benieuwd hoe u zult reageren als ze een van uw schattige kindertjes doodmaken. Zomaar, voor de kick. Dág mevrouw Reinders, ik hoop tot niet spoedig ziens!' Met woeste stappen was ze weggebanjerd, Cato Reinders – net als zij vierentwintig, en moeder van drie meisjes – in totale verbijstering achterlatend.

En nu? Wraak! Nee, gerechtigheid, daar zal ze voor vechten. Al moet ze haar baan en alles wat ineens zo onbelangrijk lijkt ervoor opgeven. Robien spreekt nu al van vergeving, dat is toch niet normaal? Nee, dat zij nu het erop aankomt zo sterk is, zo vol geloof, vertrouwen en berusting moet zij, Roos, haar van ganser harte gunnen. Maar later, als zij, die toch zulke vérgaande plannen had voor haar toekomst met Mels, op een gegeven moment gaat beseffen wat er werkelijk voor gruwel gebeurd is, dan zal zíj er voor Robien, toch ook háár vriendin, zijn. Om haar te steunen, te troosten, maar niet met goedkope woorden. Nee, metterdaad zal zij er zijn voor die fijne meid. En dat geldt ook voor heit. Mem? Ze weet het niet, zij heeft ondoordringbare muren rond haar hart opgetrokken. Onbereikbaar wil ze zijn, voor pijn, verlies, emoties. En evenzeer voor heit en de kinderen die haar gebleven zijn. Ach, voor Willemijntje kan zij het wel opbrengen een kwartiertje toneel te spelen, maar verder... Nee.

Roos grist de kranten naar zich toe. Ze wil ze verbranden en toch moet ze het zien, die foto's van de sensatiepers vooral. Die walgelijke gekleurde voorpaginafoto in een van de grootste ochtendbladen van dit lieve landje: Melchiors verminkte dierbare gezicht, Robien totaal overstuur over hem heen gebogen. Toen leefde hij nog en die lui maakten hun foto van de dag! Om van te kotsen. Voor zo'n beroep moet je wel totaal afgestompt zijn, dat is de enige verklaring. En dan al die speculaties in alle kranten en op de televisie, via de radio! Hoe lang die criminelen de bak in moeten, mensen die zich uitspreken over het toch weer invoeren van de doodstraf. Beelden van wildvreemden die op straat geïnterviewd worden. Huilende vrouwen én mannen; allemaal van mening dat er lering getrokken zal moeten worden uit die afschuwelijke miskleun destijds in de zaak van die Meindert Tjoelker.

Ook een Fries... De publieke verontwaardiging, enerzijds doet het haar oneindig goed, aan de andere kant denkt ze schamper: die lui weten niet hoe het echt voelt een geliefde op zo'n manier te moeten verliezen! Ach, neem het ze eens kwalijk... En zij hoopt, mét vele anderen – zeker met de dorpsgenoten – dat justitie deze zaak grondig zal aanpakken, als afschrikwekkend voorbeeld.

Nou, bij haar is het wel eerst zien en dan geloven. Haar vertrouwen in het rechtssysteem van dit tolerante, zogenaamd 'veilige' landje is niet bijster groot. Meer 'blauw' op straat... hmm, het mocht wat! Ja, als je achterlichtje het niet doet, of je staat fout geparkeerd, dán weten ze je wel te vinden en te straffen!

Met een woest gebaar schuift ze de stapel kranten van zich af en ze staat op. Zo onverhoeds dat een duizeling een zwart waas voor haar ogen brengt. Ze zucht diep. Mem reageert niet, ze zit daar maar in haar kopje te roeren. Die koffie is allang koud. Moet ze er iets van zeggen? Ach, het heeft geen zin.

Ze moet eruit, ondanks de regen, de storm. Op zoek naar heit die vast en zeker zijn toevlucht heeft gezocht bij de jachthaven. Hij zal ongetwijfeld de boel aan het controleren zijn, voor de zoveelste keer vandaag. Fanatiek, verbeten, om maar niet te hoeven nadenken. Als ze eenmaal buiten is, heft ze haar betraande gezicht naar de duistere, gesloten hemel. De wind rukt aan haar haren, haar jack. Het deert haar niet. De regen doorweekt haar binnen enkele minuten. Het raakt haar niet. Ze loopt en loopt. Een, twee in de maat, jongens, ik ben toch zo kwaad. Een, twee, in de...

'Roosje...'

Néé, niet Tjibbe Hovinga! 'Rot op met je Roosje. En snel een beetje, want mijn doorntjes zijn wel vlijmscherp. Wegwezen! Ben je soms doof?!'

'Nou, dan niet,' mompelt Tjibbe, 'bekijk het dan maar, tut!' En weg is hij, snel uit beeld verdwijnend in het avondlijke donker. Tjibbe, Pieter-Jan, al die stoere jongens... was ze dan echt stekeblind geweest? Melchior had haar willen waarschuwen, en terecht. En om zulke figuren, zulke macho's van veel geblaat en weinig wol had zij die walgelijke ruzie met Mels ontketend. En nooit, nooit zal ze het meer kunnen uitpraten.

Robien had gezegd: 'Hij was net als jij al overstag, Roosmarijn. Heus! Hij was even koppig als jij. En waar er twee vechten, nou ja, je begrijpt me wel.'

Ja, rationeel gezien had ze Robien best begrepen, maar haar hart kan er niets mee: dat bloedt van spijt, schaamte, schuld. En van pijn, een nu nog doffe pijn die gaandeweg heftiger zal worden. Waar ze nooit van z'n leven meer afkomt. Nee, zij heeft feitelijk geen toekomst meer. Die is verdwenen op het moment dat haar broer voorgoed zijn ogen sloot. Ze kreunt, smijt dan een verwensing de koude avond in.

'Nee, nee, Roosmarijn, niet doen, kind, alsjeblieft!' De stem van heit, schor, breekbaar. Zijn veilige armen om haar heen. En hun tranen die zich vermengen met elkaar en met de nu loodrecht uit de hemel stromende regen. De wind is plotseling afgenomen. Maar niet de pijn, de wanhoop. Nee, die niet.

HOOFDSTUK 10

Ze heeft hem niet meer mogen zien, haar enige zoon. 'Mevrouw, doe het niet, blijf aan hem denken zoals hij was voor hij...'
'Vermoord werd,' had ze gejaagd de zin van de patholoog-anatoom afgemaakt. Had ze maar naar die man geluisterd. Maar ja, dat was nakaarten. Melchior, morsdood, verminkt, geschonden. Onherkenbaar. Alleen de vorm van zijn kin, die was vertrouwd geweest. Maar ze had niet eens door zijn dikke donkere krullen kunnen roefelen, die zaten vastgekleefd aan zijn mishandelde schedel.
Ze had eerst geschreeuwd, heel hoog; hoelang, daar had ze geen idee van. En daarna had ze haar hart uit haar lijf gekotst. Gal, bittere gal, het bleef maar doorgaan. Het is Maaike Walda te moede of ze die smaak nooit meer zal kwijtraken. Eten doet ze niet, hoe Sietse ook aandringt. Water drinkt ze en koffie. En 's nachts – ze gaat er vaak uit als het stil en donker is – plundert ze soms de koelkast. Waarna ze al die vette toestanden door elkaar weer uitspuugt.
Af en toe komt ze haar oudste dochter tegen. Roosmarijn. Een vreemde. Een vreemde? Haar ogen leven, lijken donkerder. Fel staan ze, vol haat. Dat ziet zij, de moeder, heus wel. Ze kan er alleen niet op reageren, dat komt doordat ze emotioneel geblokkeerd is. En ze vindt het wel best zo. Die kerstnacht zit ze in de kille woonkeuken. Ze komt er niet toe om de haard aan te doen. De wind zit in de 'goeie' hoek. Straks zal ze de liederen horen. 'Stille nacht,

heilige nacht', 'Ere zij God', en natuurlijk 'De herdertjes lagen bij nachte'. En nog een paar van die hits. Elk jaar weer. Dan, tegen middernacht, stonden ze daar op het kleine dorpsplein, het koor van het Leger des Heils. Ach, wat hadden ze daar altijd van genoten. Samen beneden, of in de veilige warmte van het bed. Sietse en zij... Wie is hij? Wie is zijzelf? Ze weet het niet. Het doet er ook niet toe. Twee kerstdagen moet ze door, en dan is het de dag van Melchiors begrafenis. Melchior, mijn zoon, mijn zoon... Nee, stop! Dat soort gedachten is zinloos, ze brengen hem niet terug. Beter is het om niets te voelen. Niets. Nog drie dagen haar rol spelen. Dat moet lukken. Koud kunstje voor die stabiele, flinke mevrouw Walda!

Er klinken voetstappen, en even later zwaait de deur zachtjes open. Het is Roosmarijn, als een spookverschijning in een lange flanellen nachtpon met daarover een oud, verbleekt grijs vest. Ze zegt geen woord, knipt een schemerlamp aan en knielt voor de haard.

Maaike zou iets willen zeggen, maar haar tong zit vast. Dat is eigenlijk maar beter ook. Gerommel, gemopper, dan vuurtongen die gretig langs het hout lekken. Roosmarijn gaat ervoor zitten op een kussen. Dan staat ze prompt weer op en schenkt zichzelf een enorme bel port in. Zwijgend vult ze nog een glas en schuift het over de enorme tafel naar haar moeder.

Helemaal zo gek nog niet, denkt Maaike. Maar haar handen blijven ineengeklemd in haar schoot liggen. Het is niet goed. Roos kon het beter ook niet doen, je lost er niets mee op. Drank maakt meer kapot dan je lief is. Of een stel criminelen natuurlijk. Wat maakt het ook allemaal nog uit?

De tijd verstrijkt, de oude pendule tikt de seconden weg. Het blijft stil, dodelijk stil tot... De wind zit inderdaad in de goede hoek, weet Maaike. 'Stille nacht, heilige nacht, Davids Zoon, lang verwacht...' Klinkt wel mooi eigenlijk. Niet dat het haar iets doet, ze wordt er warm noch koud van.

Een schrille schreeuw, glasgerinkel.

Nog beweegt ze zich niet, Maaike Walda. Het is net of ze ogen in haar rug heeft. Roos is overeind gesprongen en gooide haar glas in de haard. Het vuur sist. Tongen als van vuur. De Heilige Geest? Wat betekent dat? Ze heeft het toch allemaal geweten. Maar het geeft niet, ze hoeft niets meer te weten, ze wíl het niet eens.

Nu begint Roosmarijn haar uit te schelden. Er zijn woorden, dan volgt er een akelig gelach en plotseling baadt de woonkeuken in het onbarmhartige licht van de tl-buis.

Sietses gezicht, bleek vertrokken. Er lopen twee grote tranen uit zijn gepijnigde ogen via de diepe groeven langs zijn mond naar beneden. Raar is dat, ze zou naar hem toe willen lopen, en haar armen om hem heen willen slaan en meehuilen. Maar het gaat gewoon niet, ze kan alleen maar roerloos blijven zitten en kijken. Alleen maar kijken.

'Gaan jullie maar naar boven, ik wacht wel tot het vuur gedoofd is.' Zijn stem, daar is iets mee. Er zit een barst in, ja, dat is het. Dan is het weer doodstil. Of nee... 'Vrede op aarde, vrede op aarde, in de mensen een welbehagen. Ere zij God in de hoge...' De woorden komen binnen als ongenode gasten, maar zij, Maaike, zit er niet mee. Ze kunnen wel bij haar komen, maar niet ín haar. Wel in Sietse, dat ziet ze zomaar, want er zijn nu veel meer tranen. En Roos laat het op een of andere manier evenmin onberoerd, want ze schreeuwt weer en lacht. Lacht als een waanzinnige.

Een kletsende klap en dan opnieuw de stilte. Stilte die zich verdiept tot inktzwart. Dan klinken er roffelende voeten op de trap, en is er een hand op haar stijve schouder. Gek, ze voelt ineens dat ze rilt van de kou. Net als het kindeke Jezus, toen in die stal. Of was dat onzin? Waren

de nachten daarginds in Bethlehem juist niet altijd warm? Ja, ze zal maar meegaan naar boven. Sietse wil het graag. Dat gewoon opstaan zo moeilijk kan zijn. Ze voelt pijn als ze ten slotte staat. Ze voelt pijn en toch ook weer niet. Sietses arm onder haar oksels, de lange weg naar de deur, de eindeloze trap. Maar het geeft niet, tijd zat. Het bed, koud aan haar kant. Later, als het vuur gedoofd is, hoort ze zijn trage stap naar boven. Hij is warm en ze kruipt dicht tegen hem aan. Hij praat almaar tegen haar, maar ze snapt er niets van. Het zijn lege woorden.
Alles is leeg.

Om heit zal ik me inhouden, denkt Roosmarijn. Ze ijsbeert door haar kille kamer. Ze moest nog maar eens naar beneden voor een glas port, dat andere had ze maar voor de helft leeggedronken. En ze wil slapen, slapen zonder dromen. Of zonder ooit nog wakker te worden. Ja, dat zou misschien het beste zijn. Ze is immers zichzelf en de anderen alleen maar tot last? Gelukkig, die idioten daarbuiten hebben hun gekweel gestaakt. Doodziek zou je ervan worden als je het al niet was. Willemijntje. Ook ziek, maar aan de beterende hand. Maar ze zal er niet bij kunnen zijn, bij de begrafenis.
Dokter Wierda heeft gevraagd of hij de teraardebestelling op de video mag vastleggen. Voor Mijntje. 'Anders gaat ze zich dingen in haar hoofdje halen die nog erger zijn dan de werkelijkheid. Ze zal op de een of andere manier toch afscheid moeten nemen van Melchior.'
Nog ergere dingen? Alsof dat mogelijk is! Maar goed, die lieve ouwe dok moet maar doen wat-ie niet kan laten. Het zal haar allemaal een rotzorg zijn.
Die kaart! Wacht, ze zal eerst haar slaapmutsje halen. Nou ja, muts... Ze giechelt, en slaat prompt haar hand voor de mond. Zou je op zo'n manier gek kunnen worden? Misschien is het te verkiezen boven dat vlijmscher-

pe voelen, dat gemene, onontkoombare wéten. Maar nee, als ze in zo'n inrichting begint te smijten met serviesgoed of zo sluiten ze haar natuurlijk op. Nee, ze moet haar verstand erbij zien te houden.

Ze sluipt naar beneden, en neemt de hele fles port mee. Ze maakt een kruik voor haar ijsvoeten en installeert zich in de kussens. Die kaart... Ze neemt hem uit het laatje van haar nachtkastje. Robien en heit hadden samen geprobeerd het te verwoorden. Fraaie woorden, och heden, ja. Práchtig gewoon. Weer die vreemde lach. Moet ze toch proberen te vermijden. Eerst dansen de letters voor haar ogen. Ze neemt een flinke slok uit de fles en tuurt. Ja, daar staat het, zwart op wit.

Diep bedroefd geven wij u kennis van het onverwacht overlijden van onze geliefde zoon en broer en van mijn innig geliefde, trouwe verloofde

Melchior Jacobus Reinder Walda

op de jeugdige leeftijd van 26 jaar.

Wij zullen hem vreselijk missen, maar weten dat hij nu Thuis is bij zijn hemelse Vader.

'En Hij zal alle tranen van onze ogen afwissen en de dood zal niet meer zijn, noch rouw, noch geklaag, noch moeite zal er meer zijn.'
Openb. 21 vers 4

En dan volgen hun namen. Ja, natuurlijk staat zij er ook bij. Ze kan helemaal niet achter die zoetsappige tekst staan. Maar goed, dat moest ze toch wel doen ter wille van heit en Robien. Mem, och, die vindt het allemaal wel best. En Mijntje? Beseft zij het wel ten volle? Haar grote sterke broer... Jakkes, nu jankt ze weer!

En terwijl ze woest haar ogen afwist denkt ze bitter: dit moet ik toch zelf doen, want de God van Robien en Melchior, die bestaat niet.

HOOFDSTUK 11

Wat zijn er ontzettend veel mensen, denkt Maaike Walda. Hij was natuurlijk erg geliefd bij velen. Gelukkig dat het vandaag niet regent, maar die oostenwind is wel gemeen guur.

Ze denkt en observeert, de moeder, maar ze ervaart er niets bij; nog altijd staat haar gezicht strak, en zijn haar ogen leeg. Ze ergert zich aan Sietse die almaar met een zakdoek in de weer is, en nog meer irriteert haar Robiens bijna hemelse gelaatsuitdrukking. Nee, dat soort emoties heeft ze niet, en verdriet om Melchior? Nee. Zij is een toeschouwer, ze hoort hier te zijn en ze zal haar plicht vervullen.

Roosmarijn, gekleed in een saai grijs pakje, met daaroverheen een geleende, veel te wijde zwarte regenjas. Waarom heeft ze niet gewoon een van haar kleurrijke outfits aangetrokken? Melchior... ach, die ziet er immers niets van, hij zou... Haar gedachten stokken. De samenkomst is begonnen, ze moeten zingen. Dat zal ze dan ook doen.

'Wat de toekomst brengen moge, mij geleidt des Heren hand...' Och ja, ze had het altijd een prachtig lied gevonden. Sietses stem slaat een paar maal dwaas over, waarom houdt hij zichzelf niet wat meer in de hand? Dan kun je beter net als Roos gewoon je mond stijf dichthouden.

Willemijntje... Die ochtend waren ze nog met elkaar bij haar geweest. Wat had haar lytse poppe, haar kleine meisje, vreselijk gehuild omdat ze er niet bij kon zijn. Later had ze nog gezegd: 'Maar gelukkig hoeft us Mels nooit meer te huilen.'

Leeg, wat is alles toch koud en leeg. Haar man is hier, haar oudste dochter en vele dorpsgenoten, heit Van Alkmade natuurlijk, wat familie en de vele, vele vrienden van Mels en Robien. En toch zo leeg. Maar het is wel goed, zo komt ze deze hele vertoning beter door.

Wat staat dominee Bandringa nou toch allemaal te bazelen? Ze kan hem niet volgen. Maar goed, ze doet er ook niet bepaald haar best voor. Bah, al dat gesnif en gesnotter naast en achter haar! Ze zou Sietse een por willen geven, maar haar armen zijn te zwaar en haar nek zit vast. '... zullen we nooit begrijpen. Gods wegen zijn ondoorgrondelijk. Wij mogen gerust zeggen: 'Ik ben verstomd, ik doe mijn mond niet open,' naar het woord van de psalmist. Gods Woord. Laat het, juist in deze donkere tijden, een richtsnoer voor ons blijven, opdat wij weten dat wij niet zijn als degenen die geen hoop hebben. En dan, ja, dan zal ten slotte die grote morgen aanbreken en God zal alle tranen van onze ogen afwissen. Voor Melchior, die wij hier, als zij die achterblijven, vreselijk zullen missen, is deze overtuiging al werkelijkheid geworden. Nu zullen wij samen dan dat machtige lied zingen: 'Eens zal op de grote morgen, klinken het bazuingeschal. Dan zal Jezus wederkomen, als de Rechter van 't heelal!' Amen.' Niet lachen, prent Roosmarijn zichzelf steeds maar weer opnieuw in.

Niet lachen, dat kan ze domweg niet maken nu. Gelukkig heeft Evie, die naast haar zit, door waarmee zij worstelt; ze kijkt geen enkele keer haar vriendin aan, pakt evenmin haar verkrampte handen met de witte knokkels, negeert haar feitelijk. En dat is de beste remedie!

Roos staart naar haar handen. Raar, je let er nooit zo op, maar wat een vreemde dingen zijn dat eigenlijk. Als je er te lang naar kijkt, wordt het gewoon griezelig, net insecten lijken het. Zij kan ze nog bewegen, buigen, strekken. Er stroomt bloed door. Blauwe aders, rood bloed. Bloedrood.

Melchior, zijn leven vloeide bloedrood uit hem weg, vraag maar aan Robien. Die was erbij, die heeft het onder ogen moeten zien. En moet je nou kijken hoe ze daar zit: recht-op, het lijkt of zelfs haar rug straalt. Dit is echt niet nor-maal meer! O nee, hè, nu gaat zij staan. Ze loopt heel fier en kalm naar het podium om dat gedicht voor te lezen. Als ze maar een beetje normaal doet, niet gaat galmen of met haar armen zwaaien. Roos acht haar er best toe in staat, ze is tenslotte pastoraal werker. Dat gedicht is van de dichter Jaap Zijlstra. Tegen wil en dank dringen de woorden zich aan Roos op.

Visie

Ik loop in regelmatig schrift
over de witte bladzij van de sneeuw,
tussen de prent van heggenmus
en spreeuw
staat die van mij. Een lage zon
geeft tegenlicht en schaduwt
mens en zilverspar. Wie wegvalt
biedt een vergezicht.

Daar had ze het bij moeten laten, denkt Roos kwaad, nu gaat ze nota bene mediteren!
'Dit gedicht, Melchior en ik hielden er samen van. Nu is er voor hem nóg zuiverder poëzie. Volmaakt. Hij is wegge-vallen, ja. Een niet te beschrijven leegte, een onbenoemba-re wond. Maar... Mels geeft óns de ruimte: door zijn ster-ven, en méér nog door Christus' sterven en opstanding, is er voor ons die achterblijven het mooiste vergezicht: God zal ons die ruimte geven.'
Roos slikt; brandend zuur werkt zich omhoog door haar slokdarm. Hier wordt ze nou echt misselijk van! O help, de jubel in Robiens stem breekt door!

'En wij dan? Hoe moeten wij verder, hier? Op deze aarde vol pijn, onrecht, verdriet, oorlog? Dit gedicht geeft ons visie, inzicht; het komt uit de bundel met de titel *Het onland bloeit*. Onland... dat ís toch geen land? Dat is vervreemding, ellende. En tóch... O ja, er is veel onkruid, maar daartussen bloeien de schoonste bloemen. En niet alleen op klaarlichte dag. Nee, ook, of juist in deze stikdonkere nacht.'

Veel gesnuif, gefrummel met papieren zakdoekjes. Nog een paar sprekers: jongeren, ouderen, mannen en vrouwen. Met allemaal hun eigen dierbare herinneringen aan Melchior Walda, die fantastische kerel, die altijd voor iedereen klaarstond. Nooit oordeelde, altijd mild bleef.

Er komt geen eind aan, denkt Roosmarijn bitter. En zo te horen zou Mels in de katholieke kerk zeker kans gemaakt hebben op een heiligverklaring! En altijd zo mild? Nou, tegenover haar, z'n bloedeigen zus, toch mooi niet! En zij zit met de gebakken peren, zij moet hier verder, met haar schuld, te zwaar om te dragen. Verder in deze rottige wereld waar mensen elkaar afslachten. Zoals die Hutu's en Tutsi's in Rwanda elkaar met hakbijlen afmaken als vee. Net als in Algerije, en zoals hier in hun fijne, beschaafde landje, iemand en passant doodgestoken, doodgetrapt kan worden. Eén ding weet ze zeker: als dat tuig niet lang genoeg gestraft zal worden, zal zij...

Dan valt haar oog op heit. Hij staat daar, licht gebogen, maar met iets in z'n ogen... Roos kan het niet duiden. Of nee, ze wil het niet. Maar als ze zijn gestameld dankwoord hoort, komen toch de tranen. Een stroom die van geen ophouden weet. Ze huilt om heit, om Mels... ach, om zoveel. En vooral om mems rug; recht en doodstil, als van een wassen beeld.

Dan volgt de stille tocht naar het graf. De kou is bijtend, maar nog steeds is het droog. Geschuifel op het grindpad, zacht gemompel, snikken. Het pad kronkelt zich tussen de nu kale struiken en bomen door, er lijkt geen eind aan te komen. Er zijn ook sparren, die zijn groen. Blijven groen tegen de verdrukking in. Evergreens. Mislukte kerstbomen... 'Een mooi plekje hebben we voor hem uitgezocht,' had Robien gezegd. Samen met heit had zij vrijwel alles – uiteraard in samenwerking met de uitvaartonderneming – geregeld.

Een mooi plekje... Waar háált ze het vandaan! Maar toch is het waar: hoge bomen, ook laag struikgewas. Bomen die in het voorjaar zullen uitbotten, en in de zomer lange schaduwen zullen werpen, ook over Mels' graf.

De geloofsbelijdenis, het onzevader. Dan... Ze moet wel kijken; zo diep, zo koud! Mels! Ze zou willen schreeuwen, maar ze doet het niet. Heit omarmt haar, en Evie; mem wil geen steun. Maar als de kist zakt, ziet Roos, net als vele anderen, haar mond opengaan in een wonderlijk volmaakte O. Maar geluid is er niet; een stille schreeuw.

Als er ook maar één met stemverheffing gaat spreken, denkt Roos later, als ik ook maar iemand hoor lachen, ben ik weg!

Koffie met cake. Hoe krijgen die lui ook maar een hap door hun strot? Zij warmt haar handen aan het kopje koffie. Maar het helpt niet, ze is door en door koud. Vanbinnen nog het meest.

Ja hoor, daar heb je het al! 'Lang niet gezien, hoe gaat het, meid? Onze Anneriek is net afgestudeerd, hoe doet jullie Joop het op die beroepsopleiding? Wat vreselijk trouwens, hè, van Melchior, het moet zo'n fijne jongeman geweest zijn. Anneriek was dol op hem. Nou ja, niet verliefd, hij heeft eh... hád natuurlijk die Jacobien of hoe heet ze ook alweer? Maar toch...'

Achter haar klinkt gedempt gelach. Ze schiet overeind, en sleurt Evie zo ongeveer van haar stoel. 'Kom, wegwezen hier! Ik word hier doodziek van!'

Evie Landheer gebaart richting Sietse, hij onderschept haar

blik en ontcijfert haar gebaren. Hij knikt moe dat ze beter kunnen gaan.

Op de terugweg probeert Evie een gesprek te beginnen. Maar als er totaal geen respons komt, doet ze er het zwijgen toe. Pas als ze bij de brandende open haard zitten – werktuiglijk had Roosmarijn de noodzakelijke handelingen verricht – en Evie voor hen beiden een glaasje cognac heeft ingeschonken komen er woorden. 'Eef, hoe komt ze erbij. Robien. Bloemen in de nacht! Bah, dat zweverige gedoe, iedereen weet toch dat juist 's nachts alle bloemen zich sluiten? Hun kopjes laten hangen? Nee, laat me niet lachen, zeg! Bloemen in de nacht, dat bestáát niet.'

Evie knikt maar zo'n beetje. Haar hart huilt om Roos; ze klinkt zo hard, zo bitter.

HOOFDSTUK 12

Het gaat niet goed met Willemijntje.
'Haar vechtlust is weg,' verklaart dokter Wang, Willemijntjes 'liefste dokter'. 'Daardoor heeft haar lichaam minder weerstand en werken de antistoffen niet optimaal. Er is al tweemaal een psychologe bij haar geweest, maar deze Sandra Admiraal, een zeer competent klinisch psychologe, heeft nog geen woord uit haar kunnen krijgen. Ja, alleen dat ze met Esmeralda wil praten, dat ze moet 'skrijven' over Damian en Floor. Ze heeft een schrift, wellicht heeft ze thuis ook al vaak verhaaltjes geschreven. Het verhaal waarmee ze nu bezig is zou ons verder kunnen helpen, maar ze weigert het schrift te laten lezen. En dwingen kunnen we haar niet...'
Roosmarijn kijkt naar heits intens verdrietige gezicht, en dan naar het donkere, fijngebouwde vrouwtje, met haar typisch oosterse trekken, haar schuin staande, zeer donkere ogen. Tenger, klein, ja, maar wat een kracht en vitaliteit straalt deze nog jonge arts uit! 'En nu?' vraagt ze dan kort.
Dokter Wang haalt wat mismoedig de smalle schouders op.
'Wij zullen alles op alles zetten om Willemijntje te genezen, we zijn er vele uren per week met een heel team mee bezig. Maar, als het meisje zelf niet meewerkt, niet mee kán werken...'
'Gaat ze ook dood,' stelt Sietse cru vast.
Dokter Wang schudt heftig haar met een glanzend zwarte wrong getooide hoofd. 'Nee, nee, meneer Walda, dat is zelfs zoals het er nu voorstaat uitgesloten. Behalve natuurlijk als er zich complicaties voordoen die niemand, ook wij

als team niet, kan voorzien. Nee, we moeten van stilstand in het genezingsproces spreken, van...'

'Maar stilstand is achteruitgang,' valt Roosmarijn de dokter bot in de rede.

De jonge arts drukt met haar vingertoppen tegen haar hoge, gladde voorhoofd en zucht. 'Ja, daar zit helaas een kern van waarheid in. Maar nu het serum zo goed is aangeslagen vrezen wij niet langer voor haar leven. Nu zijn we meer bang voor eventuele psychische implicaties, waardoor ze lang, misschien wel heel lang in de huidige fase zou kunnen blijven steken. Op een gegeven moment zullen wij haar moeten ontslaan, ik hoop dat u daar begrip voor hebt. O, niet vandaag of morgen, daar gaan beslist nog enkele weken overheen. Maar dan, als wij verder niets meer voor Mijntje kunnen doen en ze blijft zo, dan zal er elders een oplossing gevonden moeten worden. Ik begrijp dat thuis voorlopig geen oplossing is, nu mevrouw Walda...'

'Als het nodig is, zeg ik m'n baan op,' onderbreekt Roos haar, 'we laten ons famke niet opnemen in een psychiatrische kliniek. Daar doelt u toch op?'

Sietse kijkt verrast opzij; dat Roosmarijn dit zo spontaan aanbiedt! Ze is zo hard geworden, zo bitter, hij herkent in haar nauwelijks nog iets van z'n vrolijke vlindertje. En nu dit!

'Als u dat kunt opbrengen, zou dat geweldig zijn. Maar realiseert u zich wel hoe zwaar de taak zal zijn die u op zich moet nemen, als alles volgens het meest sombere scenario verloopt? Vierentwintiguurszorg, het opgeven van uw eigen leven, en dan...'

'Een eigen leven.' Het klinkt schamper. Ze kucht en zegt dan schril: 'Een eigen leven heb ik niet meer, dokter Wang, dat is opgehouden toen ze mijn broer doodmaakten. Nee, ik wil er zijn voor mijn zusje. Ik heb namelijk heel veel goed te maken, wie weet ben ik ook wel rijp voor een zielenknijper. En dan mijn moeder. Há, straks zitten we met heel de familie Walda in therapie! Met Robien erbij, u weet wel, de verloofde van Melchior. Die zweeft nog steeds, maar ze zal binnenkort diep vallen. Mensen hebben namelijk geen vleugels, en in de nacht bloeien er geen bloemen, dus...'

Ze ontwijkt de verontruste blik in de ogen van de andere vrouw, maar als heit een arm om haar schouders slaat, huilt ze.

'Ik zal even koffie halen,' zegt dokter Wang gedecideerd, 'dat lijkt me wel het minste wat ik voor u beiden kan doen op dit moment.' Kwiek verlaat ze de wat steriele spreekkamer.

'Roos... ik moest Willeke toch vertellen dat Mels vermoord is? Ze mocht het hoe dan ook niet van anderen horen. En er wordt zoveel gepraat in het dorp, en je weet zelf hoeveel Wijnjers al te kennen hebben gegeven ons popke te willen bezoeken. Ik had geen keus, Roos.'

'Jij hebt jezelf niets te verwijten, heit. Je bent een prachtvader! Zoals je mem steeds maar probeert te bereiken, zoals je mij opvangt terwijl je toch zelf ook kapot moet zijn...'

Haar stem is hees, ze snikt nog na. En dan zeggen ze tegelijkertijd: 'Als ik jou toch niet had!'

Als dokter Wang binnenkomt met de koffie, ziet ze twee mensen met bleke, vertrokken gezichten, maar met rond hun mond een kleine glimlach. Een lachje dat ook hun ogen bereikt. Gelukkig, denkt ze, onhoorbaar een zucht van verlichting slakend, die twee kunnen elkaar steunen waar en wanneer dat maar nodig is. Deze vader en dochter redden het wel!

Robien Wijngaarden is moe, hondsmoe. Hoe vaak heeft zij die gruwelijke gebeurtenis al niet woorden moeten geven ten overstaan van mensen van de politie zowel als van justitie? Ze begrijpt heus wel hoe belangrijk haar getuigenis is, maar het is elke keer opnieuw als het draaien van een mes in een open wond.

Messen... Er waren harde stemmen geweest, nietsontziende trappende schoenen, duivels gegrijns. Dat was erg geweest, ja, maar die messen! Ze huivert, het is haar te moede of plotseling heel haar lijf krachteloos wordt. Ze moet gaan liggen, ze moet slapen nu.

'Zo, Robien, nog even en je kunt gaan. Een paar vragen nog.'

Verwezen kijkt ze de naar haar smaak wat al te opgeverfde dame in haar zakelijke mantelpak aan. Welke functie bekleedt zij ook alweer, deze mr. Stock? Iets juridisch, maar wat moet zij nou nog meer weten? Ze opent haar mond, maar er komt geen geluid. Ze hoort als van een afstand een zacht kreunen. Daar tussendoor Mels' laatste woorden: 'Alles komt goed' en 'Zeg Roos...'

'Ach, meisje, je bent op, hè? Kom, ik breng je naar een kamer waar een divan staat, je moet eerst wat gaan rusten. En straks... is je schoonzus, ik bedoel, je kunt hier straks niet op eigen kracht vertrekken. Gaat zij met je mee?'

Robien knikt werktuiglijk, ze laat zich op de been helpen en naar een riante kamer brengen. Vaag neemt ze de fraaie eikenhouten lambrisering waar, de enorme lederen fauteuils, maar het enige wat haar nu nog echt interesseert is die divan. Een chaise longe is het eigenlijk, maar wel lekker breed. Mevrouw Stock zet haar voorzichtig neer op de rand en trekt Robiens laarsjes uit. Ze voelt zich net een pop, een van de poppen die zij vroeger eindeloos verkleedde. Een pop is ze, waarvan het mechaniekje bijna aan z'n eind is. Haar benen worden opgetild, er wordt een warme plaid over haar koude lijf gelegd, er zijn zachte woorden. Gedachten lopen dwars door elkaar in haar geplaagde hoofd en ze is zo bang, zo bang voor de steeds terugkerende nachtmerrie. Ze durft niet te slapen, ze... Haar ogen vallen dicht, de zoete slaap omarmt haar en draagt haar voor enkele uren weg van de vreselijke werkelijkheid. Als ze haar ogen weer opslaat, is daar Roosmarijn. Wat ziet ze bleek, denkt ze duf, en haar ogen zijn rood. Waarom? En dan is het er allemaal weer, tot in de kleinste details.

Roosmarijn laat haar met zachte dwang wat koffie drinken en haar hoofd wordt helder. Maar dat wil ze helemaal niet. Ze wil alleen nog maar slapen, slapen zoals ze daarnet had gedaan, zonder kwellende dromen. Maar nee, zo werkt dat niet, ze zal de realiteit opnieuw onder ogen moeten zien, aldoor maar weer, eindeloos. Tot ze echt niet meer kan...

Roosmarijn belt de taxicentrale en binnen vijf minuten rijdt er een auto voor.

Robien vindt het allemaal best, ze laat maar met zich doen. Nog geen kwartier later zitten ze in Mels' woonkamer. Zo bekend en toch zo vreemd. De ziel is eruit, ook al brandt de gaskachel op de hoogste stand, ook al werpen de schemerlampen hun milde licht, Robien kan maar niet warm worden. Het rillen wil niet stoppen, het is alsof ze niets meer over haar lichaam te zeggen heeft.

Dit is nu tijdelijk haar domicilie. Deze etage waar ze zo veel fijne uren met Melchior heeft doorgebracht. Hun gesprekken, hun liefkozingen, de goede stiltes, hun lievelingsmuziek... voorbij, voorgoed voorbij. Ze zou willen huilen, maar het gaat niet, haar keel zit dicht. Ik zit helemaal op slot, denkt ze bang en ze probeert te bidden. Maar er is niets dan leegte, haar woorden zijn onsamenhangend. Ze lopen door elkaar als verdwaalde kinderen, die in paniek ronddolen in een dreigend, duister woud zonder een enkel herkenningspunt.

'Waar is God, die gij verwacht?' De woorden, van welke psalm zijn ze ook alweer? Ze weet het niet. Ze moet God zoeken en Hij zal zich laten vinden. Maar haar hart blijft leeg. Ze is als een vraag zonder antwoord, als een kind zonder thuis. Wat moet ze nou met al die woorden? Woorden uit de bijbel waarmee ze al die lieve oude mensen in het verpleeghuis Sonnewende kon troosten? Wat is er toch gebeurd met haar relatie, haar innige contact met de Vader in de hemel? Waarom luistert Hij niet, waarom blijven haar zinloze zinnen bij het plafond steken? Maar ze kan niet zonder de grote Trooster, ze wil het niet. Dan is ze nergens meer!

'Robien, je moet gaan liggen. Ik zal een kruik voor je maken, goed?'

Verdwaasd kijkt ze Roosmarijn aan, ze weet niets te zeggen.

'Lieverd, toe nou! Kruip snel onder de wol. Je moet in Mels' bed gaan slapen, Robientje, ik ga wel hier op de bank.'

'Nee, niet in zijn bed, dat kan toch niet?' zegt Robien klaaglijk. Haar stem is dun en ijl. De stem van een vreemde.

'Mels zou het begrijpen, echt. Je moet nu eindelijk eens een goede nachtrust hebben. Ja, ik kan hier wel weer op een paar stoelkussens gaan liggen en jij op de bank, maar je bent elke morgen gebroken. Luister nou alsjeblieft naar me, je hebt veel rust nodig. Er staat je nog zoveel te wachten, en dan wil je toch sterk zijn? Sterk zoals Mels je kende?'

'Ach, ja, je zult wel gelijk hebben,' zegt Robien mat. Maar ze blijft star zitten, met steeds nog die huiveringen langs haar rug, de handen verkrampt uitgestrekt naar het kacheltje.

Roosmarijn is er inmiddels van overtuigd dat ze opnieuw de regie op zich zal moeten nemen. 'Kom, opstaan,' zegt ze kort en ze trekt de ander wat ruw overeind; ze heeft immers geen keuze.

Even is er iets van verzet in Robiens houding, dan laat ze het allemaal maar gebeuren. Ze is te moe om tegenstand te bieden en bovendien heeft Roos gelijk: ze zal haar krachten de komende tijd hard nodig hebben met de ophanden zijnde rechtszaken. Ze moet pal staan, vechten voor Melchiors nagedachtenis. Er moet gerechtigheid geschieden. Ze wankelt.

Roosmarijn ondersteunt haar en helpt haar de twijfelaar in. Het bed van Mels... Roos' ogen schieten vol tranen. Snel keert ze zich van Robien af; die heeft nu wel genoeg aan haar eigen ellende, méér dan genoeg! Als ze zichzelf weer onder controle heeft, wendt ze zich opnieuw naar haar vriendin en schrikt van die angstige ogen, van die felrode plekken op het verder zo bleke, smal geworden gezicht. Ze weet wat haar te doen staat; ze heeft voor zichzelf een fles port gehaald, die is nog ongeopend, en ze zal Robien er hoe dan ook van overtuigen dat ze een glas moet drinken.

Het kost haar heel wat overredingskracht – Robien gebruikt nooit alcohol – maar uiteindelijk gaat het dodelijk vermoeide meisje overstag. Ze leegt het haar aangeboden glas als was het water. Als ze Roos het lege glas aanreikt, merkt ze dat het rillen – mede dankzij de kruik en Roos' hartverwarmende aanwezigheid – over is. Ze trekt een vies gezicht, en zegt met een scheef lachje: 'Dat jij dat bocht lekker vindt!'

Roos haalt licht haar schouders op. 'Och, lekker... Het helpt. Ik wil 's nachts slapen, even van de wereld zijn, niets voelen, niet denken. Gewoon rust!'

'Helpt het ook tegen... ik bedoel, droom jij evengoed vaak?'

Roosmarijn schudt het hoofd. 'Iedereen droomt tijdens de slaap, maar ik merk er niks van, dus...'

'Nou, dan ga ik maar slapen,' zegt Robien traag, met een enigszins dubbele tong. 'Ik ben geloof ik een beetje teut.'

Ze lachen samen. Ze lachen tot Roos de tranen over de wangen lopen en Robien wegglijdt in een weldadige slaap. Roosmarijn heeft er drie glazen voor nodig om eindelijk de rust van de slaap te vinden. Dit kan niet zo doorgaan, zegt haar verstand.

'Niks mee te maken, je hebt het gewoon nodig,' gaat het stemmetje van haar gevoel daartegenin. En daarbij, wat doet het er allemaal nog toe?

HOOFDSTUK 13

'Meneer Van Alkmade, stoor ik?'
De oude man kijkt wat geschrokken op, maar prompt wordt zijn blik alert. 'Rutger Soterius, wat brengt jou hier? Ga zitten, de thermoskan staat onder handbereik, zoals je ziet. Schenk ons maar eens een bakje troost in... ik kan het in elk geval wel gebruiken.'
Wat is dit toch een heer, denkt Rutger, een man die respect afdwingt. En toch doet hij helemaal niet uit de hoogte. Nee, het is een soort natuurlijk gezag dat hij uitstraalt. Iets wat Roosmarijns moeder ook heeft, of, beter gezegd, hád. Hij denkt terug aan een gesprek met Melchior over diens grootvader.
'Pake Van Alkmade, dat is een bijzondere man. Een groot man, al is hij dan klein van stuk. En zo bij de tijd. Ik weet dat Roosmarijn graag en veel bij hem komt. En weet je, hij zegt het altijd zo mooi: 'Ik leun aan.' Dat geeft precies weer hoe hij zijn wonen hier bij Bienvenue ervaart; als het echt nodig is, zal hij een beroep doen op de faciliteiten van wat hij noemt 'de seniorenflat', maar hij is erg gesteld op z'n privacy en zijn betrekkelijke zelfstandigheid.'
Ja, zo ongeveer had Mels destijds een en ander verwoord. Het enige wat hem, Rutger, toen echt interesseerde was zijn opmerking over Roosmarijn; als zij zo graag hier kwam bij haar pake, dan moest ze toch meer inhoud hebben dan de 'verpakking' deed vermoeden. Maar keer op keer was hij in haar teleurgesteld; zoals ze flirtte, zoals ze menige jongen het hoofd op hol wist te brengen om hem daarna te laten vallen als een baksteen. Dat ze daarmee telkens weer

zíjn hart brak, ach, dat had ze beslist niet geweten; ze had hem immers nooit zien staan? Pake Van Alkmade schraapt zijn keel.

Rutger schiet overeind. 'Het spijt me, meneer Van Alkmade, u zult wel denken!'

'Ik denk vooralsnog niets, dat wil zeggen... ik kan hooguit gissen naar de reden van je komst. Maar het doet me goed dat je deze ouwe baas eens komt opzoeken, want mijn Maaike, och, ze komt het huis niet uit. En daar is ze weliswaar lijfelijk aanwezig, maar verder... Dat weet ik van Sietse, die komt nog wel regelmatig langs. Tja, en Willemijntje, dat bolle blondje van me, ligt in het ziekenhuis. Roosje weet de weg hierheen kennelijk niet meer, en Melchior... Ach, jongen, je weet het immers allemaal wel. Wat blijft er nu verborgen hier in Wijnje?'

De scherp uitstekende adamsappel van de oude heer springt heftig op in zijn keel, de randen rond zijn verder nog zo verbazingwekkend heldere ogen worden rood.

Rutger schiet vol bij die aanblik, en hij moet drie keer zijn keel schrapen voordat hij kan zeggen waarom hij langskomt. 'Het... het is allemaal nog zo onwerkelijk,' begint hij schor. 'Ik bedoel, verstandelijk weet ik dat Melchior niet meer leeft, maar ik besef het nog niet echt. Vanbinnen ontken ik het maar steeds, en dan de manier waarop...'

Hij huivert, maar vindt gaandeweg de woorden die hem van het hart moeten. 'Ik ben hier eigenlijk ook om met u te praten over Roosmarijn. Maar nu hoor ik dat ze hier ook al niet meer komt, dus u zult me wel niet verder kunnen helpen. Weet u, ik krijg geen hoogte van haar. U moet weten dat ik al minstens twee jaar verliefd op haar ben, maar ze ziet mij niet staan. Ze ging altijd om met van die stoere kerels, en dan nog het liefst met van die studenten die doordeweeks in Leeuwarden of Groningen de bloemetjes buiten zetten en dan vervolgens in de weekends in Sneek of hier op het dorp. Er zijn erbij die elke week een ander hebben, maar ik weet van bijvoorbeeld Tjibbe Hovinga dat hij écht dol was op Roos, en dat ze hem heeft laten stikken voor die Pieter-Jan Bosscha. En dat is intussen ook allang weer uit.

Weet u, ik had vaak zo'n hekel aan haar, of nee, aan hoe ze zich gedroeg. Zo vlinderachtig, zo uitdagend in haar manier van kleden, en hoe ze zich vaak optutte. Maar nu, nu Mels op zo'n afschuwelijke manier is gestorven... is vermóórd, nu herken ik helemaal niets meer in haar van die vlotte Roosmarijn Walda. O, ik begrijp het wel, dat hele gezin is kapot, maar Roosje – ja, zo noem ik haar altijd in gedachten – Roosje zoals ze nú is, zo bitter, zo hard ook... Wie is nou de echte Roosmarijn? Ik kom er niet uit. En, meneer Van Alkmade, ik wil haar zo graag helpen! Daarom dacht ik... Ze heeft, of had altijd een goed contact met u. Ik hoopte dat u me raad zou kunnen geven hoe ik haar het beste kan benaderen nu, in deze moeilijke tijd...'

Meneer Van Alkmade knikt bedachtzaam. Rutger wacht op zijn antwoord, maar de stilte lijkt zich eindeloos uit te strekken. Hij begint zich opgelaten te voelen, bedenkt dat hij maar beter kan opstappen; dit heeft geen zin. Misschien is Roosmarijns pake toch enigszins aan het dementeren. Tja, de man is tenslotte bijna tachtig!

'Vertel me eens, Rutger, hoe zie jij jezelf? Ben je tevreden met wat je bereikt hebt als scheepstimmerman? Vind je jezelf goed zoals je bent?' Rutger Soterius knippert met zijn ogen; meneer Van Alkmade heeft dus echt niets van zijn bedoelingen begrepen. Hij haalt wat stug zijn schouders op, besluit dan dat de beleefdheid vereist dat hij die merkwaardige vraag beantwoordt. 'Tja, tevreden over m'n werk, dat ben ik zeker wel. Dat vak, het is m'n lust en m'n leven. En verder, of ik mezelf accepteer zoals ik ben, dat bedoelt u toch?'

De oude man knikt bevestigend.

'Ach ja, hoe zal ik het zeggen? Ik voel me altijd wat eh...

wat minder dan al die stoere jongens, of ze nu student zijn of bouwvakker of weet ik wat. Tenminste, ik denk dat Roosmarijn mij niet de moeite waard vindt omdat ik niet beantwoord aan haar ideaalbeeld. Wat mannen betreft, bedoel ik. Ik ben niet slim, houd me vaak wat op de achtergrond, en ik drink nooit mee in het tempo van al die anderen. Ik heb daar gewoon geen behoefte aan. Begrijpt u me goed, een paar pilsjes vind ik best lekker, maar ik heb er geen behoefte aan me te bezatten. 'Watje', noemen m'n zogenaamde gabbers me vaak. Ik heb ook nog nooit een meisje 'versierd', zoals zij dat noemen. Ik vind dat een walgelijke uitdrukking voor iets wat... iets wat heel zuiver zou moeten zijn. Het getuigt niet van respect voor meisjes en vrouwen als die lui er zo over praten. Zo denk ik erover...'
'Dank je voor je openhartigheid, jongen. Laat me even denken...'
Rutger kijkt naar de oude man. De lage zon maakt het nog dikke, spierwitte haar van meneer Van Alkmade tot een stralenkrans. Zijn gerimpelde, blauwdooraderde handen steunen zijn fraai belijnde gelaat. Rutger schaamt zich voor zijn gedachten van daarnet; deze man gaat niet over een nacht ijs. Zijn lange leven heeft hem wijs gemaakt. Deze man, die nu al ruim tien jaar weduwnaar is en zich nog altijd, waar mogelijk, inzet voor zijn medemens.
'Rutger, jij onderschat jezelf. Zoals jij een en ander onder woorden weet te brengen, daar kunnen veel van die macho's niet aan tippen.'
Rutger grijnst even. Hij had bewust die term 'macho' vermeden, denkend dat de oude heer de betekenis ervan niet zou kennen. Wat een misvatting! Meneer Van Alkmade is volledig bij de tijd, hij is allesbehalve van gisteren!

'Laat me even meelachen, jongen, ik heb de laatste tijd zoveel gehuild.'
Hij komt daar gewoon rond voor uit, denkt Rutger vol

bewondering. Ik wilde dat ik iets van zijn wijsheid en innerlijke rust had. Meneer Van Alkmade wacht, zijn borstelige wenkbrauwen vragend opgetrokken. Dan vertelt hij waarom hij een binnenpretje had en meneer Van Alkmade lacht mee. Het klinkt blaffend, onwennig; je kunt merken dat hij sinds die vreselijke dag veel gehuild moet hebben.

Dan wordt hij weer ernstig. 'Schenk nog eens in, jongeman. En doe er voor ons beiden maar een bittertje bij. Of...'

'Ik ben niet van de blauwe knoop, hoor,' zegt Rutger wat kort. 'Ik ben eerlijk gezegd wel aan een borrel toe.' En dan spreekt hij zich uit. Over zijn onbeantwoorde liefde voor Roosmarijn, over zijn verlangen sterk en evenwichtig te zijn. Al zijn onzekerheden vertrouwt hij toe aan deze wijze oude heer, die rustig maar zeer betrokken luistert. Weer valt er een stilte, maar Rutger ervaart het nu niet meer als pijnlijk. Hij wacht kalm meneer Van Alkmades reactie op zijn ontboezemingen af, ondertussen nippend van zijn Beerenburg.

'Rutger, mij is duidelijk geworden dat je veel met m'n geliefde kleinzoon gesproken hebt. Dat je tegen hem opzag, zoals je dat ook tegen mij doet. En tegen die stoere knapen. Kijk, Melchior was een fantastische knul, kon goed luisteren, vond vaak de juiste woorden, maar wist ook daden te stellen. En toch, vergis je niet, jongen, niemand is volmaakt, dat was ook Mels niet. Ik weet van hun ouders dat hij en Roos vaak ruzie hadden, ook al gaven ze nog zoveel om elkaar. Dat Mels z'n zus vaak de les las over haar vlinderachtige leefwijze, dat hij haar daarom soms zelfs veroordeelde. Juist omdat hij persoonlijk zo sterk bij haar wel en wee betrokken was, kon hij niet objectief zijn tegenover haar, kon hij niet die mildheid opbrengen die hij wel voor anderen had. Volg je me?'

Rutger knikt slechts.

'En verder... Toen ik van jouw leeftijd was – je bent nu

achtentwintig, nietwaar? – och heden, toen was ik één brok onzekerheid. Mijn vrouw ontmoette ik toen ik al een eindje in de dertig was. Mijn Hilde heeft mij uit mijn cocon gehaald, en heus niet altijd zachtzinnig, maar wel heel liefdevol. En levenswijsheid... Rutger, ik zit inmiddels ruimschoots in de winter van mijn leven hier op aarde. En toch leer ook ik nog elke dag. Je moet me niet op een voetstuk plaatsen, daar hoor ik niet. Ik ben ook maar een zwak mensenkind dat mag leven bij de gratie Gods. Ootmoed en genade, dat zijn de wachtwoorden, Rutger Soterius. Ik heb geleerd wat jij nog moet leren: met al je onzekerheid ben je eigenlijk hoogmoedig. Ik weet dat het niet prettig klinkt. Het is ook niet bedoeld als een veroordeling, dat past een christen immers niet.

En ik durf je dit recht in het gezicht te zeggen omdat ik er zelf net zo voorgestaan heb. Ik bedoel dit: je bent zo met jezelf bezig, of beter gezegd, met wat anderen van je vinden, en daarmee geef je jezelf domweg te veel eer. Al die 'anderen' houden zich heus niet continu bezig met de persoon Rutger Soterius en wat hem beweegt. En dan, nog belangrijker, je doet je Schepper tekort als je min over jezelf denkt. Jij moet op de knieën, jongen, en beseffen dat wat Paulus schreef het levensmotto bij uitstek is: 'Uw genade, God, is mij genoeg!' '

De woede die Rutger even voelde opwellen is weggeëbd: de oude man heeft gelijk! Maar zover is hij zelf nog lang niet. En dan, op zijn vragen betreffende Roosmarijn, daarop heeft hij helemaal geen antwoord gekregen. Of juist wel?

Hij kijkt meneer Van Alkmade vol aan, en brengt dan zorgvuldig onder woorden wat de 'preek' van de ander hem geleerd heeft. 'U bedoelt... nou ja, ik dacht dat we helemaal van mijn vraag over Roosje waren afgedwaald en even werd ik nog kwaad ook. Maar ik geloof dat ik de boodschap begin te begrijpen: ik moet nederig zijn voor God, mezelf aanvaarden omdat ook Hij dat doet en... u vindt

dat ik vanuit die gedachtegang mans genoeg ben zélf open-
hartig met Roosmarijn te gaan praten.'

De oude heer glimlacht, er is een blije glans in zijn ogen. 'Jij
leert snel, Rutger. Ik zou zeggen, waar wacht je nog op?'

'Roos zit nog steeds in Leiden, bij Robien. Maar dit weekend zou ze thuiskomen. Dan zal ik mijn uiterste best doen,
dat beloof ik u en mijzelf!'

'Goed, heel goed, jongen. Enne... als je werkelijk tot een
goed gesprek komt, zeg haar dan dat haar ouwe pake haar
mist, wil je?'

Rutger grijpt spontaan de gerimpelde hand en drukt die
stevig. 'Bedankt, meneer Van Alkmade, ik ben blij dat ik
gekomen ben. En nu moet ik er als een haas vandoor, ik
heb vanavond een redelijk belangrijke voetbalwedstrijd in
Drachten. Ze zeggen trouwens dat ik eh... een goeie keeper
ben.'

'En zo te zien ben je het daarmee eens. Kijk, dat is nou de
juiste instelling. Kom, scheer je weg, deze ouwe baas krijgt
zo z'n avondboterham thuisbezorgd.'

Rutger kijkt bij de deur nog even om en steekt zijn hand
op. 'Tot ziens, meneer Van Alkmade, ik hoop dat ik u ooit
pake mag noemen!' En dan is hij weg, met in zijn oren de
bronzen lach van zijn gastheer. Een lach die echt is, die van
binnenuit komt.

Met grote, tevreden stappen beent Rutger naar zijn huisje
op de Lange Meerweg.

Deel twee

De zoetste wraak

HOOFDSTUK 1

Thuis is thuis niet meer, denkt Roosmarijn bitter. Haar moeder is een vreemde met het gezicht van iemand die ze ooit goed kende; doortastende, stabiele mem, die toch altijd in staat was gebleken de liefde voor haar man en kinderen voelbaar te maken, vorm en inhoud te geven. En nu...

Ze denkt aan heit. Die lieverd doet zo z'n best zijn gezin bij elkaar te houden. Willemijntje bezoekt hij bijna dagelijks, hij heeft een open oor en hart voor haar, Roosmarijn. En voor Robien, ja, ook voor haar. Maar waar moet hijzelf naartoe met z'n pijn, zijn eenzaamheid? Die avond, als Maaike naar boven vertrokken is, vraagt ze het hem recht op de man af.

'Roos, ik denk dat je wel weet bij wie ik mijn heil zoek. Ik weet dat jij er niets meer van wilt weten, kind, en dat doet me onnoemelijk veel verdriet. Toch ben ik ervan overtuigd dat God de Vader jóu niet loslaat. Nee, luister, laat me uitspreken. Ik vind troost in het gebed, kind, en in het zekere weten dat onze Mels voorgoed 'Thuis' is. Dat houdt me op de been. En mijn gesprekken met dominee Bandringa, die helpen me ook vooruit te blijven zien, niet de moed op te geven. Daarbij... door die kracht van boven kan ik er zijn voor de kinderen die ons gebleven zijn: voor jou en ons kleine famke in dat grote ziekenhuis. Zonder God zou ik het niet redden, Roos.'

'Nou, ik red het toch ook!' snauwt ze.

Sietse kijkt haar peilend aan, ze leest de vraag in zijn ogen: is dat wel waar?

'Ja, je moet het op deze verziekte planeet gewoon zelf oplossen. Een ander doet het niet voor je. Kijk nou eens naar Robien... Nee, ze is haar geloof niet kwijt, maar dat heeft niet kunnen verhinderen dat ze volledig is ingestort. Nou, wat heb je daar dan op te zeggen?'

Sietse zwijgt. Zijn hart huilt terwijl het door hem heen gaat: wat is eigenlijk erger, een kind aan God te moeten afstaan, of het te zien afdwalen op een heilloze weg?

'Ben jij dan nooit eens opstandig? Denk je echt dat het Gods wil was dat ze Mels... doodmaakten? Zomaar, omdat hij een ander te hulp wilde schieten? En ach, dat was misschien alleen maar een kleine aanleiding, dat soort lui moordt voor de kick. O, als ik ze in m'n handen had!'

'Ja, Roosmarijn, wat dan?'

'Ik... ik zou ze eigenhandig willen vermoorden, dat zou ik!'

De woorden echoën na, dan wordt het heel stil in de woonkeuken. Roosmarijn slaat haar hand voor de mond. Ook zij is in staat iemand om te brengen!

'Begrijp je, Roosmarijn, dochter van me?'

Ze knikt traag. 'Maar toch... Kun jij die... die schoften dan zomaar vergeven? Hoe zou je het vinden als ons rechtssysteem opnieuw tekort zou schieten, zoals met die Meindert?'

'Ik – mijn oude mens – wil hetzelfde: die lui kapotmaken, laten lijden. Maar dat lost niets op, Roosmarijn, want dan zou ik hetzelfde doen als die knapen. Toch?'

Woest schudt Roosmarijn het hoofd, haar rossig blonde krullen zwieren om het smal geworden gezicht. 'Dat ligt totaal anders, en dat weet je best! Zij... dat tuig, zij hadden geen enkele reden om us Mels...' Stotterend gaat ze verder: 'Wij... wij hebben alle rr... redenen om die criminelen dood tt... te willen, zij hebben ons Mels afgepakt. Zo wreed, zo zinloos!'

Ze huilt en Sietse zucht diep en bekommerd; hij kan haar gedachtegang maar al te goed invoelen.

'Luister, kind. Stel je voor dat iedereen het recht in eigen hand zou nemen, dat zou uitdraaien op pure anarchie. Nee, Roos, ik ben het voor de volle honderd procent met je eens dat ze gestraft moeten worden, de moordenaars van mijn zoon. Maar dan wel via de geëigende kanalen. En ja, ik hoop dat ze die... die knapen voor heel lang opbergen, het liefst levenslang, ik zou...'

'Nu zijn we het dan eindelijk ergens over eens.'

Roosmarijn en Sietse keren hun hoofd naar de deur. Daar staat ze, Maaike Walda, en haar ogen leven weer. Maar het is niet goed, beseft Roosmarijn, zoals ze nu kijkt. Dat is nog erger dan haar apathische houding van de laatste tijd. Ook Sietse schrikt. Waar is de echte Maaike achter die priemende ogen, die demonische blik? Hij schrikt van deze gedachte, maar kan haar niet uitbannen.

Met stevige stappen dreunt Maaike de keuken in en ze gaat naast Roosmarijn zitten, tegenover Sietse.

Twee tegen een, denkt deze bang. O Heer, maak dat zij elkaar niet vinden in het kwade, mijn vrouw en mijn oudste dochter. Alstublieft, laat U dat niet toe! Eerst weigert zijn stem dienst, dan stoot hij uit: 'Ben je terug, Maaike, ben je echt terug bij ons of...'

'O ja, ik ben er weer helemaal, Sietse. Maar als je wilt weten of ik nog dezelfde ben als ik was vóór de moord op onze zoon, dan is het antwoord: néé.'

'Kun jij... kun jij bidden, Maaike?' vraagt hij angstig.

Zij lacht hoog en schril. 'Nou, daar heb ik niet zo'n behoefte aan, Sietse, en als ik het goed heb, onze Roosmarijn evenmin.' Ze kijkt opzij, recht in de amberkleurige ogen van haar dochter.

Roosmarijn maakt een schrikbeweging, ze wil terug naar de warmte in heits ogen, maar het gaat niet. Ze zit als vastgeklonken aan haar moeder, hun ogen lijken steeds dichter bij elkaar te komen. Na een loodzware stilte vindt ze woorden. 'Je hebt gelijk, mem, maar... maar ik vind niet dat je heit als een tegenstander mag beschouwen. Nee, je zegt het niet, maar je houding, je ogen... We hebben elkaar nu juist zo hard nodig, en of de een nu wel kan bidden en de ander niet, dat mag ons toch niet uit elkaar drijven?'

'Och, alles is toch al kapot, het maakt mij allemaal niet zoveel meer uit. Ja, ik verlang ernaar Willemijntje weer thuis te hebben, ik geef nog altijd evenveel om je vader en om jou. Maar het wordt nooit meer als voorheen en dat weten jullie net zo goed als ik. Nee, wat míj op de been houdt is de zekerheid dat die misdadigers gestraft zullen worden. Met genoegen zal ik, als het eenmaal zover is, in de rechtszaal zitten als het vonnis wordt geveld. En als... als er een fout gemaakt wordt, of dat tuig komt er te makkelijk van af, dan...'

'Wat dan!' Sietse schreeuwt het uit.

Maaike haalt licht de schouders op. 'Och, niks eigenlijk. Wat kan ik doen?'

Haar antwoord zou Sietse gerust moeten stellen, maar het voelt niet goed; haar ogen hebben nog steeds die vreemde gloed. Roosmarijn... zij zal het toch ook wel zien? Dit is niet Maaike, niet zijn vrouw, niet de moeder. Zij is hem als een vreemde die de stem en de gestalte van zijn liefste gestolen heeft. Haar gezicht... ja, dezelfde neus, dezelfde kastanjebruine korte haren. Maar haar mond is hard en haar ogen... Hij huivert en staat bruusk op. 'Kom, ik ben moe, ik ga naar boven. Wat jullie doen, moeten jullie zelf maar weten.'

Roosmarijn zou naar hem toe willen rennen, zijn lieve gezicht met de diepe groeven willen strelen. Maar ze komt niet in beweging, de tafel zit ertussen. En dan nog al die onzichtbare barrières. Ze hoort heits dodelijk vermoeide voetstappen op de trap, maar nog blijft ze zitten. Ze moet... Dan is daar plotseling, koud en hard, mems hand rond de hare.

'Laat hem maar... Hij weet waar hij terechtkan voor

troost. Maar ik... wij... Roosmarijn, ik weet, ik vóel dat wij op één lijn zitten. We zullen de gang van zaken af-wachten, heel keurig, maar als er geen recht gedaan zal worden, dan neem ik het in eigen hand. En daarbij krijg ik jouw steun. Nee, spreek me niet tegen, je kunt me niet voor de gek houden, Roos. Ik heb je altijd beter aangevoeld dan jij vermoedde. Heb ik gelijk? Sta je achter me?'

Roosmarijn rukt haar hand los. Het vergt een bijna boven-menselijke inspanning. 'Nee!' krijst ze, 'nee, nee, en nog eens nee!' Ze staat op, haar benen zijn zwaar. Bij de deur kijkt ze nog eens om en ze ziet de triomfantelijke blik in de ogen van mem. Mem? Een bezetene met het uiterlijk van haar moeder.

De kracht keert terug in haar benen en ze rent de hal in, snelt de trap op en vlucht naar haar kamer.

HOOFDSTUK 2

Die zondag slaapt Roosmarijn uit. De avond tevoren had heit gevraagd of ze met hem mee naar de kerk ging. Ze had hem te verstaan gegeven dat ze daar niet ging zitten huichelen. Haar hart bloedde toen ze zijn geliefde gelaat zag vertrekken, maar niettemin had ze voet bij stuk gehouden. Nu staat ze snel op. Ze wil in elk geval de koffie klaar hebben als heit thuiskomt. Mem had ze tegen zevenen al horen rondspoken, die had waarschijnlijk thee gemaakt en was daarna weer in bed gekropen.

Maar als ze beneden komt, vindt ze op de keukentafel een briefje: 'Maak je niet ongerust, ik moet uitwaaien. Heb koffie en brood bij me. Maaike.' Even slaat de angst haar om het hart, mem zal toch geen rare dingen doen? Dan schudt ze vastbesloten haar haren naar achteren en terwijl ze werktuiglijk de handelingen verricht die nodig zijn voor een kan verse koffie denkt ze: laat haar ook maar, mem loopt niet in zeven sloten tegelijk. En nu, met haar nieuwe, weliswaar beangstigende, strijdlust zou ze heus niet...

Hé, daar heb je heit al, korte dienst! O bah, hij heeft bezoek meegenomen, daar staat haar hoofd nu helemaal niet naar! Wie... En dan ziet ze hem, Rutger Soterius, klein en gedrongen, het hoofd gebogen.

'Wat heeft die hier nou te zoeken?' mompelt ze nijdig, maar ze plakt snel een glimlach op. 'Zo, visite, heit! Mem is een eindje wandelen. Hallo Rutger, ga zitten. Koffie?'

'Eh, graag.'

Wat zit hij daar nou onbeholpen, en laat-ie z'n schouders eens wat rechten; al jaren ergert ze zich aan zijn verontschuldigende houding. En daarbij: hij minacht haar! Nou ja, dat is haar probleem niet, zij heeft wel andere dingen aan haar hoofd. Maar goed, heit zal hem wel aan de praat houden, zij peert hem zo meteen naar boven. Of nee, ze kan wel even naar Sneek gaan, bij Robien langs, die heeft haar nu meer nodig dan tien Rutgers.

Maar dat blijkt een misrekening. Na een bakje koffie zegt heit: 'Kom, ik ga eens kijken waar mem uithangt, waarschijnlijk ergens bij de Windhoek. Ik ga haar tegemoet.' Voor Roosmarijn hier ook maar iets tegen in kan brengen, is hij al vertrokken. Bah, wat een rotstreek! Zit zij met die halve zool opgescheept. Oké, ze zal haar rol spelen: een kwartier geeft ze hem en dan gaat ze alsnog naar Robien. Maar waarom is er dan toch iets van vreugde in haar hart? Rutger... hij laat haar blijkbaar niet koud!

Het klamme zweet breekt Rutger uit als meneer Walda de deur naar de tuin achter zich heeft dichtgetrokken. Het was dan wel de afspraak, maar nu zinkt de moed hem in de schoenen. Roosmarijn, Roosje... Ze is duidelijk niet blij met de situatie, ook al blijft die glimlach zitten waar die zit. Maar die komt niet van binnenuit, dat ziet hij wel.

Ineens, als hij beseft dat hij nu moet spreken of op moet stappen, ziet hij het doorgroefde gezicht van de oude meneer Van Alkmade voor zich. Het is net alsof de oude man hem bemoedigend toeknikt. Hij schraapt luidruchtig zijn keel en zegt dan: 'Ga eens rustig zitten, Roos, die koffie kan wel wachten.' Als zij met een wat verbijsterde uitdrukking op haar lieve smoeltje doet wat hij zegt, zonder tegensputteren, voelt hij zich sterk worden. Hij gaat rechtop zitten en kijkt haar recht in de ogen.

'Luister, Roosmarijn...'

'Eh ja, ik ben een en al oor. Maar veel tijd heb ik niet, hoor. Ik ga zo meteen naar Robien, je zult begrijpen dat die nu voorgaat.'

Hij knikt. Met zijn diepgrijze ogen kijkt hij haar vol aan.

Zo, denkt Roosmarijn, hij is dus blijkbaar niet het sulletje waarvoor ik hem soms aan heb gezien.

'Je moet in de eerste plaats de groeten van je pake Van Alkmade hebben, en of je nog eens langskwam. Ja, ik ben bij hem geweest, is dat zo raar?'

'Nou, op zich niet. Maar eh... wat had jíj daar te zoeken?'

'Jou.'

Roosmarijn knippert met haar ogen, springt op en vraag: 'Nog koffie?'

'Nee, daar kom ik niet voor, dat zei ik immers al. Ik zou jou graag willen steunen, een vriend voor je willen zijn. Ik weet wel dat je mij als man niet de moeite waard vindt, maar als mens kan ik wellicht iets voor je betekenen. Mijn gevoelens... Och, laat ik maar open kaart spelen, al weet ik nou al dat ik geen enkele kans maak. Ik ben al jaren verliefd op je, al zijn er talloze momenten geweest waarop ik een gloeiende hekel aan je had. De spelletjes die je speelde met vooral van die stoere jongens. Nou ja, dat doet er niet toe. Het gaat er nu om of je mij een plaatsje in je leven wilt geven. Melchior was een goede vriend van mij. Hij hield ontzettend veel van je – dat weet je zelf ongetwijfeld het allerbeste – maar hij had ook vaak moeite met je onvolwassen gedrag. Juist omdat hij wist dat je...'

'Ja, zo is het wel genoeg, meneer Soterius! De boodschap is duidelijk! En hoe volwassen ben jíj dan wel? Ach, laat ook maar, het interesseert me niet. Voor de rest, bedankt voor je aanbod, maar nee, ik hoef jouw vriendschap niet. Dat je zogenaamd verliefd op mij bent, dat is jouw probleem en bovendien wil ik voorlopig helemaal niks met mannen. Ik heb andere zorgen aan m'n hoofd. En illusies voor later moest je ook maar niet hebben, wij zouden totaal niet bij elkaar passen. Maar ik moet eerlijk zeggen dat je me meevalt, dat je meer pit in je lijf hebt dan ik vermoedde. Je hebt best een leuke kop met die grijze ogen van je en je donkerrode haar. Jij kunt meisjes zat krijgen, wat moet je met zo'n

106

onvolwassen flirt als Roosmarijn Walda? Nee, jongen, jij krijgt een degelijke meid, die niet barstensvol haat zit, die je later een stel leuke kinderen geeft en je huis schoonhoudt. Dat gun ik je van ganser harte. Tja, en dan pake... ik zal die ouwe lieverd gauw eens opzoeken, ik had dat al veel eerder moeten doen. Je kunt nu maar beter opstappen, denk ik...'

Hij staat al, Rutger. Zijn gezicht is bleek, zijn ogen lijken staalgrijs.

'Dank voor je gastvrijheid. Dit was een zeer verhelderend gesprek, Roosmarijn. Je bent als het erop aankomt gewoon een krengetje met te veel verbeelding. Jij komt jezelf nog weleens tegen, jongedame. Nou, ik ga, van mij zul je geen last meer hebben. Eén ding nog: ik hoop voor jou dat je ooit iets van de wijsheid van jouw pake Van Alkmade zult verwerven. Dan zul je ook beseffen dat de wereld niet draait om die sexy Roosmarijn Walda. Het goede!' Bij de keukendeur draait hij zich nog eenmaal om. 'Je zit barstensvol haat, dat zei je toch? Doe daar iets aan, want het vreet je op, het zal je op den duur verteren.'

Als hij vertrokken is, valt de stilte Roosmarijn aan, het overweldigt haar. Het suizen in haar oren zwelt aan tot orkaankracht. Ze is zo vreselijk duizelig ineens, ze moet naar bed. Nee, die trap, dat haalt ze niet... Was Rutger nou nog maar hier. Halverwege de keuken smakt ze tegen de plavuizen.

Stemmen, onherkenbaar. Woorden zonder zin, te veel lawaai. Te schel is het licht, ze wil alleen maar duisternis en geen gedachten. Wat doet die Rutger hier, ze moet hem niet. Nee? Koud, ze is zo koud maar het dekbed is te zwaar. Loodzwaar. Ze moeten haar helpen, ze stikt!

'Roos, kindje...'
Mem, haar stem is weer echt. Ze wil haar ogen opslaan,

maar die zijn zo moe, zo zwaar. Haar hoofd doet pijn en haar rug. Maar ze heeft het niet meer zo koud en die steen op haar borst is weg. 'Ik... waar is heit?' Haar tong wil ook al niet, zo traag komen haar woorden, zo verwrongen klinkt haar stem.

'Heit is naar Willemijntje. Probeer mij eens aan te kijken, Roosmarijn.'

Het lukt. Zacht schemerlicht en mems ogen, liefdevol en bezorgd. 'Ik moet morgen weer aan het werk, mem.'

'Daar hebben we het straks wel over. Dokter Wierda komt vanavond nog even langs. Hij zegt dat je geluk hebt gehad met die val. Maar hoe is dat gebeurd, Roos, herinner je je dat nog? Was Rutger erbij? Nee, dat zal wel niet, die had je daar niet zomaar laten liggen...'

'Hij zei afschuwelijke dingen, maar zijn ogen... die waren goed, en mild. Ja, dat is het woord. Ik was trouwens ontzettend kwaad op hem, hij dacht me de les te kunnen lezen. Ik heb hem weggestuurd. Daarna de stilte. Die werd te groot en nam me mee... Hoezo heb ik geluk gehad?' zegt ze dan bitter. 'Hoe komt de dokter erbij! M'n broer is dood, vermoord, mem is weg, en Mijntje... het komt nooit meer goed. Heit is te goed, ik wil hem geen verdriet doen. Water, mag ik water?'

Maaike keert zich af, staat op van het bed: 'Mem is weg...' Die woorden zijn als weerhaken in haar gekwelde ziel. Maar Roos weet nu niet wat ze zegt... Je houdt jezelf voor de gek, Maaike Walda. Roos mag dan een bult als een ei op haar achterhoofd hebben, ze is bepaald niet op haar achterhoofd gevallen! Ze smoort een lach. Het lukt niet helemaal, het klinkt als een snik.

'Waarom huil je? Het is niet om mij, hè? Het is om Mels en Willemijntje.'

'Hier, drink eerst maar eens.'

Roosmarijn laat zich overeind helpen en gilt van de pijn.

'M'n hoofd, en m'n rug!'

'Als je die pijn te lang houdt, wil de dokter je doorsturen voor foto's, maar na een uitgebreid onderzoek denkt hij niet dat dat nodig zal zijn. Rusten moet je, en dan elke dag een poosje langer je bed uit, anders word je zo stijf als een plank. Dus je werk moet je maar even vergeten.'

Als ze weer ligt, komen de tranen. 'Ik wil hier niet almaar liggen, dan heb ik veel te veel tijd om te piekeren. Ik zou naar Robien gaan, die zit daar maar op haar kamertje in Sneek, en haar ouders zitten in Canada! En Robien maar wachten op al die juridische toestanden die nog komen. Nee, ik vertik het hier als oud vuil te blijven liggen piekeren. Ik vraag de dokter wel om pittige pijnstillers. Desnoods een weekje slaapmedicatie, een goede nachtrust doet vaak wonderen. En dan een smeerseltje of zo... Heeft heit je nog gevonden bij de Windhoek?' vraagt ze dan opeens.

Maaike knikt. Ze is te moe om tegen Roos' onredelijk gepraat in te gaan. Haar mond is als een smalle streep, ze voelt het. En als er al liefde in haar ogen was geweest – liefde voor dit grote, kleine kind – dan is dat nu wel weer verdwenen. Door die woorden van Roosmarijn.

'Kom, ik zet nog een groot glas water op je nachtkastje. We hebben nog van die speciale rietjes in huis. Je weet wel, toen Willemijntje...' Zorgzaam zet ze een en ander klaar, ook een klein tafelbelletje, nog van haar eigen mem. 'Als je me nodig hebt, rinkel je maar. Probeer nog wat te slapen. Als het niet lukt... er zijn nog zetpillen die de pijn bestrijden en je slaperig maken. Dan ga ik maar.'

'Ja, graag. Enne... bedankt. Vraag je heit straks even of hij Robien wil halen? Als het vanavond niet meer lukt... Nou ja, ik zie wel.'

Ze keert zich moeizaam om en Maaike ervaart het als een afwijzing. Haar gang is traag als ze de kamer van haar dochter verlaat.

In de woonkamer schuift ze haar fauteuil zo dicht mogelijk bij de gretig vlammende open haard. Hoewel haar lichaam gaandeweg warm wordt blijft ze vanbinnen koud. Het is haar te moede als was ze versteend, voorgoed. Haar antiekshop is totaal onbelangrijk geworden, evenals de zeilkampen die ze 's zomers begeleidt. Er is niets dan haat...

Rutger Soterius ervaart het alleen-zijn – iets waarvan hij normaal gesproken kan genieten – als een vloek. Continu draaien zijn onrustige gedachten rond het gesprek met Roosmarijn. Ouders heeft hij niet meer, geen enkel klankbord... Ja, hij heeft z'n mannetje gestaan, tegenover Roosje zijn verlegenheid overwonnen. Maar wat heeft het hem opgeleverd? Niets, helemaal niets! Of toch? De wetenschap dat Roosje voor hem onbereikbaarder geworden is dan ooit tevoren. Nee, meneer Van Alkmade had het ondanks z'n enorme levenservaring totaal verkeerd ingeschat. Niet dat hij het die man kwalijk neemt. Maar wat moet hij nu verder? Roosje... Zijn vriendschap wil ze niet, en ze zegt dat ze zijn steun niet nodig heeft. Dat ze ooit verliefd op hem zal worden is uitgesloten, daarvan is hij nou wel overtuigd. En hij, wat voelt hij nog voor háár?
Hij zucht, en neemt een teug van zijn port. Het smaakt hem niet. Hij staat langzaam op en loopt naar zijn piepkleine keuken. Hij giet het glas leeg en zet het bij de afwas op het granieten aanrecht. Wat een rotzooi! Hij kon maar beter deze smeerboel eens afwassen; nog langer uitstellen en de schimmel slaat toe. Bezig blijven, dat is het beste. Al dat getob leidt toch maar tot niets. De vuile vaat grijnst hem aan. Het liefst zou hij naar z'n werkplaats gaan. De plek waar hij zich thuisvoelt, waar hij onder z'n handen materiaal dat lelijk was en goed leek voor de vuilnisbelt, ziet opbloeien. Ziet glanzen als nooit tevoren. Dan kan hij alles vergeten, alle rottige gedachten van zich afzetten. En als hij alleen is, kan hij onbekommerd fluiten, zonder iemand daarmee te storen. Ja, zijn werk is tegelijkertijd zijn therapie. Zelfs op dagen dat hij chagrijnig begint, betrapt hij

zich er na verloop van tijd – en na minstens twee bakken koffie – op dat hij fluit. Zomaar wat wijsjes; een beetje vals, maar wat doet dat ertoe? Zal hij... Nee, toch maar eerst die afwas. Hij mag niet zo'n man alleen worden die de boel laat verslonzen. En zeker niet in zo'n roddelgat als Wijnje; binnen de kortste keren krijgt heel het dorp er lucht van. Hij grinnikt. Het klinkt vreemd, ongepast zelfs.

Melchior, denkt hij smartelijk, wat heeft jouw gruwelijke dood een spoor van ellende nagelaten! Het is maar goed dat jij er geen weet van hebt. Er is zoveel stuk. Bij jullie thuis, hier op het dorp. Ja, dat zeker ook. Want er mag dan veel gekletst worden, iedereen is er kapot van dat jij op zo'n vreselijke manier moest sterven. En de verontwaardiging, de woede jegens die misdadigers, die bindt ons als dorpsgenoten samen. Dat is misschien het enige goede dat uit heel deze ellendige geschiedenis is voortgekomen.

Maar Roosje, míjn Roosje, bestaat niet meer. Zij is hard geworden en bitter. Was ze nog maar die flierefluiter; ze zou uiteindelijk heus wel hebben ingezien dat ze zo niet altijd maar door kon gaan. Nee, dat is na jouw dood ook niet meer aan de orde, Mels. Ze is geen vlinder meer, ze is een roos; nog net niet geknakt, maar de bloem is verwelkt en de doornen hebben terrein gewonnen. Ach, Mels, was je nog maar hier, bij ons. Bij Robien, dat lieve meidje. Die moet nu verder zonder jou, en al vindt zij troost bij God, net als ik, daardoor wordt alles heus niet ineens draaglijk. Dat je vrolijk voort kunt alsof er niets gebeurd is. Robien Wijngaarden, een prachtvrouw, goed in haar functie van pastoraal werkster. Jullie pasten bij elkaar en waren voor elkaar geschapen. Dat gaat niet op voor Roosje en mij. O God, waar ligt dan mijn toekomst?!

Die nacht droomt hij dat Roosje op hem toe komt lopen. In haar armen draagt ze wonderlijk gevormde, dode takken.

'Rutger, ik geef ze jou, jij kunt ze veranderen in bloemen. De dode takken zullen tot leven komen, uitbotten. En als er bloemen zijn, dan gaan wij samen naar Mels' graf. Dan brengen wij hem deze bloemen. Bloemen voor Melchior.'

Rutger strekt zijn armen al uit; zijn ogen lachen haar uitnodigend toe.

'Kom maar, liefste, ik zal de dode takken aanraken in Gods kracht, en er zal leven zijn. Er zullen bloemen zijn, bloemen voor Melchior. Maar ook voor ons, famke. Rozen, ontelbare rozen, en er zullen geen doornen zijn!'

Haar lach, koud en huiveringwekkend. 'Je dacht toch niet écht dat ik het meende? Je bent een onnozele hals, Rutger Soterius. Nee, ik heb jou niet nodig en je gebed al helemaal niet!'

Weer die afschuwelijke lach, en dan ziet hij dat haar tanden zwart zijn. En haar mooie groene ogen zijn doorboord met talloze doornen.

Huilend ontwaakt hij. De rest van die nacht blijft de slaap ver.

HOOFDSTUK 3

Het meisje Esmeralda mag naar huis. Ze hoeft niet naar een ander ziekenhuis voor mensen die ziek zijn in hun hoofd.

Haar mem gaat voor haar zorgen en Floor. Tenminste als die beter is.

Damian is dood en Floor en Esmeralda zijn ziek. En de ogen van heit ook maar hij zegt van niet. Hij praat met de Heer Jezus dat doet Esmeralda ook want dan kan ze misschien Damian terugbidden. En dat Floor niet meer skreeuwt.

Toen bedacht het meisje dat het maar een verhaaltje was dus zij kon Damian weer levend skrijven. En Floor de grote zus kreeg een zachte stem en heit zijn ogen waren weer blij. Mem ging niet meer zo ver weg kijken en dan werd het feest.

Esmeralda wil nou dat ze haar Smaragd noemen net als Damian en dat doet de aardigste dokter. Die heeft wel een rare naam, Wang, maar dat geeft niet.

Er was ook de grote vriendin Zilver die moest vaak huilen om Damian omdat ze niet konden trouwen want hij was in de hemel. Maar Smaragd gaat hem echt terugskrijven want dat kan in een verhaal, niet in het echt natuurlijk.

De dokters zeiden jij hoeft niet naar een ander ziekenhuis want je skrijft en dat is terepie. Nou ze wist niet wat dat woord betekent maar het hielp veel, hoor, het skrijven!

Soms was het meisje nog erg moei en ze mocht nog niet naar skool. Dat was wel een beetje jammer, maar ook wel leuk eigelijk als haar vriendinnetjes allemaal op skool zaten kon zij lekker lezen en skrijfen!

En dan kwam Damian terug hij stond zomaar midden in de keuken en zei Mijntje me kleintje en edelsteentje. En toen moest zij huilen maar dat was juist omdat ze blij was. Daar kon je ook van huilen, hoor, dat wist Smaragd zelf want toen de dokters zeiden je mag naar huis huilde ze ook!

En ze hoopte dat Floor gauw weer beter was en lief en mem zou van die echte ogen krijgen, dichtbij ogen. Dacht het meisje. Maar ze was toch een beetje bang want als ze Damian nou niet uit de hemel kon laten terugkomen wat dan!

En misschien wou hij wel liever in de hemel blijven, want daar had hij nooit meer pijn en ze zouden hem niet met een mes steken. Want boze mannen hadden dat gedaan en toen was hij gestorven.

Als Damian dood bleef ging een heel strenge meneer vertellen aan die boze mannen dat ze naar de gevangenis moesten dat had Zilvertje het meisje uitgelegd. En ze kon het een beetje snappen niet alles hoor! Maar wel dat die gemeners straf kregen, heel lang en zouden ze dan ook brood met spinnen krijgen. Net goed.

Maar zei heit je mag dat niet denken. Hoe kan dat nou wat je denkt dat denk je toch zeker!

En het meisje Smaragd moest van de zuster ophouden met skrijven niet voor straf, hoor. Maar straks kwamen ze haar halen, heit en Zilvertje en dan naar huis!

Eerst had het meisje veel gehuild en toen veel geslapen maar nu moest ze Damian terugskrijven dat kon alleen zij. De andere, grote mensen snappen dat niet die zijn eigenlijk dommer dan het kleine meisje.

Maar Floor was heel lief ze lag op bed en haar hoofd deed heel zeer maar ze vroeg almaar aan Smaragd, hou je van me.

Natuurlijk zei het meisje en toen moest ze huilen. Floor
dus. En toen hebben ze elkaar heel lang vast gehouwen en
kusjes gegeven. Dat was fijn, hoor!
Haar stem was ook zacht maar dat kwam van de pijn. Zei
mem. Maar heit zij nee, niet doen, niet zeggen. En Zilver-
tje ook. Nou Smaragd snapte er eerlijk gezegd niks van.
Maar toch was ze blij en toen kon ze in haar eigen bedje
slapen. Met de knuffelbeer Robijn en de sterke grote leeuw
Damian want die had ze vernoemd. Zo heet dat.
O daar kwam mem. Je moet eten, famke, zei ze maar het
meisje had een dikke bobel in haar keel en was misselijk.
Maar ze moest toch eten en toen moest ze kotsen vreselijk!
En toen ging ze later toch weer verder met haar boek het
moest een mooi boek worden. Ook om te lachen en niet al-
lemaal verdrietige dingen. En toen kwam pake, die was
heel lief maar hij zei niet veel. En Floor moest een beetje
huilen en ze hielden elkaar hun handen vast, de hele tijd.
Maar Smaragd was er vrolijk van, een beetje tenminste. En
mem had rooie ogen maar haar mond was anders, een
soort streep die je met een potlood kon maken. Dat was
niet leuk.
En Zilvertje was zo stil en toen moest ze weg maar Da-
mian kon haar niet naar Snitsj brengen en het meisje kon
Damian niet terugtoveren. Jammer. Toen werd ze moe het
meisje en deed haar boek dicht. Want morgen kon ze toch
wel verder skrijven!

Als Robien Wijngaarden – thuisgebracht door Roosmarijns vader – haar flatje binnengaat, komt de kilte haar tegemoet. En de leegte. Het liefst zou ze meteen met een
kruik onder de wol duiken en dan slapen, eindeloos slapen.
Maar ze weet het nu al: ondanks haar vermoeidheid draait
dat uit op eindeloos piekeren. Dan de verraderlijke slaap
met die steeds terugkerende nachtmerrie. Was mam maar
hier, maar die ligt met een hernia, ver weg. Eerst maar haar

kacheltje aan. O nee, natuurlijk eerst de schemerlampen. En daarna water opzetten voor een flink glas kamillethee. Dat had Mels ook altijd zo lekker gevonden, hoewel hij op z'n tijd ook best wel een borrel of een pilsje lustte.
Hoeveel goede uren hadden ze hier samen niet doorgebracht? Zo veel liefde, genoeg voor een leven lang samen. Maar het heeft niet zo mogen zijn. Ze zou willen huilen, maar haar ogen blijven droog terwijl ze – na drie mislukte pogingen – de gevelkachel aan de praat krijgt. En nu muziek. Het *Requiem* van Mozart? Nee, dan moet ze zeker janken, en als ze eenmaal begint, kan ze niet meer stoppen. Maar wat wil ze nou eigenlijk? Die walgelijke prop moet weg, daarvoor schiet kamillethee tekort. Ze stopt de cd in de speler, kruipt dan zo'n beetje ín de kachel en laat zich door de klanken overspoelen.
Dus huilen kan ook al niet meer, stelt ze na een tijdje bedroefd vast. Maar dan zijn ze er ineens. Tranen, een onstuitbare vloed van warme tranen en ze wíl helemaal niet meer stoppen. Het voelt goed, net of Melchior dichtbij is, en haar troostwoordjes influistert. Ze geeft zich eraan over, Robien Wijngaarden.
Later in bed – leunend tegen een stapel kussens – bekijkt ze hun fotoalbum. Zo dichtbij, dat dierbare gezicht, bijna tastbaar de stralende ogen. En tegelijkertijd zo vreselijk onbereikbaar. Nooit zal hij haar nog in z'n armen houden, nooit meer zullen ze elkaar vol overgave kussen en strelen. Geen plannen maken voor hun trouwdag. Voorbij, definitief. Ze legt het album weg en strijdt met God, vraagt Hem 'waarom'. Niet eenmaal, nee, steeds maar opnieuw. Ze schreeuwt naar de hemel, ze balt haar vuisten: 'God, waar bent U? Wat verwacht U van mij, hoe moet ik verder?' Zo veel vragen. Vragen zonder antwoord.
Ze moet een beslissing nemen. Natuurlijk zal de komende tijd het gedoe rondom de juridische procedures veel van haar tijd en aandacht in beslag nemen. Maar is dat een

reden om weg te blijven van Sonnewende? Nee toch, zeker! Ze wil praten met mevrouw Sanders. Die forse vrouw met haar nu zo kinderlijke geest. Maar een gesprek met haar behoort nog altijd tot de mogelijkheden! En dan beppe Douma... dat kleine vrouwtje dat in een soort kinderstoel haar dagen slijt. Met een enorme slab om, want ze kwijlt voortdurend. Bovendien kan ze vreselijk schelden, iedereen in haar omgeving uitmaken voor alles wat mooi, maar vooral lelijk is. Haar dochters blijven trouw komen, ze laten zich uitschelden en in het gezicht spugen. En dan altijd weer die vraag: 'Robien, wil jij met us mem zingen, alsjeblieft?'

Ja, als ze maar even tijd had, dééd ze dat ook. Liederen uit de bundel van Johannes de Heer. Het duurde altijd even tot beppe Douma's snibbige oogjes verstilden: een wonderbaarlijke metamorfose. En dan begon ze – eerst haperend, gaandeweg vlotter en duidelijker – mee te zingen. 'Ruwe stormen mogen woeden, alles om mij heen zij nacht, God mijn God zal mij behoeden...' Ook zongen ze 'Veilig in Jezus' armen, veilig aan Jezus' hart. Daar, in Zijn teer erbarmen, daar rust mijn ziel van smart.' Ze wist van geen ophouden, en ten slotte moest altijd haar lievelingspsalm gezongen worden. 'Geloofd zij God met diepst ontzag, Hij overlaadt ons dag aan dag, met Zijne gunstbewijzen!'

Dan meneer Van Leeuwen... Als hij eenmaal over vroeger begon te vertellen, hing iedereen aan z'n lippen. Ook zij, Robien. Dan had je natuurlijk nog dat komische mens van Tolsma met haar toch zo tragische levensverhaal, en... Al die mensen die haar nodig hebben, heeft zij hén niet even hard nodig?

Haar besluit staat vast: alle dagen die haar tot het ophanden zijnde proces ter beschikking staan zal zij haar opwachting maken in Sonnewende.

Ze had altijd gedacht dat zíj zo belangrijk was voor deze mensen, wachtend op hun einde. Maar helder breekt nu het inzicht door dat er naast haar oprechte bewogenheid, haar stellige geloof in God de Vader, ook een deel hoogmoed aan te pas was gekomen. Zij, Robien Wijngaarden, alom geprezen door de bewoners, het verplegend en het niet-verplegend personeel. Onaantastbaar... Had zij werkelijk gedacht dat zij altijd maar aan de goede kant van de vragen zou blijven staan?

Nu heeft zij 'haar mensen' nodig, broodnodig. En ze zal gaan. Niet hoogmoedig, nee, maar nederig van hart. En als eerste zal ze beppe Douma opzoeken en haar vragen met haar te zingen 'Welk een vriend is onze Jezus, die in onze plaats wil staan, welk een voorrecht dat ik door Hem, altijd vrij tot God mag gaan!'

Voor ze gaat liggen, leest ze psalm 4 en de laatste woorden zijn als balsem op haar open wonden: 'Nu kan ik mij ter ruste begeven en eindelijk inslapen, want Gij alleen, o Here, doet mij veilig wonen.'

HOOFDSTUK 4

Roosmarijn knapt wonderbaarlijk snel op; ze wil erbij zijn als de rechtszitting gaat plaatsvinden! Om Robien moreel te steunen, om te kunnen vaststellen dat er wel degelijk récht gesproken zal worden. Maar de belangrijkste van haar beweegredenen gaat dieper: het loodzware gevoel van schuld. Als zij zich niet zo afschuwelijk gedragen had, als ze Mels niet had doodverklaard als haar broer, als... Nou, ze had haar zin gekregen, hij is dood, hartstikke dood. Haar broer Melchior en zij... hoe moet zij verder met haar schuldenlast?

'Leg het God de Vader voor,' had pake Van Alkmade rustig gezegd, nadat ze bij hem te biecht was gegaan. 'Wat er tussen jou en Mels is gebeurd, dat is heel verdrietig. Maar jij hebt hem niet vermoord, Roos. Je kreeg berouw, je wilde hem je spijt betuigen. Die kans heb je niet meer gekregen, famke, maar je weet toch van Robien dat ook Mels schuld erkende en alles wilde uitpraten? Juist omdat hij zoveel om jou gaf. Dat heeft ook meegespeeld in zijn té felle reactie op jouw wangedrag. Nee, ga je nu niet verdedigen, je hebt het daarnet zelf zo onder woorden gebracht.

En er was die enorme spanning rond Willemijntjes ziekte, dat heeft natuurlijk ook meegespeeld. Wellicht ook bij jou, Roosmarijn. Je vluchtte in de armen van die jongen van Bosscha, omdat je armen nodig had die je zouden koesteren. Wat hij wilde, dat bood echter geen troost, integendeel. En je had te veel gedronken, vergeet dat niet.'

Ze had zijn woorden ingedronken, haar hart was boordevol liefde. Toch moest ze het zeggen. 'Ik leg niets meer voor aan God, pake. Het helpt niet. Een vorm van zelfsuggestie, dat is het. Dat is wel makkelijk, hoor, je hebt het zelf verpest, en dan mag Jezus het voor je opknappen.'

'Ach, Roosje, lieverd, dat heeft Hij immers allang gedaan!' Ze had hem alleen maar aangekeken, het mededogen in zijn milde blik gelezen. Zijn liefde voor haar. En ze wist het zo wel, hij hoefde het haar niet te zeggen, pake zou voor haar bidden. En dat was toch een goed gevoel geweest, want zelf kon ze het niet. Of wilde ze het als het erop aankwam niet?

Vragen, zo veel vragen, tranen die vastzaten in haar borst. Verlies, uitzichtloosheid... Ze had het treurige rijtje opgesomd. En pake had het niet tegengesproken, hij had slechts haar handen in de zijne genomen en haar naar zich toe getrokken. Een droge, harde kus op haar voorhoofd en: 'Sterkte, Roosmarijn, ik denk aan je.'

Pake, lieve pake, ze weet nu al dat ze hem de komende tijd vaak zal opzoeken!

Met Willemijntje is geen land te bezeilen, hoewel ze zienderogen opknapt. En juist daarom – ze weet haar argumenten te gebruiken, die kleine – blijft ze er maar op hameren dat ze mee moet als die boeven straf krijgen.

'Ze hebben us Mels doodgemaakt, zomaar... nee, omdatie een zielige mevrouw wilde helpen! Ik wil die boeven zien en dat ze húilen als ze straf krijgen. Ik vind dat die smeerlappen ook dood moeten.'

'Die taal wil ik niet horen, Mijntje,' zegt Sietse streng, maar zijn ogen spreken van begrip; ze had ook al niet aanwezig kunnen zijn bij de begrafenis en nu zou ze opnieuw buitengesloten worden. De video die dokter Wierda had gemaakt had ze bijna gretig bekeken. Niet éénmaal, nee, zeker vijf keer.

Maaike had er een stokje voor willen steken. 'Het wordt een obsessie voor us famke. Dit is niet goed, Sietse.'

Hij was het niet met haar eens geweest. 'Zij kan nog amper

beseffen dat ze Melchior nooit meer zal zien, dat het zo afschuwelijk definitief is. Dat kunnen wij immers amper? En nu moet ze het op haar manier – de enige die haar ter beschikking staat – verwerken. Althans, daar maakt ze nu een begin mee. Wees verstandig, Maaike, en laat haar wat dit betreft zelf beslissen. Wat het bijwonen van de rechtszaken betreft... daar moet ik nog eens goed over nadenken. Ik denk dat Robien de aangewezen persoon is om daar met Willeke over te praten.'

'Verstandig, jij met je verstandig!' smaalt Maaike, met weer die priemende ogen. 'Er is ook nog zoiets als gevoel, hoor. En waarom zou ik niet met Willemijntje kunnen praten? Ik ben haar moeder!'

Sietse was opgestaan, hij had haar alleen maar aangekeken en gedacht: ja, jij bent haar moeder, en je geeft haar al je liefde. Maar als ons kleintje over de Here Jezus begint, haak jij af. Net als Roosmarijn. En ik zal niet toelaten dat je het kind die troost ontneemt... Want het is de enige troost!

Robien heeft een afspraak met een juridisch voorlichter. Ze heeft zo veel vragen, al weet ze best het een en ander over de rechtsgang. Maar nu het haar leven raakt – tot in het diepst van haar ziel – wil ze alles weten, wil ze goed voorbereid zijn op wat komen gaat.

Roosmarijn zit nog in de ziektewet – men heeft haar dat in het Streekziekenhuis met klem aangeraden – en ze zal met haar vriendin meegaan. Robien is meer dan een vriendin, ze is bijna een zus! Dat zou ze immers ook geworden zijn als die schoften niet...

Ze vecht er wel tegen, Roosmarijn Walda, maar de haat lijkt vooralsnog onuitroeibaar, en de wraakgevoelens tieren welig. Als je Robien, heit en Willemijn moet geloven zou bidden echt helpen; de Boze slaat op de vlucht voor oprechte gebeden. En daar zit nou net het cruciale probleem, oprecht bidden gaat niet! En huichelen... Ach, als God alles ziet en weet, kan ze Hem immers toch geen rad voor ogen draaien? De hypocrisie van de farizeeërs stelde Hij toch ook genadeloos aan de kaak?

Nee, het heeft geen zin, dit soort bespiegelingen. Realistisch zijn, je recht halen, het recht van Melchior. Dáár gaat het om. En ja, daarvoor zal ze alles aan de kant zetten. Voor de volle honderd procent zal ze zich sterk maken voor recht en gerechtigheid. Robien mag niet overkomen wat dat meisje Jennifer destijds overkwam: slachtoffer van die moordenaars en dan daarbij ook nog slachtoffer van het rechtssysteem.

En ze weet wie pal achter haar staat: mem! Ja, heit ook, dat spreekt vanzelf, maar met zijn houding weet ze zich niet goed raad. Het heeft iets van berusting, van een soort vergeving zelfs. Nee, daar kan zij in elk geval niks mee!

Evie Landheer komt het weekend voordat Roos met Robien naar Leiden zal vertrekken naar Wijnje. Roosmarijn, haar vriendin... Ze herkent haar af en toe nauwelijks met die felle ogen en die harde, ontsierende trek rond haar mond. Maar ze laat haar niet vallen, dat spreekt vanzelf. Ze weet dat Roosmarijn dan wel veel kennisjes heeft, maar dat zij de enige is bij wie Roos als vriendin echt zichzelf kan zijn.

Met haar studie vlot het niet. Ook zij is nog totaal van slag door de dood van Melchior Walda. Die fijne knul, op wie ze ooit, jaren geleden, nog een tijdlang stilletjes verliefd is geweest. Dat was nog vóór Robien in zijn leven kwam... Sindsdien heeft ze weleens een tijdje verkering gehad, maar het liep altijd weer op een teleurstelling uit. Zocht ze nog altijd te veel een tweede Mels?

Ach, dit soort gedachten, wat schiet ze ermee op? Ze moet gaan pakken en ze mag wel opschieten ook, anders mist ze haar trein. Een paar dagen weg van hier, van het studentenleventje dat haar nu zo leeg en zinloos lijkt. Al die discussies, al die gesprekken over hoe ze met elkaar de wereld leefbaarder zullen maken. Elke vrijdag met elkaar naar de kroeg om het weekend in te luiden. O, De Drie Gezusters is een leuke tent, maar er zijn altijd van die figuren bij die te veel drinken en dan klef gaan doen. En toch gaat ze altijd maar weer mee, want ze wil niet al te veel buiten de boot vallen, die brave, christelijke Evie Landheer. Eenmaal in de trein naar Leeuwarden probeert ze zich te ontspannen. Haar studieboeken heeft ze bewust thuisgelaten. Ze heeft beloofd dat, als de Walda's ook meegaan naar Leiden, zij op Willemijntje zal passen. Al zal ze het tegenover dat lieve eigenwijsje nooit op die manier zeggen, die zou onmiddellijk lik op stuk geven en uitroepen: 'Ik heb geen babysit nodig, maar ik vind het wel gezellig dat je bij me wilt zijn.'

Willemijntje... wat gaat er toch om in dat hypersensitieve kind? Ze wil schrijfster worden, heeft ze haar eens toevertrouwd. Evie acht het niet uitgesloten dat het haar nog zal lukken ook, ooit; zoals dat kind haar gedachten kan verwoorden! En ze schrijft al sinds haar zesde jaar verhaaltjes, die alleen Melchior en pake Van Alkmade mochten lezen. En nu schijnt ze ook bijna dagelijks te schrijven. Maar volgens Roosmarijn is ze niet van zins haar 'boek' uit handen te geven; het is háár boek, háár verhaal. Haar geheim, dat ook. Wie weet kan ze er iets mee en helpt het haar de gruwelijke dood van Melchior te aanvaarden en te verwerken.

Ze schrikt op als een oudere, ietwat verlopen man tegenover haar vraagt of hij haar iets te drinken mag aanbieden. 'Koffie, of liever een pilsje? Je ziet eruit of je wel een opkikkertje kunt gebruiken.'

'Nee, dank u,' zegt ze stug en ze graait een tijdschrift uit haar tas. Wat een verwaande kwast, waar bemoeit hij zich mee? Ze heeft geen zin in zomaar een gesprek met een wildvreemde man. En zeker niet in het uitwisselen van confidenties. Ja, ze zal daar gek zijn, zeker met zo'n type.

Ho, ho, niet zo snel oordelen, roept ze zichzelf achter haar Libelle tot de orde. Ze ziet letters, maar de zin ervan ontgaat haar. Reclames die een eeuwig jeugdige huid beloven, of een ultraschone was. Niet tevreden, geld terug. Allemaal flauwekul. Nou ja, ze heeft nu tenminste iets om zich achter te verschansen. Steels kijkt ze op haar horloge; nog maar ruim een kwartier, dan komen ze aan in Leeuwarden. Gelukkig haalt meneer Walda haar op met de auto, hoeft ze niet nog eens met de bus.

Ze zucht diep, hondsmoe is ze ineens.

Willemijntje geeft het niet op, ze wil mee met Robien en Roosmarijn.

'Ik wil ook alles snappen, ik moet dat doen voor Melchior. Het moet, want ik kan hem niet terugtoveren!!'

Uiteindelijk is het pake Van Alkmade die het salomonsoordeel velt: 'Eerst gaan Robien en Roosmarijn samen, misschien met mem en heit, en later, als de echte rechtszaak komt, dán mag je mee. Tenminste als heit en mem dat goedvinden.'

Die vinden het prima; Willemijntje kan zo vasthoudend zijn als een terriër!

HOOFDSTUK 5

Die nacht vliegt Roosmarijn overeind. Ze verstart. Daar staat hij, Tjibbe Hovinga. Lang, dreigend, uitgetekend als een silhouet.

'Je hoeft niet bang te zijn, Roosmarijn Walda, ik zal je geen kwaad doen. Ik wil je helpen, want ik hou van je. Al zo lang, maar jij hebt het nooit geweten. Dat is mijn schuld, ik moest zonodig de stoere jongen uithangen. Omdat ik dacht dat jij me het liefst zo zag. Maar nu...' Ze kan zich niet bewegen, ze kan niet schreeuwen als hij plotseling krimpt. Niets kan ze doen als hij dichterbij komt, zijn armen uitgestrekt.

Woorden vindt ze niet als hij eerst de donkerrode haren van Rutger Soterius krijgt, dan diens gezicht en ten slotte diens stem. Die armen... Ineens is de dreiging weg. En als hij bij haar gaat zitten, haar tegen zich aantrekt, kruipt ze weg in zijn warme, veilige omhelzing. Hij streelt haar koude rug en dan heft zij haar gezicht naar hem op voor een kus. Een kus die zal duren en duren, tot zij met hem zal versmelten.

'Slet!' zegt hij met de stem van Pieter-Jan. Ze begint klaaglijk te huilen, en zoekt troost in zijn ogen. De ogen van Rutger. Maar hij heeft geen ogen meer, die zijn uitgestoken. Bloedende gaten zijn er slechts en zijn gezicht is onherkenbaar verminkt. Even nog knellen zijn armen haar stijf tegen zijn bebloede lijf aan, dan laat hij haar vallen.

De val duurt eindeloos, en er is geen vangnet. Zij weet zich als iemand die geen helper heeft. De klap, het bleke daglicht en de pijn. De kwellende pijn op haar borst. Melchior, kom terug! De nachtmerrie is niet voorbij, jij bent dood, dood, dood!

Ze transpireert niet, integendeel, ze heeft het koud, zo koud. Alsof ze nooit meer warm zal kunnen worden. Of... Rutger? Hij was er ook bij, hij maakte haar warm, hij troostte haar. Hij houdt van haar, dat heeft hij haar verteld. Hij wil haar tot steun zijn, haar verdriet om Mels delen. Rutger...

Ze gooit haar dekbed van zich af. Rillend zoekt ze een badlaken en schoon ondergoed. Een hete douche, dan warme kleren. Beneden sterke, hete koffie, en alle muizenissen zullen verdwijnen.

Alle muizenissen?

Mr. Velse is een sympathieke vijftiger met grijzende slapen en vriendelijke ogen. 'Mevrouw Wijngaarden, u gaat een zware tijd tegemoet. En u, mevrouw Walda, eveneens. U en uw familie zullen de komende maanden steeds geconfronteerd worden met de strijd tussen gevoel en verstand. Ik ben graag bereid u een en ander zo helder mogelijk uit te leggen, maar u moet zich wel realiseren dat mijn inzet uw verdriet, noch uw woede kan wegnemen.'

'Zegt u alstublieft gewoon Robien en Roosmarijn, dat... dat voelt beter,' hakkelt Robien.

De man knikt begrijpend. 'Dat zal ik doen. Misschien vergis ik mij nog wel een paar maal, want ik zit nogal vast aan ambtelijke taal en de daarbij behorende beleefdheidsnormen.'

'Nou, u lijkt me anders ook een echt méns!' flapt Roos eruit.

Mr. Velse glimlacht, er is een vleugje humor in zijn ogen. Maar dan wordt hij weer ernstig. 'Luister. In deze vreselijke situatie kun je eigenlijk niet van 'geluk hebben' spreken, maar toch is dat in bepaalde opzichten aan de orde. Nee, nee, laat me even uitpraten. Straks kunnen jullie losbranden met al je vragen. Maar nu stel ik een en ander heel formeel. Het misdrijf vond plaats op klaarlichte dag, er was sprake van 'op heterdaad betrappen' van de daders, én we hebben drie getuigen bereid gevonden onmiddellijk mee te gaan naar het bureau, nadat de daders gearresteerd waren. Er zijn ook meteen processen-verbaal opgemaakt.'

'Die lieve ouwe man,' mompelt Robien.

Mr. Velse knikt. 'En die dame die in eerste instantie het slachtoffer was. Daarnaast nog dat jonge meidje. U eh... je weet wel, Robien, die meteen 1-1-2 gebeld heeft. Het is onder de gegeven omstandigheden heel positief dat deze drie getuigen zich meteen beschikbaar stelden, want wat dat betreft kan en mag de politie geen enkele dwang uitoefenen.'

'Al die anderen...' fluistert Robien met tranen in haar ogen. 'Er waren erbij die gewoon doorliepen, en wat ik nog erger vond, mensen die ervan stonden te geníeten. Lekker, een rel, dat mogen we niet missen! Walgelijk, en daarna die persmuskieten. Ja, natuurlijk onder het mom van 'we doen nu eenmaal gewoon ons werk'. En die camera's, al die op sensatie beluste media... báh!' Ze barst in tranen uit.

Roosmarijn legt een arm rond haar schouders en mr. Velse kucht. Ook hij kan zijn emoties niet altijd bedwingen bij dergelijke gruwelijkheden. Toch zal hij nu degene dienen te zijn die weer ter zake moet komen. Hij schraapt zijn keel, en vraagt dan of hij verder kan gaan met zijn uitleg.

'Wel, in dit geval kon de politie onmiddellijk overgaan tot drie dagen voorlopige hechtenis. Wat verlengd is, zoals jullie weten, met nog eens drie dagen door de officier van justitie. En daarna heeft de rechter-commissaris de hechtenis met nog eens tien dagen geprolongeerd. Tot zover duidelijk? Mooi. Dan zitten we nu inmiddels al in de volgende fase: de raadkamer heeft in een zitting pro forma de verdachten dertig dagen extra opgelegd. Gelukkig was in deze zaak alles zo evident dat men daartoe kon overgaan. En ter geruststelling: de kans is vrijwel honderd procent dat de raadkamer er nog tweemaal dertig dagen aan zal toevoegen.'

'Die raadkamer, bestaat die uit een soort commissie van juristen?' vraagt Roosmarijn. Ze voelt zich kalm, vertrouwt deze mr. Velse. Het maakt dat ze rustig kan nadenken, als over iets wat haar – voor het moment althans – niet persoonlijk raakt; ze ervaart het als een boeiend college. Ook Robien zit er, hoewel zeer geconcentreerd, redelijk ontspannen bij.

'De raadkamer is uitsluitend aan rechters voorbehouden,' verklaart mr. Velse. In deze zaak werken drie rechters samen, ze hebben de dossiers onder zich en ze hebben gezamenlijk zorg gedragen voor de dagvaarding. Die zitting pro forma is tegelijkertijd de strafzitting, ook in handen van dezelfde drie rechters, omdat er hier sprake is van zogenaamd klemmende redenen. Tja, en verder worden er voor beide partijen pro-Deo advocaten aangewezen.'

'Wat een boel mooie woorden voor zoiets walgelijks als moord!' snauwt Roos, 'ja, sorry, hoor. Ik neem u niets kwalijk, maar... het wordt allemaal zo ingewikkeld gemaakt! Ach, ik kan het rationeel allemaal wel plaatsen, u geeft heel helder uitleg, maar het emotionele aspect blijft zo onderbelicht. Vind jij ook niet, Robien?'

Robien knikt bleekjes. 'Toch is het goed dat we de formele kant een beetje snappen,' zegt ze zacht. Dan, feller, vervolgt ze: 'Maar er is toch geen twijfel aan dat het hier om moord gaat? Ze hebben hem voor mijn ogen vermoord, doodgestoken, vertrapt, verminkt!'

Ze snikt en als Roos haar wil troosten, duwt ze haar vriendin weg. Roosmarijn wil uitvallen, haalt dan haar schouders op; laat haar maar even betijen, denkt ze. Wat zit die Velse nou ineens ongemakkelijk op z'n stoel te draaien?

'Zeg het maar, er is iets wat... nou, ik heb het gevoel dat u iets verzwijgt om ons te sparen. Doe dat alstublieft niet, we moeten weten waar we aan toe zijn, wat ons te wachten staat!'

'Ik heb nog geen kans gehad om op Robiens vraag in te gaan,' zegt de man dan wat kort. 'Robien, wil jij, net als Melchiors zus, precies weten waar het op staat? Eerlijk zeggen, hoor.'

'Och ja, ik zal de waarheid toch onder ogen moeten zien,' reageert ze opeens weer mat.

'Ik draai er niet omheen. We hebben hier te maken met een onweerlegbare zaak van openlijke geweldpleging met de dood tot gevolg. Geen moord dus, maar in juridische termen aangeduid als doodslag. Artikel 141 lid 2, volgens het Wetboek van Strafrecht. Het is niet anders, als jurist moet ik het zo benoemen. Als mens... dat is een heel ander verhaal. Reken maar dat ik dit dilemma in mijn loopbaan té vaak heb ervaren. En het went nooit.'

'Mag ik nog iets drinken?' vraagt Robien vlak.

Mr. Velse staat al. 'Jij ook, Roosmarijn? Koffie, of iets sterkers? Je zegt het maar. Voor allebei koffie met cognac? Momentje, dat ga ik even regelen.' Met ietwat stijve passen verlaat hij het vertrek.

Roosmarijn staart naar het hoge venster. Daarachter spot de zon met haar duistere gedachten. Er zijn al knoppen aan bomen en struiken, en de forsythia bloeit uitbundig. Tulpen in vele kleuren grijnzen haar aan vanaf het gazon, tegenover de gracht in het park.

'Ik heb het ineens zo benauwd,' hijgt Robien.

Abrupt wendt Roosmarijn haar blik af van het venster, van al die misplaatste kleuren; beloften van nieuw leven, ha, om je te begillen! Ze schrikt van Robiens inwitte gezichtje, en stelt dan vast dat ze hyperventileert. 'Hier, een plastic zakje. Zo, ik heb hem binnenstebuiten gekeerd, zit geen broodkruimel meer in. Voor je mond houden! Toe nou, meewerken, Robijntje! Je krijgt te veel zuurstof binnen, als je in dat zakje ademt, herstelt de koolzuurbalans zich. Echt, het helpt!'

Robien trilt, maar ze doet wat haar gezegd wordt. Als mr. Velse binnenkomt, is haar kleur weer normaal. Gretig neemt ze een slok cognac, de koffie hoeft ze niet.

Terwijl ze stilzwijgend drinken – Roos warmt haar koude handen aan de warme koffiemok – is er toch iets van harmonie tussen hen. Maar toch zo veel vragen, zo veel angst...

En woede is er ook, en haat. O, als zij toch ooit het recht in eigen hand zou kunnen nemen, wat zou haar wraak dan zoet zijn!

Ze zet haar mok met een klap op de tafel, en zegt dan bits: 'Als we nu die afschuwelijke kwestie Meindert Tjoelker nemen, de aanklacht was toen 'openlijke geweldpleging'. Dat-ie daaraan doodging, dat telde ineens niet mee. Hoe bestaat zoiets in vredesnaam!'

Velse zucht. 'Ach, Roosmarijn, ik ben daar ook nog niet klaar mee... Maar die lage straffen voor openlijke geweldpleging, dat heeft ermee te maken dat zelfs naar iemand spúgen onder die noemer valt. Tja...' Er valt een pijnlijke stilte.

Na een tijdje vraagt Velse of hij verder kan gaan. Robien en Roosmarijn knikken; ze moeten er maar weer even tegen kunnen. Bovendien willen beiden exact weten wat hun te wachten staat, dat móeten ze. Het is het enige wat ze op dit moment kunnen doen ter nagedachtenis aan Melchior: er mede zorg voor dragen dat er récht gedaan zal worden.

'Om de draad weer op te pakken,' begint mr. Velse, 'er is in deze zaak gelukkig sprake van wettig én overtuigend bewijs. Hoe onrechtvaardig het ook mag klinken, 'wettig' alleen volstaat niet. Wel, wij hebben beslag kunnen leggen op de messen, de moordwapens dus, inclusief duidelijke vingerafdrukken. We weten ook, mede door jouw getuigenis, Robien, en die van de andere drie getuigen, wie uiteindelijk de dodelijke steek heeft toegebracht: Sander W. uit Aerdenhout, negentien jaar oud.

Hij ontkent vooralsnog, maar hij heeft geen poot om op te staan, dat zal hij snel genoeg ontdekken.

Goed, ten slotte zal de uitspraak gedaan worden, daar gaan nog wel weken overheen, maar ik hoop conform de eis. Er is wél altijd sprake van gevangenisstraf met aftrek van voorarrest, en daarbij... in ons land wordt doorgaans slechts twee derde van de straf daadwerkelijk uitgezeten. Heel soms komt het voor dat de rechter beslist dat de strafmaat hoger uitvalt dan de eis. Laten we hopen dat het in deze zaak ook het geval zal zijn. Dit even 'off the record'. Ik zeg dit als mens, niet als jurist. Tja, dat was het dan wel, hebben jullie nog vragen?'

Ze spreken nog ruim een halfuur door, en als ze uiteindelijk vertrekken, uitgeleide gedaan door mr. Velse, die inmiddels heeft voorgesteld dat ze hem maar gewoon Hans moeten noemen, nemen ze – dodelijk vermoeid maar toch enigszins opgelucht – een taxi naar Melchiors etage. Voorlopig wil Robien die aanhouden. De gedachte daar de boel te moeten ontruimen kan ze niet verdragen, nog niet. En gelukkig heeft ze een redelijk bedrag op haar spaarbankboekje staan: de huur kan ze voorlopig wel betalen. Van het geld dat ze gespaard had voor de bruiloft...

Drie dagen later valt de slag. De genadeslag.

In Het Blauwe Haventje ligt er op een zonnige voorjaarsdag een officieel uitziende brief op de deurmat. Heel kort en zakelijk wordt daarin meegedeeld dat er een ernstige, zelfs onomkeerbare procedurefout is gemaakt. Voor twee van de daders is te laat verlenging van hechtenis aangevraagd. Een van die twee is Sander W.

Voor Roosmarijn is er maar één oplossing: zij zal het recht

in eigen hand nemen! En ze weet nu al dat ze kan rekenen op mems steun. Ze neemt onbetaald verlof en bedenkt een plan. Een plan dat in één woord te vatten is: wraak!

Deel drie

Bloemen in de nacht

HOOFDSTUK 1

Sietse Walda is kapot. Zijn vertrouwen in het rechtssysteem is geschaad, maar meer nog zijn zekerheid dat God alles wil laten meewerken ten goede voor hen die geloven.

Ja, hij bidt nog altijd, dag en nacht. De nachten zijn zo eindeloos lang en donker. Inktzwarte duisternis, ook in zijn hart. Hij is zo moe, zou het liefst alleen nog maar willen slapen. Maar dat kan hij zich niet permitteren: zijn werk als havenmeester moet gewoon doorgaan. Daar komt nog bij dat hij ook de antiekshop voor zijn rekening moet nemen; Maaike is teruggevallen in haar lethargie. Onbereikbaar is ze, voor hem, voor Roosmarijn en zelfs voor hun kleintje. Dus ook zijn dochters moet hij opvangen.

Willemijntje legt elk moment dat hij thuis is beslag op hem. Ze is hyperactief en ontzettend wispelturig, praat aan één stuk door. Hij kan het vaak amper verdragen, maar weet zich steeds te beheersen. Zijn famke verwerkt zo op haar manier die keiharde wetenschap dat de moordenaar van haar geliefde broer Melchior vrij rondloopt. Dat er niets tegen hem ondernomen kan worden, tenzij hij opnieuw de fout ingaat. Voor de misdaad begaan tegen Melchior kan hij – door een onvergeeflijk stomme fout van Justitie – niet meer vervolgd worden. Onbegrijpelijk, maar helaas maar al te waar.

Hoezeer Sietse ook lijdt onder Maaikes gedrag, nog veel zwaarder heeft hij het met Roosmarijns houding. Zijn oudste dochter is verbitterd, één brok haat. Die broeierige blik in haar ogen, die steeds van amberkleurig naar een haast doorzichtig oker verkleuren zodra het gesprek op Melchiors dood komt. Er is iets van dreiging rond haar, iets wat hem, de vader, beangstigt tot tranen toe. Soms probeert hij die gevoelens onder woorden te brengen, maar zij geeft hem de kans niet.

'Laat mij nou maar, ik red me wel,' snauwt ze dan.

Maar ze redt het níet. Ze is los van God, los van alles wat ooit haar leven de moeite waard maakte. Bij pake Van Alkmade komt ze ook al niet meer. De enige die ze zo nu en dan toelaat hier thuis, of opzoekt in Groningen, is Evie Landheer. Dat meidje heeft een goede invloed op Roosmarijn; telkens als zij een weekend of een dag met Evie heeft doorgebracht, is Roos rustiger en staan haar ogen normaler. Wel sterk naar binnen gekeerd, maar zonder die enge lichte gloed.

En ondertussen viert het voorjaar uitbundig feest. Nu al is het druk in het anders zo rustige dorp Wijnje met zijn krap achthonderd inwoners, en straks met de paasvakantie zal heel het gebied hier langs het Sneekermeer overspoeld worden door toeristen. Vrolijke vakantiegangers, frisse gezichten, gekleurd door zon en water overdag, en 's avonds nog eens extra in de cafés.

Pasen... Het feest van de opstanding van Christus, de Verlosser. Maar waar is nu de verlossing, de innerlijke vrede? Vele avonden – soms tot diep in de nacht – spreekt Sietse met dominee Bandringa. Het leidt hem af, het troost hem ook wel. Dominee is zijn klankbord, hij luistert met heel zijn hart en slaat hem niet om de oren met clichés. Begrijpt zijn twijfel, zijn gevecht met God.

'Maar Walda, je vecht niet met iemand in wie je niet gelooft. Je blijft God zoeken, juist met je vele vragen. En ik? Ik heb ook geen pasklare antwoorden, er zijn zaken die ons begrip verre te boven gaan. Maar... Hij weet ervan, Walda. En Hij hóórt, ook al ervaar je dat nu totaal niet.

Blijf bidden, blijf vechten. Spreek Jakob na: 'Ik laat U niet gaan, tenzij Gij mij zegent.' En ik blijf bidden voor jou en je gezin.'

Ook bij pake vindt hij rust. Zij hebben weinig woorden nodig, het voelt goed om bij elkaar te zijn. Ze delen hetzelfde verdriet en in de ogen van de oude man leest Sietse telkens weer het mededogen. Maar ook iets van een vrede waar hij vooralsnog niets mee kan. Gelatenheid is het niet, ook geen berusting wat die milde ogen uitstralen. Nee, het heeft te maken met de Vrede die alle verstand te boven gaat.

En dan is er Willemijntje met haar rotsvaste kinderlijke geloof. 'Jezus zorgt heus wel dat alles goed komt en dat die boef toch gepakt wordt. Ik weet het zeker, want Jezus doet toch alles wat-ie belooft? Hij heeft mij toch ook beter gemaakt? Nou dan!'

O, iets van dat kinderlijke vertrouwen te mogen ervaren, en van die vrede die Maaikes vader kent! Hij bidt en smeekt, hij geeft niet op. Als hij dat zou doen, zou hij in een put vallen, zo diep, zo donker! Nooit zou hij er dan nog uitkomen. Hij zou geen houvast meer hebben, niets om zich aan op te trekken. Nee, dát mag niet gebeuren. Hij moet sterk blijven, voor Maaike, voor zijn dochters, voor Robien. En ter nagedachtenis aan zijn zoon Melchior.

Hij bonkt met zijn hoofd op de oude, geblutste tafel en huilt zich leeg in de stilte van de nacht.

Steeds maar weer keert Roosmarijns droom terug: Rutger die haar in zijn armen wil nemen, en die, als zij haar gezicht naar hem opheft, haar met het verminkte gezicht van Melchior aankijkt. Dan een afschuwelijke, satanische lach. Rutger... ze zou hem willen zien, met hem willen praten. Ze moest toch maar weer eens naar pake gaan, misschien treft ze hem daar.

Waarom droomt ze over hem, waarom denkt ze zo vaak aan deze jongeman? Ze kende hem toch al jaren? Ja, ze had hem altijd al wel aardig gevonden, al had ze er wel voor gezorgd dat hij daar niets van merkte! O, wat had ze haar best gedaan om hem een hekel aan haar te laten krijgen! Maar het was haar niet gelukt, hij was bij haar gekomen om haar zijn liefde te verklaren. En zij? Is ze verliefd op hem? Ze weet het niet. In elk geval verlangt ze ernaar hem te zien, zijn stem te horen, haar hart bij hem uit te storten. Maar ach, hoe kan ze nou zo denken? Stel je voor dat ze hem deelgenoot zou maken van haar plannen? Plannen die steeds vastere vormen gaan aannemen. Hij, Rutger Soterius, zou er alles aan doen om haar die ideeën uit het hoofd te praten. Nee, voor liefde is er geen plaats in haar leven, alleen maar voor haat. Haat die haar van binnen verteert; ze is er mager van geworden. Ze moet Rutger uit haar hoofd zetten, in haar verdere leven zal er geen plaats meer zijn voor liefde. Misschien nog wel voor wat menselijke warmte, genegenheid en trouw, zoals ze die van heit ontvangt, van Evie en van pake.

Ze zit op de rand van haar bed met de brief die Hans Velse haar stuurde in haar verkrampte handen. Dat hij zo met haar meeleeft, schreef hij, dat hij zich machteloos voelt en kwaad. Dat ze voor een gesprek altijd bij hem terechtkan, evenals Robien. Als ze van tevoren wel even wilde bellen, dan kwamen ze niet voor niets helemaal naar Leiden.

Heel attent van de goede man, maar wat moet zij ermee? Wat zou het opleveren? Noppes! Die crimineel loopt weer vrolijk rond, tot-ie het weer op z'n heupen krijgt en opnieuw iemand in koelen bloede vermoordt. Gewoon voor de kick. Het zal je kind maar wezen! Sander W. uit Aerdenhout... Dat is alles wat ze weet, en dat hij negentien is. En tot in de grond verdorven natuurlijk. Wie weet woont die moordenaar in zo'n gigantische villa. Wie weet is hij wel het slachtoffer van kindermishandeling, of liggen z'n ouders in scheiding. Och, wat zielig, zo'n jeugd. Ja, ja, er is tegenwoordig meer begrip voor de daders dan voor de slachtoffers en hun nabestaanden! Of hij heeft van die ouders die hem tot in de grond verwend hebben, en die hem ook nu nog de hand boven het hoofd houden. Ja, ze hebben vast wel een leuk optrekje ergens in het buitenland, waar zoonlief voorlopig lekker luxe ondergedoken zit!

Ze schrikt op uit haar duistere fantasieën als een felle bliksemschicht heel haar kamer in een blauwe gloed zet. Vrijwel meteen daarop volgt een zware donderslag. Ze springt op, verkreukelt de brief van Hans Velse en smijt hem in de prullenmand.

Mem, ze moet naar mem! Er is een kans dat ze door dit onverwachte natuurgeweld uit haar apathische houding is ontwaakt. Ze wil mem haar plan voorleggen. Ze zal er een geschikt moment voor moeten uitzoeken. Als heit naar de jachthaven is en Willemijntje op school zit. Dat moet te regelen zijn. Als ze de trap afrent en de keuken binnenstuift, ziet ze haar moeder bezig bij het fornuis. Haar bewegingen zijn houterig, haar rug is stram, maar ze bewéégt tenminste weer. 'Ik heb zin in koffie, mem. Zet jij of zal ik het doen? Heit komt zo thuis, die zal wel…'

'Ik ga pannenkoeken bakken. Voor Willemijntje,' zegt Maaike vlak. 'En ja, zet jij maar even koffie. Wat een noodweer ineens, hè? Ik hoop dat Mijntje nog even bij Hedwig Verhoef blijft. Ach, bel even om te zeggen dat heit haar straks met de auto komt halen, ik wil niet dat ze nu op haar fiets naar huis komt. Hoor, het begint te regenen, en niet zo zuinig ook.'

Het komt er allemaal mechanisch uit, er is geen intonatie in haar moeders stem. Roosmarijn huivert, vermant zich dan en zet het koffiezetapparaat aan. 'Mem, luister!' zegt ze dan gejaagd en ze schudt haar moeder zachtjes bij de schouders heen en weer. 'Je móet naar me luisteren, ik heb je hulp nodig!'

'Kijk nou wat je doet, de helft van het beslag over de grond. Nou, jij ruimt het maar op. Nou ja, ik heb toch geen puf om die pannenkoeken te bakken. En waarmee zou ik jou kunnen helpen? Ik kan voor niemand iets betekenen. Heit stort vandaag of morgen in en ik kan het niet voorkomen. En Mijntje... dat kind komt aandacht tekort. Ja, ze kletst heit de oren van z'n hoofd als hij eens een keer thuis is. Ik maak me zorgen over haar, ze heeft vaak van die felrode vlekken op haar gezicht. Straks blijkt dat virus weer op te duiken. Och, dat kan er ook nog wel bij. Alles is toch voorgoed stúk!'

Bij die laatste woorden schiet haar stem hoog uit en Roosmarijn is er blij om, mem is weer aanspreekbaar! 'Ga nou maar even rustig zitten. Ik bel eerst Verhoef, dan drinken we samen een bak koffie en daarna bak ik pannenkoeken. Nee, niet tegensputteren! O, daar heb je heit, kan ik voor hem ook gelijk inschenken. Ik zal vanaf nu proberen hem en Willemijntje op te vangen, voorlopig ga ik toch niet aan het werk. Voor mijn part ontslaan ze me.'

Als Sietse doorweekt de woonkeuken binnenstapt, lichten zijn ogen verrast op; Maaikes ogen leven weer! Roosmarijn staat te telefoneren, hij begrijpt dat het om Willemijntje gaat. Als Roos heeft opgehangen, bevestigt ze wat hij dacht.

'Ik heb gezegd dat Mijntje maar even bij Verhoef moest wachten tot jij haar komt halen. Het hoost en...'

Opnieuw een blauwe bliksem, onmiddellijk gevolgd door een ratelende, oorverdovende donderslag.

Maaike trekt hoog haar schouders op. Roos laat zich bibberend van de schrik op de eerste de beste stoel neervallen en Sietse zegt schor: 'Dat is ergens vlakbij ingeslagen! Gelukkig dat Willeke veilig is!'

Maaike staat wat stijf op. 'Ik schenk wel in, Roos, je ziet zo wit.'

Wat later zegt Sietse ademloos: 'Je bent er weer, Maaikelief.' Zijn ogen zijn rood, hij slikt en slikt en blijft maar in zijn koffie roeren.

'Ja,' zegt Maaike scherp, 'ík wel, maar onze Mels niet. En zijn moordenaar loopt vrij rond. Wist je al dat ze hier op het dorp een handtekeningenactie starten? Dat las ik in *De Klaroen*.'

'Sympathiek idee,' reageert Roosmarijn, 'maar daar bereiken ze heus niks mee, hoor. Heel het land staat op z'n kop van heftige verontwaardiging. Maar het zal niets, maar dan ook niets uithalen. En dan al die persmuskieten... we laten ze niet toe, hoor.'

Zwijgend drinken ze hun koffie, terwijl buiten het onweer voortwoedt. Dan, boven het natuurgeweld uit, horen ze de sirene van een brandweerwagen?

Sietse springt overeind en roept: 'Ik dacht het al, waar...?'

Maaike haalt onverschillig haar schouders op. 'Ons huis staat er in elk geval nog, en als onze schuur was getroffen hadden we dat allang gezien.'

Sietse slaat met zijn vuist op tafel. 'Ik heb liever dat je maar weer zo'n zombie wordt. Báh, wat bén jij eigenlijk voor een mens? Er kunnen wel slachtoffers zijn gevallen!'

'Wíj zijn de slachtoffers,' zegt Maaike koud en ze kijkt Sietse recht in het gezicht, zonder met haar ogen te knipperen. Het is er weer, die gloed, stelt Sietse vast. De felle schrik die langs Roos' trekken vlaagt, ontgaat hem evenmin; ook zij is ontsteld. Ze weet niet dat ook haar ogen vaak zo staan...

'Ik ga kijken of ze mijn hulp kunnen gebruiken,' kondigt Sietse kortaf aan. 'Hier heb ik voorlopig niets te zoeken.'

Hij is al bij de deur als Roosmarijn schreeuwt: 'Nee, heit, niet weggaan, ik ben bang! Ik wil niet dat ook jou iets overkomt!'

Maaike zegt niets, ze zit er weer bij als een wassen beeld. En de leegte in haar ogen beangstigt Roosmarijn nog meer dan die felle, dreigende gloed van daarnet.

Roos kreunt, staat met stramme benen op en verlaat de woonkeuken zonder om te zien. Boven werpt ze zich op haar bed en ze huilt hartbrekend. Mem heeft gelijk: alles, álles is kapot. Voorgoed.

HOOFDSTUK 2

Het meisje Esmeralda is alsmaar zo moe maar ze moet veel praten, anders wordt haar hoofd te vol. Heit is ook moe, heel erg hij heeft een oud gezicht met van die lijne derin. En rooie ogen. Vaak. Het meisje wil nou geen Smaragd zijn, want alles is vedrietig in huis en op skool ook. Maar dat hoefen de andere kinderen niet te weten gaat ze niks aan.
En ze vragen alsmaar over die boeven en ze willen ons helpen maar hoe kan dat nou. Alleen de Here Jezus kan helpen en pake Van Alkmade. En heit maar die moet het meisje juist zélf helpen anders ging die huilen. En dan moest het meisje ook huilen heel lang en dan kon ze nooit meer stopen.
Floor was soms wel lief maar soms niet dan deed haar stem weer zeer in de borst van het meisje Esmeralda. En Damian hadt ze terug geprobeert te bidden en te skrijfen maar het was niet gelukt. Soms was het meisje een beetje boos op God, maar daar werd ze vedrietig van dus dat hielp niet.
Maar als Damian nooit meer terug kwam wat moest Esmeralda dan. En Zilvertje? Die hield ook veel van Jezus, hoor maar ze moest toch wel vaak huilen. Dat snapte het meisje wel want zij zelf ook behalve als ze skreef. Dat was een goeie terepie. Zo noemde die aardigste dokter met die rare naam dat. Nou ze had wel gelijk! En bij de buren was brand geweest en een kindje was bijna dood maar die leefde gelukig weer. Nee, nog. Maar buuf De Roode was toch erg vedrietig want er was veel verbrand hoor.
Vooral oude dingen van haar beppe die was allang dood maar toch. Dat en ook een stuk van de keuken en alles was

zwart geworden in het huisje. En nou waren de mensen van het dorp bezig om te helpen. Alles skoonmaken en ook weer een nieuwe keuken bouwen. Heit hielp ook en een keertje had mem soep gekookt voor buuf en haar meneer en de kinderen. Behalve voor die babie natuurlijk die lag nog in het Ziekenhuis.

Het meisje Esmeralda wou wel veel praten ook met mem maar die luisterde niet. Niet echt tenminste. En ze hat beloofd ik lees je voor en dat had ze geeneens gedaan. Dat was niet eerlijk! Toen had Floor het gedaan en haar stem deed geen pijn, die was zacht en mooi. En later Zilvertje die ging samen met het meisje zingen maar toen moest ze huilen en het meisje Esmeralda, ook vanzels! Nee het werd geen blij boek, misschien later nog als ze die boef gepakt hadden. En doodgemaakt. Maar dat mag je niet zeggen zei heit en pake ook. Maar ja dat dacht ze dus. Maar dan moest ze gaan bidden zei heit. Dat deed hij ook elke dag en elke nacht en tussendoor. Het meisje Esmeralda ook.

Soms moest ze ergens om lachen op skool en dan skrok ze toch zo vreselijk! Maar juf zei dat geeft niet je kunt niet aldoor huilen. En bij het vriendinnetje Hedwig was het ook wel leuk met veel grote broers en die gingen je dan pesten maar niet echt. Wel om te laggen o nee lachen.

Maar toen met dat onweer dat was niet fijn, hoor want die mem van Hedwig zei, de Here toornt. Het meisje vroeg wat betekent dat en toen zei ze dat God boos is op de mensen omdat ze altijd slechte dingen doen. Maar soms toch wel goeie? vroeg het meisje Esmeralda en toen werd die mem van Hedwig heel boos! En dat ze haar dat thuis maar moesten vertellen anders kwam het niet goed! Maar heit had het uitgelegd en toen snapte het meisje wel een beetje wat Hedwigs mem bedoelde. Alleen ze vergeet de genade zei heit en dat moest hij vanzels ook weer vertellen wat dat betekent. Poe, het is allemaal wel ingewikkeld. Dat woord had het meisje net pas op skool geleerd en dat betekent *moeilijk en nog iets. Ze voelde het wel in haar hart, hoor! Soms kon ze snachts niet slapen en dan ging ze stiekem naar beneden en dan dacht ze daar zit Damian. Maar nee, dat was heit en die kon ook niet slapen. Dan gingen ze saampjes sjokolademelk drinken, warme. Dat was toch wel fijn. Behalve als mem erbij was dan ging het meisje Esmeralda gauw weer naar bed. Dan droeg heit haar naar boven en soms was Floor ook wakker. Het lijkt wel een spookhuis zei ze gisteren, toen was het midden in de nacht. Nu ben ik nog moeier en ga ik stopen anders kon het meisje Esmeralda het zelf niet meer lezen!*

Ze moest netjes skrijfen want later mocht Zilvertje het lezen en die mocht haar ook Smaragd noemen omdat het meisje Zilvertje mocht zeggen. En misschien heit ook wel, als het water van het meer smaragd werd.

O ja, ze moest nog één ding vertellen, laats was er een meneer gekomen voor Floor maar die was niet thuis. Het meisje had hem weleens gezien. Hij had mooi rood haar en lieve ogen en of ze de groeten wou doen. Nou, dat had ze gedaan en toen werd Floor helemaal rood en ze zei niks. Vreemd hoor!

Zo, toen legde het meisje Esmeralda haar boek weg. Morgen verder!

Ik moet maatregelen nemen voor het te laat is, peinst Sietse Walda. Het weer is na dat vreselijke noodweer wisselvallig gebleven, de temperaturen zijn veel te laag voor eind april; de wind zit in de verkeerde hoek. Hoewel er wat minder toeristen zijn, in en rond Wijnje, blijft er werk genoeg over: de vaste klanten hebben inmiddels bijna allemaal hun seizoensplaats weer ingenomen.

Hij kan duidelijk merken dat zijn weerstand ondermijnd is, want hij – toch een man van weer en wind – heeft een flinke kou te pakken. Al ruim een week heeft hij koorts en hij slaapt amper. Hij zit in zijn kleine kantoor naast de bijkeuken en buigt zich zuchtend over zijn administratie; de cijfers dansen hem voor de ogen, zijn slapen bonken, al zijn spieren doen pijn. Ja, er dient raad geschaft te worden: met alleen Hein Liebrechts – al sinds jaar en dag z'n rechterhand – en die stagiaire Loes Dalhem uit Loosdrecht redt hij het niet. Wat nu?

Ineens schiet hij overeind, wat hem op een duizeling komt te staan. Maar die neemt hij voor lief; hij zal zijn oude vriend en collega Piet de Vries uit Woudsend bellen! Die man heeft altijd en overal een oplossing voor, mede doordat hij naast z'n werk als havenmeester ook nog een camping runt. Hem zal hij de situatie voorleggen. Ja, uiteraard heeft hij weet van de gruwelijke dood van Melchior, en van het niet te vatten feit dat de hoofdschuldige op vrije voeten is.

Sietse bladert met bevende handen zijn adressenboekje door en toetst meteen Piets nummer in. Nu maar hopen dat hij thuis is, het zou kunnen, want het loopt tegen zessen.

'De Vries hier.'

Gelukkig! 'Piet, jongen,' begint Sietse schor en dan moet hij stoppen; een hevige hoestbui overvalt hem, zijn hoofd doet ontzettend pijn.

'Ja?' Het klinkt wat ongeduldig.

'Eh... hmmm. Sorry, ouwe jongen, met mij, Sietse. Ik ben nogal ziek en ik red het niet meer. Alsjeblieft, help me!'

Het is een regelrechte noodkreet die de ander ook onmiddellijk als zodanig herkent. 'Sietse! Het spijt me dat ik zo kortaf deed, ik... Nou ja, dat doet er niet toe. Je kunt niet meer, je bent op, is het niet? Laat me even nadenken...'

Sietse neemt een slok water en slikt en slikt om zijn tranen terug te dringen.

'Goed, luister. Ik zou je het liefst zelf uit de brand helpen, maar je snapt als geen ander dat dát niet gaat. Toch denk ik wel een tijdelijke oplossing voor je te hebben. Momentje graag.'

Sietse wacht, hoort gemompel op de achtergrond, maar hij kan het niet verstaan. Toch vlamt de hoop op. Piet zegt namelijk nooit zomaar iets, wie weet...

'Ja, Sietse, luister. Ik heb hier ene Minze de Boer, hij heeft vorig jaar een aantal maanden als stagiair bij me gewerkt, en nu is hij overal inzetbaar. Nou wil het geval dat hier overmorgen een neef uit de States bij ons komt voor een halfjaar, die wil graag meedraaien hier, ervaring opdoen. En Minze hier is bereid jou uit de brand te helpen. Nou, hoe lijkt je dat?'

Sietse vindt geen woorden, hij graait naar een zakdoek en tettert luidruchtig z'n neus.

'Nou, zo te horen ben je er wel blij mee,' zegt Piet schertsend. Om dan weer ernstig te worden. 'Je zult een goeie aan hem hebben, Sietse, en je mag hem zolang je dat nodig acht 'lenen'. Ja, ja, daar staat hijzelf ook helemaal achter. Akkoord? Kan ik hem dan morgenavond jouw kant uit sturen? Jij hebt logeergelegenheid te over, toch?'

'Zeker, zeker. Eh, bedankt Piet, ik weet niet wat ik...'

'Ja, 't is wel goed. En ik zou zeggen, ga eens naar je huisarts of duik een paar dagen onder de wol. Zo'n kou moet je wegbroeien, zei mijn beppe altijd. Beloofd? Mooi. En eh... nog even over die uitspraak... die komt toch binnenkort? Heb je al enig idee...'

'Volgende week donderdag is de uitspraak,' zegt Sietse schor. 'De eis tegen drie van de vijf is twee jaar met aftrek van voorarrest, en die andere, die ook gewapend was, tegen hem is zes jaar geëist. Nou maar afwachten. Het kan me eigenlijk niet zoveel meer schelen, nu die schoft die us Mels de doodsteek heeft toegebracht z'n straf ontloopt.'

'Snap ik. Nou, sterkte ermee, het beste!' zegt Piet ter afsluiting. 'Ik geef Minze wel een fikse kruik Beerenburg voor je mee; een huismiddel dat nooit faalt! De groeten daar en binnenkort kom ik je weleens opzoeken.'

'Bedankt,' snuift Sietse, hij sluit af en laat dan zijn tranen de vrije loop; tranen van verdriet, maar toch ook deels van opluchting.

De donderdag vóór de uitspraak krijgt Roosmarijn een telefoontje van de bedrijfsarts van het Streekziekenhuis in Sneek: of ze aanstaande maandag voor een gesprek wil komen. Zij begrijpt wel dat dat deze week niet tot de mogelijkheden behoort.

'Ik weet niet of ik dat wel wil,' zegt Roos bot, 'niemand kan mij iets maken, ik betaal mijn verlof zelf. Dus wat is dan het probleem?'

'Het probleem is dat we jou hier hard nodig hebben, Roosmarijn. Jouw vervangster gaat binnen een week met zwangerschapsverlof en de sollicitatiegesprekken die er zijn gevoerd bij personeelszaken hebben niet tot enig resultaat geleid. Tja, we kunnen ons nog wel een tijdje behelpen met steeds wisselende uitzendkrachten, maar... Je wordt hier gemist, Roos! Door je collega's, door patiënten die nog altijd hier moeten verblijven. Je bent geliefd bij ons, jongedame! En... zou het niet goed voor je zijn afleiding te zoeken in het werk dat je zo goed ligt?'

'Afleiding genoeg,' zegt Roosmarijn schamper, 'ik probeer hier thuis de boel een beetje gaande te houden. M'n moeder is daartoe momenteel niet in staat, dan is er nog m'n zusje Willemijn. En heit, die redt het allemaal ook niet meer. Hij heeft gelukkig sinds kort een fantastische hulp. Hij is erg ziek geweest, m'n vader, maar werkt nu weer halve dagen. Tja, en daarnaast probeer ik de antiekshop te runnen, maar dat loopt voor geen meter. Ze willen allemaal die aardige, vakkundige mevrouw Walda. Nou, die bestáát niet meer, evenmin als die aardige voedingsassistente Roosmarijn.'

'Kind, wat klink je bitter!' reageert dokter Van Wingerden. 'O, denk niet dat ik het niet begrijp, zoiets vreselijks als jullie overkomen is, dat...'

'Dat overkomt ons nog stééds, dokter. En ik zie het niet ge-beuren dat wij ooit nog weer eens gelukkig zullen worden. Maar goed, ik kom dan maandag wel even langs. Half elf, is dat goed? Dan kan ik even met m'n ouders koffiedrinken als ik het huis op orde heb. Oké dan. Maar reken maar nergens op, ik heb naast alles wat ik probeer te doen nog andere plannen. En die zijn belangrijker dan welke collega of patiënt dan ook!'

Er valt een korte stilte. Dan vraagt dokter Van Wingerden ongerust: 'Roosmarijn... wát ben jij van plan?'

'Och, niks eigenlijk. Ik wil in elk geval donderdag met m'n vader en m'n zusje naar Leiden. Robien – u weet wel, Mels' verloofde – is daar al. Die rekent op ons. Dus...' Had ze zich toch bijna in de kaart laten kijken! Ze zal voortaan beter op haar woorden moeten letten.

En, denkt ze, als ze opgehangen heeft, ik moet op de een of andere manier tot mem zien door te dringen. Háár moet ik tot mijn bondgenote maken, hoe dan ook!

HOOFDSTUK 3

Die avond gaat tegen halftien de bel.

'Verwacht jij nog iemand?' vraagt Roosmarijn aan haar vader.

Die schudt het hoofd. 'Ga maar opendoen, zou ik zeggen.' Roosmarijn kijkt naar haar moeder, die er weer zo wezenloos bij zit. Hoe moet ze haar toch aanpakken, wat moet ze doen om... Maar goed, laat ze nou eerst maar eens gaan kijken wie daar zo keurig aan de voordeur belt. Dat doet eigenlijk niemand hier in Wijnje.

'Rutger! Wat doe jij hier?' Ze hoort zelf hoe ongastvrij het klinkt. 'Eh... sorry, kom verder. Wil je heit spreken?'

'Nee, jou, Roosje.' Fier en onvervaard stapt hij langs haar de gang in. 'Kan ik je even onder vier ogen spreken?'

Roosmarijn keert hem haar rug toe, hij hoeft niet te zien dat ze bloost als een verliefde puber. 'Kom maar even mee naar m'n kamer,' zegt ze zo gewoon mogelijk. 'Even tegen m'n ouders zeggen, momentje.'

'Je hebt het gezellig hier,' stelt Rutger wat later vast. Hij loopt naar haar bureau en neemt de grote, fraai ingelijste foto van Mels in zijn handen, eerbiedig bijna.

Roosmarijn zou hem toe willen snauwen: blijf daar met je poten van af! Maar ze zwijgt, ze voelt zich onzeker tegenover deze kalme, zo zelfverzekerde Rutger Soterius. De man van haar dromen. Nee, van haar nachtmerries. Of...?

'Ik heb morgen vrij genomen,' zegt hij dan, en hij gaat zitten op het moderne tweezitsbankje van rood leer.

'Ja, en?'

'Ik ga met jullie mee naar Leiden. Ik wil erbij zijn, m'n

woorden omzetten in daden. Jou moreel tot steun zijn, en je ouders natuurlijk.' Hij klemt zijn handen stijf ineen; zo zeker als hij wellicht overkomt, voelt hij zich absoluut niet.

Maar het is de enige manier om Roosje te overtuigen. Bij haar moet je niet met smeekbedes aankomen, van 'mag ik alsjeblieft mee, want ik hou van je en ik wil je helpen'. Maar nu... hoe zal zij reageren?

Roosmarijn is enigszins overdonderd op de rand van haar bed neergeploft. 'Dus jij wilt mee,' herhaalt ze wat onnozel.

'Ja, als jij en je ouders het tenminste op prijs stellen.'

'Mem gaat niet mee, die komt amper van haar stoel,' zegt Roosmarijn op hoge toon. 'En heit, och, die zal het wel best vinden. Willemijntje gaat trouwens ook mee, anders blijft het allemaal zo onwerkelijk voor haar. Ze kon ook al niet bij Mels' begrafenis zijn. Maar goed, in de stationcar hebben we plaats genoeg, dus wat mij betreft...'

Rutger slaakt een diepe zucht van opluchting, ze wijst hem niet af! Maar meteen zet hij de rem op zijn enthousiasme, het gaat hier niet om een leuk uitstapje en Roosmarijn zal er verder niets achter zoeken. Goed, ze weet dat hij gek op haar is, maar dat laat haar kennelijk onverschillig. Ook niet zo vreemd onder de gegeven omstandigheden, ze heeft nu wel andere dingen aan haar mooie hoofdje. Ineens is daar die sterke drang dat tengere meisje tegen zich aan te drukken, haar lange zachte krullen te strelen. Haar te troosten, meer niet. Voorlopig althans.

'Wil je iets drinken?' vraagt Roosmarijn. Ze wiebelt nerveus met haar tenen. Wat een rare situatie is dit, niet eens vervelend eigenlijk. Ze kijkt tersluiks naar hem vanonder haar wimpers en ziet dan die warme blik in zijn ogen. Een blik die haar gevangenhoudt. En als hij opstaat, naast haar komt zitten en zijn arm om haar heen legt, vindt ze het alleen maar fijn. Veilig, warm en goed. Ze legt haar hoofd tegen zijn schouder, laat toe dat hij haar haren streelt.

'Je bent zo lief, Roosje,' mompelt hij bij haar oor, 'ik hou van je, famke, dat weet je toch? Kom, ik wil je kussen.'

Tijd en ruimte trekken zich bescheiden terug als hij haar lippen proeft. Gaandeweg gaat hun tederheid over in passie en voor het eerst sinds Melchiors dood is Roosmarijn Walda gelukkig.

'Roosje, m'n Roosje,' fluistert hij, en zij noemt zijn naam en weer kussen zij elkaar. Hij legt haar met zachte dwang neer op het bed en zij verzet zich niet. Hij omvat haar borsten, laat dan zijn handen begerig langs haar heupen glijden. Hun ademhaling versnelt zich. Tót zij zijn lichaam op het hare voelt. De betovering is verbroken, ruw duwt ze hem van zich af. 'Nee, dit niet, dit niet!'

Verbijsterd staart hij haar aan, hij probeert de lichte gloed in haar ogen te ontcijferen. 'Roosje, wat... waarom? Ik heb je toch nergens toe gedwongen? Je houdt ook van mij, ik weet het zeker. Ik vóel het.' Hij legt zijn handen tegen zijn borst.

Zij huilt zacht en klaaglijk, Roosmarijn. 'Rutger... ik... ja, ik denk dat ik van je houd. Nee, ik weet het wel zeker. Maar... ik heb tijd nodig, veel tijd. Zo veel schuld, te zwaar om te dragen. En zoveel haat, zo veel dat er geen plaats is voor liefde.' En dan fluisterend – hij moet zich inspannen om haar te verstaan – vervolgt ze: 'Ik heb er geen recht op, het recht op geluk heb ik verspeeld toen ik Mels dood wenste. Ja, daar schrik je van, hè? Nee, Rutger, er is geen toekomst. In mijn nacht bloeien geen bloemen...'

Hij huilt met haar mee. Ze zitten star naast elkaar, hij heeft haar koude hand in zijn warme, brede handen genomen. 'Roosmarijn, laten we... ik kan wachten, écht. Laat me morgen meegaan, laat me je vriend zijn. En dat van die schuld... jíj hebt Mels niet vermoord, famke. Jij neemt een last op je die niet God, maar jijzélf je oplegt. Geef het de

tijd, lieverd. Ik zal er voor je zijn, altijd!'
Treurig schudt ze haar hoofd. Ze strijkt de warrige krullen uit haar ogen. 'Rutger... er is een kloof, en die is te breed. En er is geen brug. Ik geloof niet meer in God en... er zijn dingen die jij niet weet. Slechte gedachten, haat, te veel...'
Hij is opgestaan, staart uit het venster en veegt langs zijn ogen. Het was ook te mooi om waar te zijn. En dan is er die ziekmakende gedachte: wie weet aan hoeveel mannen zij zich al gegeven heeft. Ze is geen meisje meer, ze is een vrouw met ervaring. Hijzelf... hij mag dan tegen de dertig lopen, maar hij heeft in de liefde nauwelijks of geen ervaring. En wil hij eigenlijk wel zo'n afgelikte boterham? Hij schrikt van die gedachten en duwt ze weg. Ze mag nu zijn ogen niet zien. 'Roosmarijn... ik moet nu gaan. Maar gun me dit: laat mij je vriend zijn! Ik zeg het je nogmaals: ik kan wachten, ik zal alle geduld opbrengen dat jij nodig hebt. Alle tijd geef ik je, maar... wijs me niet af!' Zij is achter hem komen staan, en legt haar magere handen op zijn brede schouders. 'Het is me een eer jou mijn vriend te mogen noemen, Rutger Soterius. Wat de toekomst brengt, ik durf niet ver vooruit te denken, ik ben bang... Bang voor zichtbare en onzichtbare dingen. Er is nog zo veel puin te ruimen. Daar kan ik jou niet bij betrekken. Maar toch... wacht op me, en als het zinloos zal blijken, zeg ik het je. Ik zal je niet aan het lijntje houden. En een ding moet je weten: ik mag dan te boek staan als flirt, als een meisje dat makkelijk te pakken is – ik heb het daar zelf ook wel naar gemaakt – maar ik ben... ik ben nog máágd, Rutger.' De vreugde springt hoog op in zijn hart en prompt schaamt hij zich voor zijn gedachten van daarnet. Roosje, ooit zal het goed komen tussen ons, en ik zal je helpen met puinruimen!
'Rutger, wil jij beneden zeggen dat ik meteen m'n bed induik? Je kunt zelf immers ook wel vertellen dat je morgen

van de partij bent. Enne... nog één ding wil ik je vragen. Zondag wil ik naar het graf van Melchior. De steen staat er al een tijdje, maar ik heb het nog niet aangekund er te gaan kijken. Wil jij zondag met me meegaan?'

Hij kan het niet laten, hij keert haar naar zich toe, legt zijn handen om haar gezicht en kust haar volle, warme lippen. 'Ja, lief Sproetje, ik ga met je mee!'

Even is er een twinkeling in haar ogen. 'Roosje klinkt leuker dan Sproetje.'

'Maakt niet uit,' zegt hij stoer, 'ik kan wel duizend koosnaampjes voor jou verzinnen!' Nog eenmaal kust hij haar, dan is hij weg.

Die nacht heeft haar droom een ander gezicht. Het warme liefdevolle gezicht van de overgave. Rutgers gezicht, vlak bij het hare, is gaaf. Zijn haren gloeien als de ondergaande zon. En dan zijn ze heel dicht bij elkaar.

Als zij ontwaakt, grijnst de grauwe lucht haar aan door een kier in de gordijnen. En ze weet: dromen zijn bedrog. Het kan niets worden tussen Rutger en haar, want zij moet haar plan uitvoeren. En daarna, als hij weet waartoe zij in staat is, zal hij alleen maar blij zijn dat ze uit zijn leven verdwijnt.

Ze zal haar rol van goede vrienden-en-een-beetje-meer spelen, en ze weet nu al dat ze een voortreffelijk actrice zal zijn. Hij mag niet ook maar het geringste vermoeden krijgen van haar plan. Hij zou in staat zijn het uit haar hoofd te praten. Hij zou haar opnieuw in z'n armen houden, haar kussen en strelen en zo haar haat verbergen onder zijn liefde. Maar het zou immers toch doorwoekeren en op een dag zou het hem duidelijk worden dat zij rot is vanbinnen, ziek van haat. En dat zij in staat is iemand van het leven te beroven.

Maar kom, ze gaat douchen. Vandaag wil ze sterk zijn, hoe de uitspraak ook zal luiden. Die misdadigers zullen haar niet zien huilen; als ze de moed hebben haar aan te kijken zal ze net zolang terugkijken tot ze hun ogen neerslaan. Zij zal daar met opgeheven hoofd staan, kalm en fier; een zus van Melchior Walda waardig.

HOOFDSTUK 4

Maaike staat achter het aanrecht, driftig doet ze de afwas; de spetters vliegen in het rond.

Roosmarijn zit zwijgend aan tafel, veel gedachten jagen door haar hoofd. Mem is sinds de uitspraak afgelopen donderdag continu in de weer. Ze snauwt, ze huilt, ze spreekt van wraak. De straffen waren niet conform de eis, en een van die misdadigers kwam er af met twee maanden voorwaardelijk en 240 uur dienstverlening. En dan had je nog die Sander W., die ging helemáál vrijuit!

Woedend is ze, Maaike Walda, en vooral Sietse moet het ontgelden als zij weer eens tekeergaat. 'Een sul ben je! Nou, ik laat het er niet bij zitten! Er moet toch een mogelijkheid zijn tot hoger beroep? Jij voelt daar niet voor? Ik weet óók wel dat we Melchior er niet mee terugkrijgen! Maar er is ook nog zoiets als rechtsgevoel dat bevredigd dient te worden. Zo'n beetje heel het land is dezelfde mening toegedaan. Er zijn zelfs mensen die vinden dat wij recht hebben op smartengeld vanwege die onvergeeflijke blunder van Justitie! En jij? Jij laat het allemaal maar gebeuren, alsof het je niet raakt. Jij blijft maar bidden, wie weet ga je zelfs zo ver dat je God dankt voor deze zware beproeving, zodat je gelouterd zult worden! Nou, ik word er alleen maar nijdig van, en je oudste dochter ook. Met háár kan ik tenminste m'n frustratie en woede delen. En Willemijntje... och, dat kind gun ik haar geloof, zij rekent er stellig op dat Jezus de rekening wel zal vereffenen. Van die kleine kan ik zulke praat hebben, maar niet van een volwassen kerel als jij. Je zoon is vermoord, Sietse Walda!'

Zo kan ze soms tijden staan fulmineren, de handen in haar zijden geplant. Onverzettelijk, hard.

'Zet jij eens koffie, Roos, onze kerkgangers komen over een kwartiertje thuis. Ja, wat zit je daar nou? Ik sta me hier uit de naad te werken, waarom blijf je almaar met je luie achterste op die stoel geplakt zitten?'

'Mem...' zegt Roosmarijn gejaagd, haar verwijten negerend. 'Mem, luister. Ik sta helemaal achter jou, ik vind dat we iets moeten ondernemen. Ik heb een plan, mem, maar daarbij heb ik jouw hulp nodig. Luister...' En ze doet uit de doeken wat ze wil gaan doen. Welke mogelijkheden er zijn om het plan ook daadwerkelijk ten uitvoer te brengen. Maaike is tegenover haar komen zitten, en eerst spreken haar ogen van angst, afkeer. Maar gaandeweg komt er die vreemde gloed weer in haar ogen. Ze laat haar schouders zakken en staat op. 'Vanavond praten we verder, op jouw kamer,' zegt ze vastbesloten. 'Dan nu gauw die koffie en laten we het snel over iets anders hebben, ze kunnen immers zo thuis zijn.'

Als Sietse en Willemijntje de keuken binnenstappen, staan moeder en dochter eendrachtig af te drogen en het menu voor vanavond te bespreken. Eerst ervaart Sietse iets van opluchting, dan sluipt langzaam maar zeker de argwaan zijn hart binnen. Hoe komt Maaike ineens zo opgewekt, na al haar woede-uitbarstingen van de afgelopen dagen? En na de argwaan is daar de dreiging, de angst voor... Ja, waarvoor?

Als zij later tegenover hem zit, klopt zijn hart traag en zwaar; die gloed is er weer. Steeds probeert ze zijn blik te ontwijken, maar hij ziet het toch wel. En Roosmarijn straalt hetzelfde uit, al doet ze nog zo 'normaal' en gezellig.

Willemijntje kijkt wat peinzend van de een naar de ander; zijn ze nou écht blij? Nee, heit niet, die ziet er verdrietig uit, met weer van die oude lijnen in z'n gezicht. En mems ogen... die zijn net niet écht. Roosmarijn praat niet te hard, maar toch anders. Net als in een toneelstukje. Zijzelf mocht laatst een elfje spelen en het voelde echt en toch ook weer niet. Maar dat was leuk en dit van Roosmarijn niet. Mem en zij waren zo boos op die rechtermeneren, want de boeven kregen veel te weinig straf. Nou, dat vond zij eigenlijk ook wel, maar Jezus zal alles goedmaken. Dat gelooft heit ook, maar mem en Roos niet. Daar moet ze weleens om huilen.

Gerucht bij de deur. Robien stapt binnen, wat bleekjes, met een mager glimlachje. 'Ik kom toch wel gelegen?'

'Stomme vraag, jij hoort toch gewoon bij ons!' reageert Roosmarijn tamelijk fel. 'Kon je het niet uithouden in Leiden? Nee, dat snap ik...'

'Ik ga weer aan het werk,' zegt Robien, 'gewoon weer volop, niet meer op therapeutische basis. Ik heb afleiding nodig. Dat krijg ik van m'n ouwe lieverds in Sonnewende en voor hen kan ik tenminste ook nog iets betekenen. Voor anderen!'

'Flink, hoor, ik hoop echt dat je het redt. Maarre... Robien, hoe sta jij nou tegenover die vonnissen, kun jij je daar zonder meer bij neerleggen?'

Robien houdt haar hoofd wat schuin, en zegt dan peinzend: 'Nee, niet zonder meer. Ik voel af en toe dat ik hartstikke kwaad ben. Dat laat ik ook heus wel toe, dat soort gevoelens. Maar aan de andere kant levert het me niks op, ik word er alleen maar moe van. Moe en verdrietig. En er is nog zo enorm veel pijn, er kan niet meer bij, snap je? Tja, en wat me het meeste dwarszit, dat is natuurlijk dat die hoofddader zijn straf ontloopt. Ik kan z'n smoelwerk wel uittekenen. Ik zal je eerlijk zeggen: als ik die vent ooit tegen het lijf loop, sta ik niet voor mezelf in!'

Roosmarijn steekt haar handen uit naar de ander: 'Goed, joh, dat jij ook af en toe zo fel kunt zijn. Dat is toch ook doodnormaal, anders stik je er toch in?'

'Ja, maar Roos, ik heb gelukkig een ander klankbord dan alleen m'n eigen onmacht en woede. Ik ervaar Gods nabijheid juist nu heel sterk, ik koester mij daarin. Ik zou niet weten wat ik zonder...'

Roosmarijn trekt abrupt haar handen terug. 'Bah, dat gezever. Sorry, hoor, ik word er even niet goed van! Hoe kun jij nou zo praten? Je lijkt je eigen beppe wel. Zo'n bedaagd iemand die in de winter van z'n leven zit en verlangt naar een ingebeelde hemel. Net als heit, die...'

'Stil!' Verschrikt kijken ze allemaal naar de open keukendeur. Daar staat Rutger Soterius, heel recht, met boze ogen. Roosmarijn vliegt overeind. 'Waar bemoei jij je mee! Wat doe je hier trouwens? Ik...'

'Wij hadden een afspraak, Roosmarijn. Ik heb ruim een halfuur op je gewacht thuis. We zouden samen naar de begraafplaats gaan, weet je nog?'

Roosmarijn heeft de betamelijkheid te blozen. 'Spijt me, helemaal vergeten. En ik weet niet of ik nu nog... Wil je koffie?'

'Nee. Afspraak is afspraak, Roosmarijn Walda. Onderweg praten we wel verder.' Hij pakt haar bij haar arm, groet de anderen vriendelijk en zij heeft maar te volgen. 'M'n jas,' zegt ze dan droog, 'zou ik die misschien nog even mogen pakken, meneer Voortvarend?' Hij knikt en grijnst even. En als hij wat later haar hand in de zijne neemt, voelt dat goed. Meer dan goed.

Zwijgend staat ze bij het graf. Daar staan zijn namen, de namen van haar broer. En die data: geboorte en overlijden. Zo definitief. Ze wil niet huilen, maar het gebeurt toch. Door een waas van tranen leest ze de woorden op de granieten steen: 'Wie in Mij gelooft, heeft het eeuwige Leven!' De stilte op die plaats, de stilte tussen Rutger en haar is goed, is zuiver.

Robien blijft de hele dag. Roosmarijn probeert niets van haar ongeduld te laten blijken. Zou ze vanavond ook nog tot wie weet hoe laat hier zijn? Ze kan toch moeilijk zeggen dat ze maar beter op kan krassen. En dat wil ze ook helemaal niet, maar haar gesprek met mem... Ze moet het ijzer smeden nu het heet is!

Na de middagdienst vraagt Robien of ze nog wat spullen boven in Melchiors kamer mag uitzoeken. 'In het begin... ik kon het niet. Ja, een paar kleine dingen. En jullie hebben ook nog niet veel uitgezocht daar, hè?'

Roosmarijn schudt haar hoofd. 'Nee, eerlijk gezegd kan ik er nog steeds niet toe komen, en heit en mem evenmin. Toch?'

Haar ouders knikken bevestigend. Mem zegt: 'Toch zal het een keer moeten gebeuren. Als jij nu het voortouw neemt, Robien, dan kunnen Roosmarijn en ik vanavond aan de slag. Ja, dat klinkt wel heel nuchter, maar z'n kleren bijvoorbeeld... die kunnen we uitzoeken en inpakken voor mevrouw Bandringa, die heeft immers haar connecties in Polen, Roemenië en voormalig Joegoslavië. En dan is er altijd nog het Leger des Heils. Sietse... mee eens?'

Heit knikt mat. 'Ja, we kunnen het niet almaar blijven uitstellen.'

'En ikke dan,' onderbreekt Willemijntje hen, 'mag ik dan straks met Robien mee naar boven? Ik wil ook graag een paar spulletjes van Mels hebben, dat mag toch zeker wel?'

Robien veegt langs haar ogen en knikt. 'Tuurlijk, Mijntje, dat zou Mels juist heel fijn gevonden hebben. Weet je, ik denk dat hij nog wel ouwe jongensboeken heeft die jij ook wel leuk zult vinden.'

Willemijntje knikt heftig. 'Ja! En een paar mooie foto's heb ik al, ook eentje van Mels en mij samen. Dat was vlak voordat ik zo ziek werd. En dat spelletje met die knikkers, dat mag ik vast ook wel. Je weet wel, mem, die langs van die houten baantjes lopen. Dat heeft-ie nog van beppe Van

Alkmade gehad, heeft-ie me zelf verteld!'

'Maar famke, misschien wil Robien...' zegt Maaike wat aarzelend.

'Ach, we zien wel. Kom op, Willeke, we gaan samen iets uitzoeken, oké?'

'Ja, da's goed. Maarre... ik vind het nog wel een beetje eng op Mels' kamer, net of hij ineens binnen kan komen lopen. Alsof hij nog leeft. En soms hoor ik z'n stem, écht, maar dan is het niet waar. Nooit. Hij is dood...'

Willemijntje huilt, en Robien trekt haar troostend tegen zich aan. 'Dat heb ik ook nog vaak, hoor. Dan denk ik: o, dat zijn Mels' voetstappen bij de voordeur. En soms 's nachts... Maar kom, drink je limonade op, dan gaan we naar boven.'

Als zij samen de woonkeuken verlaten, vangt Sietse een blik van verstandhouding op tussen Maaike en Roosmarijn. Een blik die hem verontrust, al zou hij niet precies kunnen zeggen waarom. Misschien is hij onbewust wel jaloers op het intense contact dat er ineens tussen die twee blijkt te bestaan, terwijl hij van Maaike alleen maar verwijten krijgt. Of een dodelijk zwijgen. En dat laatste is eigenlijk nog erger.

'Heit, jij wilt toch ook nog... Ik bedoel, als jij in de vooravond een en ander gaat uitzoeken, dan kunnen mem en ik daarna...'

'Wat zijn jullie ineens *close*,' zegt hij wat schamper. 'Mag ik misschien weten wat deze ommekeer teweeggebracht heeft?'

Roosmarijn haalt haar schouders op. Quasi luchtig zegt ze: 'Het blijkt toch dat je in zo'n moeilijke periode niet buiten elkaar kunt. In plaats van dat je nou blij bent met mems veranderde houding! Ze leeft tenminste weer, of heb je liever zo'n zombie waar geen zinnig woord uitkomt? En bovendien... heb je er wel aan gedacht hoe druk ik het de afgelopen tijd gehad heb, alleen al met het huishouden? Nog

afgezien van wat ik voor jou en Mijntje probeerde te zijn!'
Ze reageert te fel, denkt Sietse, alsof ze iets wil verbergen.
Maar ach, misschien ziet hij spoken, beeldt hij zich dingen
in die er helemaal niet zijn. 'Natuurlijk ben ik blij, Maaike,
dat je weer openstaat voor je gezin. Dat je inziet dat... dat
we verder moeten, hoe zwaar dat ook valt. Maar weet dat
je ook bij mij terechtkunt, en niet alleen als je kwaad bent,
maar ook als je in staat bent tot een redelijk gesprek. Ik
dacht toch wel dat ook ik daar recht op had!'
Maaike wil uitvallen, maar ze ziet net op tijd de waarschu-
wende blik in Roos' ogen. 'Ach, Sietse, liever, neem het
me maar niet kwalijk. Het komt waarschijnlijk doordat
Roos en ik allebei vrouwen zijn en ook dat ik bij haar meer
begrip ondervind. Nee, dat zeg ik niet goed. Je lijkt zo... jij
bent eh... net als Robien. Zo onaantastbaar, lijkt het wel,
doordat je nog altijd kunt bidden. Ik ben daar heus weleens
jaloers op...' En dat laatste meent ze oprecht; die rust te
kennen, in plaats van de zwaarte van de haat, de wraakgevoelens die een uitweg willen zoeken. Een uitweg die Roosmarijn haar kan helpen vinden. Nee, ze krabbelt nu niet
meer terug, vanavond nog zullen zij spijkers met koppen
slaan, haar oudste dochter en zij!
Roosmarijn hoort het aan. Ze ziet de hoop in heits ogen,
en voelt zich een verraadster. Die sensatie van veiligheid,
zuiverheid vanochtend bij Mels' graf, samen met Rutger, is
verdwenen. Weg, alsof het er nooit geweest is.

HOOFDSTUK 5

De maandag daarop komt Roosmarijn haar afspraak met de bedrijfsarts na, ze is echter vastbesloten zich niet te laten ompraten. Wat mem en haar te doen staat gaat voor alles! Bovendien ligt de brief voor Evie al klaar. Terwijl ze in de wachtkamer zit, gaan haar gedachten terug naar de avond dat zij en mem hun plan beraamden. Ze hebben hun plan tot diep in de nacht doorgesproken en uitgewerkt.

In Melchiors kamer was dat moeilijk geweest. Het was hun beiden te moede alsof Mels hen over het graf heen wilde waarschuwen voor hun boze plannen. Ze hadden er dan ook niet al te veel tijd doorgebracht. Wel hadden mem en zij samen zitten huilen bij een brief van Mels, geschreven toen hij met een jongerenreis in Oostenrijk verbleef. Daarin stond onder andere hoe blij hij was dat het nu echt 'aan' was met Robientje Wijngaarden en dat zij samen later net zo'n fijn thuis wilden creëren als hij, Mels, dat had mogen beleven. 'Juist ook omdat Robien zo veel liefde en warmte heeft gemist. Vroeger altijd maar verhuizen, naar steeds weer een ander land, een andere cultuur. En toen ze ervoor koos in ons geliefde Friesland een eigen leven op te bouwen, kreeg ze het verwijt van haar ouders dat ze kleinburgerlijk was, terwijl ze zo veel kansen had in de States of in Canada. Nee, dan maar liever een vaste aanlegsteiger, zoals ons Blauwe Haventje!'

'Hij moest eens weten,' had Maaike snikkend gezegd, 'hij moest eens weten hoe weinig er hier over is van veiligheid, nestwarmte, liefde... Nee, we moeten realistisch zijn, Roos, en ons nu niet meer laten weerhouden door sentimentele gevoelens! Daarmee krijgen we Melchior immers toch niet terug?'

De vraag had Roosmarijn op de tong gebrand: en met wat wij nu van plan zijn wel? Maar ze had zich weten te beheersen. Beneden hadden ze nog een glaasje gedronken met heit, die nog altijd niet over z'n griep heen was en meestal voor tienen in bed lag. Gelukkig dat Minze de Boer zo'n fantastische hulp was!

Piet de Vries uit Woudsend was al een paar maal langs geweest om te informeren hoe de zaken er nu voorstonden en wat hij had gezien had hem tot tevredenheid gestemd. 'Zo te zien heeft us Minze het hier uitstekend naar z'n zin. Jij knapt langzaam maar zeker op, Sietse, dus laten we het nog maar een tijdje zo houden! En fijn dat Maaike de toeristen weer kan helpen in de antiekshop, dat is en blijft een attractie van de eerste orde!'

Fijne man, die De Vries. Hij had nog een enorme fruitmand meegenomen de eerste keer dat hij op bezoek kwam, en laatst was hij aan komen zetten met een prachtfoto van Melchior, lachend en zwierig op zijn surfplank. 'Dat was toen Robien en hij een weekend bij ons logeerden.' Die foto: één en al leven! En nu...

'Roosmarijn, waar zít je met je gedachten? Ik heb je al driemaal geroepen!' Dokter Van Wingerden vult met haar ruim honderd kilo de deuropening van haar werkkamer.

'Eh, spijt me, ik was diep in gedachten!'

'Ach, kind, dat snap ik ook best. Maar kom verder, we moeten eens een verhelderend gesprek hebben!'

Van Wingerden... Ze staat bekend als een taaie, onverzettelijke dame, maar tevens als iemand die openstaat voor goede argumenten. Streng maar rechtvaardig, zo zouden ze dat vroeger op school van een docent gezegd hebben. Roos voelt zich altijd erg klein en onbeduidend in het gezelschap van deze kolossale vrouw, maar echt bang voor haar is ze niet; ze is zelf ook een harde als het erop aankomt. En dat is nu het geval!

'Zo, ga zitten, kind. Eerst maar eens een bakje koffie. Ook een tompoes? Ze zijn verrukkelijk, hoor, vers van bakker Medema. Nou, dan weet je het wel! Kind, je ziet eruit alsof je bij elk zuchtje wind kunt omwaaien! Nou ja, zo stevig als ik hoef je nou ook weer niet te worden. Dat heeft ook zo z'n nadelen. Maar zolang ik me fit voel en m'n cholesterol keurig rond de 4,5 blijft hangen, snoep ik er lustig op los. Há, kun jij je voorstellen dat ik als kind een armetierig mager geval was? Altijd ziek, zwak en misselijk. Tot Jan in m'n leven kwam en ik onze zes kinderen baarde. Allemaal knapen van zo'n tien pond! En moet je me nou eens zien. Maar ik zit er niet mee, hoor!'

Ze lacht schallend. Het doet Roosmarijn pijn aan de oren, maar die lach werkt zo aanstekelijk dat ze wel mee móet doen.

Als dokter Van Wingerden haar gebak verorberd heeft, komt ze meteen ter zake. 'Zo, nu alle gekheid op een stokje; wij willen je terug, Roosmarijn Walda, en wel zo snel mogelijk!'

Ja, denkt Roos nijdig, dat wist ze al. Wat verwacht ze nu van mij, dat ik meteen overstag zal gaan? Nou, mooi niet!

'Eh ja, dat had ik al door, maar ik kan helaas geen toezeggingen doen. In elk geval niet op korte termijn. Niemand kan mij trouwens ontslaan, want onbetaald verlof is wettelijk toegestaan. Nee, dokter Van Wingerden, ze hebben me thuis nodig. Bovendien, ik ben heus nog niet over het verlies van Melchior heen. Al denken sommige mensen dat het na vier, vijf maanden maar weer over moet zijn. Het leven gaat gewoon door, dat soort walgelijke clichés. Natuurlijk gaat het leven door, maar niet gewoon... En ik ben er nog niet aan toe m'n werk weer te hervatten!'

Het blijft even stil, dan zegt de andere vrouw. 'Je collega's en een paar 'blijvers' onder de patiënten hebben een welkomstfeestje voor je georganiseerd. Je gaat me toch niet vertellen dat je ze zomaar laat zitten, wel?'

Roosmarijn voelt zich in een hoek gedreven. Hier, in deze tamelijk strakke, zakelijke werkkamer staat ze haar 'mannetje' wel, maar als ze straks die andere lui ziet... 'Dit is gewoon een vorm van morele chantage!' blaft ze nijdig. 'En néé, ik laat ze heus niet voor joker zitten, maar aan mijn besluit zal een en ander niets afdoen, laat dat alstublieft duidelijk zijn!'

Dokter Van Wingerden haalt haar flinke schouders op. Haar gezicht – onwaarschijnlijk mooi en fijnbesneden in vergelijking met de rest van haar lichaam – staat wat strak. Verdrietig zelfs.

Vurige kolen, jongelui, denkt Roosmarijn als ze de bedrijfsarts volgt naar 'haar' afdeling. Maar kom op, wie a zegt moet ook b zeggen...

Ze is bewust op de fiets gegaan van Wijnje naar Sneek. Haar spieren moet ze stalen, haar voornemens idem dito. Op de terugweg regent het pijpenstelen, maar het deert haar niet. Zo kan ze tenminste haar tranen de vrije loop laten.

Het was moeilijker geweest dan ze had verwacht, nóg moeilijker. Die oude, vertrouwde gezichten, de blije herkenning. De geur van de afdeling, al het vertrouwde daar. De enorme bos bloemen!

Ze had ze eerst niet willen accepteren, tot mevrouw Schoonderwoerd had gezegd: 'Het verplicht je nergens toe, famke. Als het dan geen welkomstboeket mag zijn, accepteer het dan als afscheidsgeschenk.'

Waarop Roosmarijn fel had gereageerd. 'Maar ik kom héus wel terug, hoor. Ik heb alleen wat meer tijd nodig, begrijp dat dan!' Tja, en toen had ze gehuild en bij het afscheidsrondje ook en nou zijn haar tranen nog niet op.

Spijt, schuld, vragen... angst ook. Waar ben ik toch in vredesnaam mee bezig?! Is zo'n actie als mem en ik van plan zijn wel ten dienste van welke vrede dan ook? Ze schudt haar natte haren, veegt langs haar koude voorhoofd. Na enkele schitterende dagen is het weer radicaal omgeslagen; het is koud en nat. En de lucht is grauw, er zit geen beweging in. Was er maar een flinke storm waarmee ze haar krachten kon meten. Maar nee... alles is zo vreemd stil. Om haar heen, maar ook vanbinnen.

'Zo, daar ben ik al!' Fris en opgewekt stapt Evie Landheer de grote woonkeuken van Het Blauwe Haventje binnen, haar fleurige rugtas op haar rug, de donkere haren verwaaid. 'En nu zou ik wel een bak koffie lusten, die in de trein was niet om te zui... eh drinken. En trek heb ik eigenlijk ook wel!'
Sietse is langzaam gaan staan, zijn ogen spreken van verbazing en meer dan dat. 'Evie, meisje, eh... welkom. Die koffie krijg je, hoor, en een dikke plak koek. Maar... ik wist niet, ik bedoel... dit is een complete verrassing voor mij. Weet Roos ervan? Blijf je logeren? Ja, ik vind het prima, tuurlijk. Jij bent hier altijd welkom, maar... Nou ja, kind, doe die zware tas af, ga zitten. Willemijntje komt zo uit school, die zal ook wel blij verrast zijn.'
Evie kijkt haar gastheer verbijsterd aan. Hier moet sprake zijn van een misverstand! Of is hij toch nog zo ziek dat hij af en toe de draad kwijt is? Hij ziet er toch wel iets beter uit sinds hij hulp heeft van die Minze de Boer.
'Maar meneer Wálda,' zegt ze een beetje giechelig, terwijl ze zich van haar rugtas ontdoet en naar het aanrecht loopt; als zij geen koffie zet, ziet ze het voorlopig niet gebeuren. 'Kijk, hier heb ik Roosmarijns brief. U weet daar toch van, mag ik hopen?' Een akelig vermoeden dringt zich aan haar op: heeft haar vriendin een vuil spelletje met haar gespeeld? Maar waarom?
Sietse neemt de brief aan en begint te lezen.

Lieve Evie,
Mem en ik moesten er even tussenuit. Ruim een week
Zandvoort is het geworden. Heit vond het ook een uitste-
kend idee – hij krijgt voorlopig wat huishoudelijke hulp
van buuf – en Willemijn is helemaal door het dolle heen dat
jij op haar komt passen. Als je wilt tenminste! Je hebt nu
toch al je tentamens achter de rug?
We hebben dat van die hulp in huis geregeld zodat jij even-
tueel aan je scriptie kunt werken als Willemijn op school
zit. Bovendien heb je dan natuurlijk nog de avonden.
Minze komt trouwens regelmatig een borreltje drinken,
voor heit gezellig en voor jou ook, wie weet... O ja, wat
Nautilus betreft, de winkel hebben we voor een weekje
dichtgegooid. Nou meid, ik ben je al bij voorbaat dank-
baar en mem ook! Bel je me gauw of het lukt!
Doei! Liefs en groetjes, Roos.

Sietses gezicht is grauwwit als hij opkijkt. 'Evie... ik weet
van niets... ik bedoel, ze hebben dit buiten mij om geregeld! En ik ben bang, ze waren de laatste tijd zo... zo anders. Zo samenzweerderig. En dat blijkt nou ook wel te
kloppen!' Hij slaat met z'n vuist op tafel en zegt emotioneel: 'Wat een rotstreek om jou en mij op zo'n manier voor
het blok te zetten! En Mijntje... Nou ja, die zal alleen maar
blij zijn met jouw aanwezigheid, ze is dol op je. En de laatste tijd heeft ze maar bitter weinig aandacht gehad van
Maaike. Roos deed nog wel haar best, maar het was niet...
niet echt. Dat voelt zo'n kind als Mijntje haarscherp aan.
Wat nu?'
'Als u het goedvindt, blijf ik,' zegt Evie kordaat. 'Ik laat jullie niet de dupe worden van een minne streek van Roosmarijn en van... van uw vrouw,' zegt ze wat ongemakkelijk.
'Kom, ik zal koffie inschenken,' zegt Sietse mat. 'En je
koek, die heb je ook nog te goed. Zet ik gelijk thee voor

Willemijntje.' Juist als hij weer enigszins tot rust gekomen lijkt, springt Sietse overeind. 'Ze hebben vast en zeker ergens een brief voor mij achtergelaten. Laat me eens denken... Ja, ze zijn er allebei van op de hoogte dat ik 's avonds voor het slapengaan in m'n bijbels dagboek lees. Slim bedacht, eerder zou ik er dan niet achter komen. Hoewel, jij bent er al, ik neem aan op de afgesproken tijd.'

'Nou, ze hadden eigenlijk gevraagd of ik morgenochtend vroeg wilde komen, maar ik... Nou ja, ik had eigenlijk geen redenen om langer in Groningen te blijven. Ja, het vrijdagse borreluurtje bij De Drie Gezusters, maar ach, daar vind ik de laatste tijd niet zoveel meer aan. Al dat gezuip en die pretentieuze 'bla-blagesprekken'. Maar als ik het goed begrijp, hadden ze u tot morgenochtend in het ongewisse willen laten, of nee... als uw vermoeden juist is...'

'Ik ga meteen kijken,' zegt Sietse schorrig. Zijn voetstappen naar boven klinken dodelijk vermoeid.

Die rótmeid, denkt Evie kwaad, en dat is dan je beste vriendin! En van haar moeder valt het me ook vies tegen. Maar hier... hier in Het Haventje laat ik ze niet stikken. Nooit, ook al duurt het een maand!

Willemijntje kijkt verrast op als ze Evie in de keuken ziet zitten. 'Hé, wat leuk! Blijf je eten?'

Dus dit kind weet ook al nergens van. Wat ís dat voor een moeder, mevrouw Walda? Terwijl ze voor... vóór die vreselijke gebeurtenis toch een prachtvrouw en -moeder was. Het is allemaal de schuld van die moordenaars! Maar nu moet ze eerst Willemijntje opvangen! 'Wat zou je ervan vinden als ik een poosje blijf logeren? Een week of zo en dan gezellige dingen met jou doen als je vrij bent van school?'

'Leuk!' juicht het kind. 'Maar waar is Roosmarijn dan, en mem?'

Hoe moet zij, Evie, dit nou aanpakken? 'Wacht, ik zal het je zo vertellen. Even iets aan je heit vragen, die zoekt boven iets op. Kijk, hier is je thee, en een lekker dikke plak koek. Met echte boter, dat lust je toch zo graag?'

Mijntje glundert en knikt.

'Mooi zo, schatje, ik ben zo terug!' Op de overloop komt ze Sietse tegen. Hij ziet lijkwit, zijn schouders zijn gebogen. 'Meneer Walda... Mijntje is thuis, ze wil uitleg. Gaat u alstublieft even liggen of zo, ik breng zo meteen een Beerenburgje boven. Maar wat moet ik tegen die kleine zeggen?'

'Vertel haar maar wat er in die brief aan jou stond,' zegt hij vermoeid. 'En ik móet gaan liggen, anders val ik om. Sterkte ermee, Evie.' Zijn stem klinkt zó dof, zijn sympathieke gelaat ziet er zó oud uit...

Ze gaat schoorvoetend de trap weer af. Als ze in de keuken terugkomt, tovert ze met moeite een vrolijke glimlach op haar gezicht. 'Zo, Mijntje, papa ligt even te slapen. Hij is nog vaak moe, hè, door die akelige griep. Jij weet vast nog wel hoe naar het is om almaar moe te zijn. Jij moest er zelfs voor naar het ziekenhuis! Maar heit niet, hoor! Ik kom een poosje voor jullie zorgen, want je mem en Roosmarijn moesten zomaar ineens een poosje weg. Omdat jouw mem hier te verdrietig blijft, ze moet hier almaar aan Mels denken. En alleen weggaan, dat ging natuurlijk niet, daarom is Roosmarijn mee. Hoe lang het precies zal duren weten we niet, maar...'

'Waar zijn ze dan naartoe? Is het een soort vakantie?'

Evie knikt. Dat is immers ook het enige wat zij weet via die brief?

'Ja, ze zijn ergens aan zee. Daar kunnen ze veel wandelen en uitwaaien. En misschien wel zwemmen als het weer mooi weer wordt. Maar ik dénk dat het water nog wel koud zal zijn, hoor!'

'Ik had óók wel mee gewild,' dreint Willemijntje verdrietig.

'Ze hebben niet eens gedag gezegd, dat is toch ráár?'

'Ja, dat is niet leuk, maar ze konden nog net vandaag een plekje krijgen in een hotel, dus…'

Zit ik dat kind hier een beetje heel erg voor te liegen, peinst ze boos en verdrietig tegelijk. Maar ze heeft immers geen keuze? 'Weet je wat, Willeke, morgen is het zaterdag, hè? Nou, dan gaan wij een dagje naar Speelstad Oranje. Hoe lijkt je dat!'

Willemijntjes ogen lachen alweer. 'Gááf! Maar vindt papa dat wel leuk, dan is hij helemaal alleen.'

'Ik zal het hem zo meteen vragen, want ik ga wat drinken bij z'n bed zetten voor als hij wakker wordt. Goed?'

Willemijn knikt en hapt, vooralsnog tevredengesteld, in haar plak koek. De boter zit al snel tot ver op haar bolle toet.

HOOFDSTUK 6

Hoe aardig ze Minze de Boer ook vindt, op een gegeven moment kan Evie hem wel wegkijken.

'Eh... Minze, meneer Walda is hondsmoe, ik denk dat ik de vrijheid neem hem hoogstpersoonlijk naar z'n nest te sturen.'

Verschrikt kijkt Minze zijn 'baas' aan. 'Ach, je ziet er inderdaad niet bepaald florissant uit, Sietse. Neem me niet kwalijk, het was ook zo gezellig met deze doortastende jongedame erbij! Eh, begrijp me goed, het is hier altijd prima toeven na een dag hard werken, maar ik zoek nu zelf ook maar eens de koffer op.'

Bij het verlaten van de woonkeuken knipoogt hij naar Evie. Ze krijgt er een kleur van. Wat verbeeldt die vent zich wel? Maar... hij is wél erg leuk. Vlotte babbel, maar niet té. En hij ziet er leuk uit met z'n blonde haren en donkere ogen. Je kunt goed zien dat z'n spieren getraind zijn tot en met!

Ze roept zichzelf tot de orde, ze moet Minze uit haar hoofd zetten, en er echt voor gaan zitten om naar meneer Walda te luisteren. Die man zit iets ontzettend dwars, iets wat hem zichtbaar zwaar op de maag ligt. 'Zo, die is weg,' zegt ze wat cru. 'Vertel me nu maar eens snel wat u... wat u gevonden hebt. Want er is iets, hè?'

Hij knikt. De randen rond zijn ogen worden rood.

'Eerst nog een bittertje?' vraagt ze bezorgd.

'Nee, nee... een alcoholist is het laatste wat ik worden wil. Hoewel ik er genoeg reden voor zou hebben. Maar goed, ter zake...'

170

Zijn stem klinkt anders, tegen tranen aan, en Evie heeft ontzettend met hem te doen. Toch is dit gesprek nodig om zicht te krijgen op heel deze pijnlijke situatie.

'Hier,' zegt Sietse hees, 'ze hebben ons in elk geval rijkelijk voorzien van leesvoer.' Hij schuift het beschreven blad over de tafel. 'Lees zelf maar.'

En Evie leest, met stijgende ontzetting en angst.

Lieve Sietse,
Als je dit briefje vindt, zijn Roosmarijn en ik vertrokken. Met voor jou onbekende bestemming. We hadden wat dat betreft geen keus, je zou ons prompt achterna zijn gekomen.
Wij hebben na rijp beraad besloten dat we – ter wille van Melchiors nagedachtenis – het recht in eigen hand moeten nemen. Het kan en mag niet dat de moordenaar van us Mels vrij rondloopt.
Over hoe onze plannen eruitzien kan ik je helaas niets meedelen. Het is erg moeilijk voor ons je buiten te sluiten, maar jij staat zo totaal aan de andere kant – de kant van de vergiffenis en al dat fraais – dat wij ons daartegen wel moeten afzetten. Hetzelfde geldt voor Robien. Gelukkig kun jij met haar praten op dezelfde golflengte, en daarnaast nog met dominee Bandringa en mijn vader.
We hebben elders een auto gehuurd en over onze financiën hoef je je geen zorgen te maken. Roos heeft een flink deel van haar erfenis van mijn moeder opgenomen. Je zult ons dus niet kunnen traceren via postkantoren en pinautomaten. We komen pas terug als onze missie volbracht is. Kus Willemijntje van me. Ik zal jullie vreselijk missen, ondanks alles. Nu nog een woordje van Roosmarijn.

Lieve heit,
Het spijt me oprecht dat het zo moet gaan, maar we hebben geen andere keuze. Ik weet nog niet hoelang we weg-

blijven. Knuffel Willeke van mij.
En Evie, lieverd, ik heb je erin geluisd, opzettelijk. Ik be-
grijp heel goed dat je kwaad op me bent. Maar probeer het
een beetje te begrijpen. Buuf Zijlstra kent ook alleen de
'waarheid' zoals ik die beschreef in mijn brief aan jou. Ze
komt op dinsdag- en vrijdagochtend helpen. Ze heeft al
een royaal voorschot gehad.
Uiteraard is er voor jullie ook genoeg beschikbaar; mems
pinpas, de mijne – de codes weet heit wel – en natuurlijk
papa's inkomsten en de nodige contanten. Zorg alsjeblieft
goed voor heit en ons kleintje. Vergeef me!
Liefs en bedankt,
je Roosmarijn.

Met tranen in haar ogen kijkt Evie op. 'Dit is... dit is vreselijk! Wat kunnen wij doen, meneer Walda? Waar moeten
we beginnen? De politie bellen?'
Sietse lacht honend. 'Há, ze zien ons aankomen! 'O, je
vrouw en je oudste dochter zijn er een tijdje tussenuit?
Nou, heel verstandig, gezien de omstandigheden. En alles
is verder keurig geregeld voor de kleine en je huishouden?
Nee, man, daar kunnen we niets mee. Het spijt ons zeer."
'Maar die brief aan u, dat is toch... Ik bedoel dat ze daarin prijsgeven wat ze van plan zijn. Kunnen ze daar dan
niets mee?'
'Och kind, welnee. Die zogenaamde aanwijzingen stellen
immers niets voor? De zaak waarom het gaat hebben ze
niet eens vermeld! En dan, er wordt geen enkele plaats-
naam genoemd, en zelfs de zin 'het recht in eigen hand
nemen' is niet onwettig. Daarmee kunnen ze van alles be-
doelen. Nee, Evie, ze hebben een en ander té slim aange-
pakt. Ook wij hebben geen enkel aanknopingspunt.'
'Maar eh... Mag ik trouwens oom Sietse zeggen, nu we
noodgedwongen in hetzelfde schuitje zitten?'
Hij knikt vol genegenheid.

'Wat ik zeggen wilde, het is toch glashelder dat het hier gaat om de moord op Melchior én dat ze een vereffening voor ogen hebben? Dat haal ik er zonder meer uit, u toch ook?'

Sietse knikt moe. 'Ja, Evie, allemaal tot je dienst, en een politiefunctionaris van hier of uit Sneek zal ongetwijfeld tot dezelfde conclusies komen. Maar ze kunnen er niks mee, dát is het probleem. Er zal eerst écht iets moeten gebeuren.'

Evie plant haar vingertoppen tegen haar voorhoofd. Ze denkt diep na en zegt: 'Die hoofddader, dat was toch ene Sander W. uit Aerdenhout? Dat is een aanknopingspunt, ook voor uw vrouw en Roosmarijn!'

Sietse knikt instemmend. 'Daar heb ik natuurlijk ook meteen aan gedacht toen ik dit... dit fraaie epistel las. Maar wat kunnen wij doen? Willemijntje hier alleen achterlaten? Minze de hele boel in z'n eentje draaiende laten houden, juist nu het zo druk begint te worden? Nee, we zitten mooi klem. We zouden pake Van Alkmade om advies kunnen vragen en dominee Bandringa. Ik wil je vragen er verder niemand bij te betrekken, ook Minze niet. Hij is een geweldige werker, maar een heethoofd is hij ook. Weet je, we kunnen alleen maar hopen – hoe rot het ook klinkt – dat Maaike en Roos tegen de lamp lopen vóór ze onherstelbare dingen op hun geweten hebben. En bidden... véél bidden. Om kracht en wijsheid, maar vooral om een nieuw inzicht in die verdoolde harten van mijn vrouw en dochter!'

'Hé,' roept Evie ineens uit, 'dat zie ik nu pas. Op de achterkant van die brief staat nog een PS van Roosmarijn. Luister: 'Als Rutger Soterius naar me vraagt, zeg je maar dat mem en ik rust nodig hebben, en ook dat ik verder geen contact met hem wens in de toekomst.' Báh, wat een krengetje, en nou mag ik zeker de kastanjes uit het vuur halen!'

'Rutger...' peinst Sietse hardop. 'Zondag is ze nog met hem naar het graf van Melchior geweest. Die twee straalden iets van innerlijke vrede en harmonie uit. Ik hoopte al dat Roos... nou ja, haar wilde haren is ze al verloren sinds de dood van Mels, maar... Rutger en zij, ze zouden zo goed bij elkaar passen. En een vader is niet blind, ik heb de liefde in zijn ogen gezien. En in die van mijn dochter! Tja... en dan nu dit.'

Evie staat als eerste op. 'Kom, oom Sietse, we moeten in elk geval proberen voldoende slaap te krijgen. Ik wil morgenochtend om zeven uur hier beneden zijn voor Mijntje en u moet toch ook alweer vroeg beginnen. Als wij afknappen is daar niemand bij gebaat. En voor Willemijntje moeten we 'mooi weer' spelen, net als voor buuf Zijlstra én voor Minze de Boer. Of dat zal lukken! Een alert figuur, hoor. Normaal gesproken mag ik dat wel, maar in de gegeven omstandigheden wilde ik dat hij wat eh... onnozeler was. Volgens mij heeft hij binnen de kortste keren door dat er iets goed mis is...'

Sietse knikt instemmend. 'Maar op dit moment is inderdaad het enige verstandige dat we kunnen doen, zien een goede nachtrust te krijgen. Ik vraag me trouwens af... Zullen we toch maar een slaapmutsje nemen?'

Evie knikt. Ze vindt het niet echt lekker, die kruidenbitter, maar haar hoofd is zo akelig helder dat ze voor het aanbod zwicht.

'Neem jij Roos' kamer maar,' stelt Sietse voor. 'Ik ben blij dat jij er bent, famke, en dat je niet meteen je biezen weer hebt gepakt. Ik zou het je niet kwalijk hebben genomen!'

Evie geeft hem spontaan een zoen. 'Niet piekeren, we redden het wel. En wie weet horen we al heel binnenkort iets van uw vrouw en Roosmarijn. Misschien zien ze zelf al snel in dat ze verkeerd bezig zijn.'

'Ik help het je hopen, Evie. Welterusten.'

'Welterusten, oom Sietse.'

Die nacht slaapt Evie – mede dankzij haar korte nachten van de laatste weken, in verband met al die tentamens die nu achter haar liggen – als een blok.

Maar Sietse ligt nog uren wakker en worstelt. Met zijn verdriet, zijn onmacht. En met God.

HOOFDSTUK 7

'Mem, als je continu over je schouder kijkt, maak je je bij voorbaat al verdacht! Kijk nou, je bibbert als een juffershondje. Wees nou niet zo eigenwijs en neem zo'n tablet, ik heb ze niet voor niets meegenomen! Gelukkig hadden we nog een aardig voorraadje thuis.'

'Waar zijn we in vredesnaam aan begonnen!' roept Maaike uit.

'Als je nog even zo doorgaat, zet ik je eruit en dan bekijk je het verder maar. Dan knap ik de zaak wel in m'n eentje op!'

'Nee, nee, afspraak is afspraak,' zegt Maaike en ze laat haar schouders zakken. 'Nee, we hebben nu a gezegd... en ik sta er nog steeds helemaal achter. Alleen die nervositeit, almaar die klamme handen en hartkloppingen!'

'Ja, en daarom neem je straks – als we in een dorpje gaan koffiedrinken – meteen zo'n pil in. Wie weet heb ik er zelf ook wel eentje nodig. Hoewel ik me momenteel in staat voel om bergen te verzetten.'

Eenmaal achter een dampende cappuccino gezeten, nemen ze hun plannen nog eens door. De grote donkere bril irriteert Roosmarijn, maar daar wil ze niet over zeuren. Om nog maar te zwijgen van die stijve knot strak op haar hoofd, en een laag make-up om haar sproeten enigszins te camoufleren. Ze grinnikt als ze naar mem kijkt. 'Met die hoed op heb je eigenlijk heel veel weg van onze koningin,' zegt ze hinnikend van de lach.

'Het is geen leuk grapje, Roos, waar wij mee bezig zijn. Dit is bloedserieus! En geef me nou maar zo'n tablet, ik slik hem wel in de dames-wc, kan ik gelijk even m'n hoofd krabben. Die idiote hoed kriebelt ontzettend!'

Niet lachen nu, denkt Roosmarijn, en ze bijt op haar lippen. Gelukkig heeft mem niets in de gaten. En als het erop aankomt, doet zij zich ook veel vrolijker voor dan ze zich voelt. Bloedserieus... Inderdaad, daar heeft mem gelijk in. Het gaat hier om het principe van 'oog om oog, tand om tand'. Zo uit de bijbel, dat zou heit zelfs niet kunnen tegenspreken! Hoewel... Hè bah, zit ze zowaar te janken! Ze snuit haar neus, vraagt een glas water en neemt ook zo'n blauw pilletje in. Volgens de verpakking kan het de rijvaardigheid beïnvloeden. Nou, dat zal wel loslopen, ze zal heus wel voorzichtig zijn. Het laatste wat ze wil is opvallen.

Het is niet druk hier, maar evenmin zijn mem en zij de enige gasten. Precies wat ze zocht. Ze opent het ritsvakje van haar handtas en bekijkt voor de zoveelste maal haar 'legitimatiebewijs'. Hmm, kan er best mee door, en de kans is groot dat geen mens ernaar vraagt in dat villadorp. Gelukkig dat ze laatst op Evies kamer nog die enquêteformulieren vond, keurig voorzien van de kop 'Rijks Universiteit Groningen'.

Een enquête in Aerdenhout. Het was haar zomaar te binnen geschoten tijdens een van die vele slapeloze nachten. Een buurtonderzoek in opdracht van de universiteit. Zij als wetenschappelijk medewerker en haar moeder als docente, werden geacht in Aerdenhout te spreken met mensen over onder meer de 'zaak Tjoelker' en de meest recente, de 'zaak Walda'. Hoe men dacht over het rechtssysteem, of men vond dat er in het algemeen meer aandacht was voor de daders dan voor de slachtoffers. En nog een hele waslijst vragen. Ja, zij moesten een en ander uitwerken voor wetenschappelijk onderzoek en nee, niemand hoefde zijn of haar naam te vermelden op het formulier. En zo zouden ze erachter komen waar het ouderlijk huis van die crimineel stond. Zo tussen neus en lippen hier en daar wat vraagjes stellen, dan was zij daar snel genoeg achter. Mem zou zo weinig mogelijk zeggen en aantekeningen maken. Roosmarijn zou voornamelijk het woord voeren. O, ze is er stellig van overtuigd dat ze op deze wijze die Sander W. vinden, al hebben ze er wéken voor nodig! Al die gedachten zijn door haar heen gegaan als mem weer aanschuift, zichtbaar kalmer.

'Het is net of de gedachte aan die pillen al helpt,' zegt ze zacht.

Roosmarijn knikt. 'Laat mij nog even jouw legitimatie zien. Ja, het is wel goed, maar voor de zekerheid... Die foto... mem mét hoed, met nog net zichtbaar de revers van haar chique mantelpak. Iets wat ze normaal nooit draagt. Maar dat is immers ook de bedoeling.

Dr. M.E. van Houten, politicoloog. Dat staat er keurig. Mels had het jaren geleden vaak over een lector met die naam, maar die zal inmiddels al lang en breed met pensioen zijn. Hoopt ze. En dan bij haar: drs. R.A. Jansen, wetenschappelijk medewerker. Hmm, het ziet er toch wel goed uit.

Ze hadden afgesproken hun eigen voornamen te handhaven, stel dat ze zich een keertje zouden vergissen. Nee, ze mochten geen enkel risico lopen. Alles was goed overwogen en doordacht; ze hadden beiden een diplomatenkoffertje, en ze waren allebei keurig gekleed. Roosmarijn niet té truttig, omdat ze er nogal jong uitzag voor haar vierentwintig jaren. Trouwens, met die knot en die bril... Nou ja, een keurige lange broek met daarop een witte blouse en daaroverheen een donkerblauwe blazer. Ja, dit was voor beiden de geschikte outfit. En dan... in het koffertje, goed verborgen, het mes... O Sander-en-hoe-je-ver-der-ook-heten-mag, het zal je berouwen wat je mijn broer hebt aangedaan!

In een grote kustplaats huren ze twee kamers in een 'bed

and breakfast'-hotel. Ze hebben bepaald geen riant uitzicht. Achter is een klein plaatsje met hier en daar wat ar-
metierige goudsbloemen, salvia's, afrikaantjes en meer
van dat eenjarig spul. Daarachter is een hoge, witte muur
van een van de hotels, met uitzicht op zee.
Ook hier voelt Roosmarijn zich op haar gemak. Er zijn
aardig wat pensiongasten, maar ook weer niet te veel en
allemaal lui, die zo'n beetje hun eigen gang gaan. Een ge-
zamenlijke ontbijtkamer is er wel, maar geen huiskamer
of iets dergelijks. Aan de voorkant is een terras, omheind
door windschermen. Maar mem en zij zullen daar maar
weinig komen voor het gebruiken van een consumptie;
dat doen ze wel elders. En daarbij, veel tijd voor dat soort
'vakantie-uitspattingen' zullen ze niet hebben.
Nee... het jachtseizoen is wat haar betreft geopend! En
gelukkig is mem weer helemaal bijgedraaid; gedecideerd,
kalm en vastbesloten hun plannen ten uitvoer te brengen!

Het meisje Esmeralda is helemaal niet blij. Ja soms wel
hoor want Evie is heel lief en heit en Minze ook. Ze
mocht zomaar Minze zeggen en hij is al heel oud, vast wel
dertig ofzo! Maar mem is weg en ook de grote zus Floor.
En heit zegt ze zijn op vakantie en Evie zegt het ook.
Maar het meisje dacht van niet en ze was vaak bang.
Eerst was Damian doodgegaan en nou messchien haar
mem en zus.
Maar nee, zei Evie, dat is echt niet waar, famke ik denk
dat ze morgen wel optelefoneren. Nou dat was nog niet
gebeurd wel een kaart maar die kwam uit Brabant. Heit
zij daar klopt niks van en hoe ze dat nou weer voor me-
kaar hadden gekregen.
Soms ging het meisje Esmeralda bij het meer kijken,
samen met heit en ook wel eens alleen als ze maar niet
verder ging dan de windhoek en je bent toch een water-
rat. Dat zei Minze, maar wel voorsichtig zijn, famke!

Het meer was vaak grijs maar op een dag was het water Smaragd en toen werd het meisje even blijer. En als Zilvertje kwam zei ze ook Smaragd tegen het meisje.

Zilvertje was ook vedrietig dat kon je zomaar zien, hoor, maar ze deden allemaal vrolijk. Maar niet echt, alleen soms met Evie moest ze vreselijk lachen. En ze had nou lekker gauw Hemelvaartvakantie en dan mocht ze mee zeilen met Minze dat hat ie zelf beloofd.

Maar mem en Floor die waren zomaar weggegaan zonder het meisje Esmeralda een kus te geven en dat was niet aardig. Maar nou hadden ze gebeld, optelefoneren is dat fout had het meisje aan Evie gevraagd. Die had het boek nog niet gelezen, alleen Zilvertje een klein stukkie en toen moest ze huilen. Maar ze vond het wel heel mooi, hoor!

En nou hadden ze dus gebeld. En mems stem klonk anders en die van Floor ook. Dichtbij en toch ver weg en Floors stem deed weer pijn in de borst van het meisje Esmeralda.

En ze moesten nog een week ofzo wegblijven had mem gezegd maar niet waarom. Dat zei Floor, dat mem nog zo moe was en verdrietig om Damian. En Floor zelf ook, hoor!

Maar heit ook en het meisje Esmeralda, nou dan kon je toch beter samen zijn? Nu ging ze stopen want Evie had lekker spagetti gemaakt!

Nou het eten was herelijk! En later kwam die meneer Rutger voor Floor, maar Evie zei ze is er niet en ze wil je niet meer zien. En toen keek hij heel boos of nee, anders boos.

En toen ze op de gang liep hoorde het meisje Esmeralda haar heit zeggen dat hij er genoeg van had, dat ie er achteraan moest, koste wat het kost. Zou dat dan heel duur kosten? Waren mem en Floor dat zover weg op vakantie, misschien wel verder dan Brabant? En toen moest heit huilen en daar kon het meisje Esmeralda niet tegen.

En toen rende ze naar binnen en hij tilde haar op en toen zij hij Smaragd tegen het meisje. En toen moesen ze eerst samen skreien en later lachen gelukkig, en Evie deed ook mee.

Oef dit wort niet echt een boek want het meisje moest toch een andere naam verzinnen voor Evie en ze wist ook al heel lang dat die meneer van Floor Rutger hete. Dat vond ze een prachtige naam!

Nou, het werd een soort dagboek, dat was ook wel leuk dat deden heel veel meisjes. Maar dan groter, als ze verkering kregen enzo. Het meisje Esmeralda wilde nog geen verkering maar die ene uit de klas – ze ging natuurlijk niet verklappen wie alleen dat zijn vader Boer Douma hete – vond ze wel erg leuk. Maar niet om handje vast te houden, bah!

Nou lag ze al een hele tijd in bed maar kon niet slapen en Evie was al twee keer bij haar geweest dus die durfde ze niet meer te roepen.

Dus ze ging nog even skrijven dat hielp altijd. Terepie. Het meisje had alles nog eens doorgelezen en vond het eigenlijk een erg vedrietig boek geworden. Misschien moest ze er maar mee stopen.

Maar nee als ze dat dacht moest ze skreien dus dat was geen goed idee!

Maar ze ging toch lekker met Minze zeilen en ze kwamen heus wel terug. Ja zo hoort dat, niet trug dat had het meisje Esmeralda soms fout geskreven of toch niet. Maar dat gaf niks zei Zilvertje want dat ze al goed skreef voor zo'n klein ding. En daar moes ze hard om lachen want ze was toch zeker geen ding!

Nou werd ze toch moei en het boek ging dicht. En misschien kwam mem haar morgen wel waker maken, samen met Floor!

Maar Mels kwam nooit niet meer terug.

Het plan verloopt tot dusver perfect. Zodra de mensen bij wie ze aanbellen begrijpen dat ze niet met journalisten te maken hebben, zijn ze bijna allemaal onmiddellijk genegen 'de twee dames van de universiteit' binnen te laten.

Zonder haar doel uit het oog te verliezen valt het Roosmarijn telkens weer op hoe boeiend, hoe verschillend mensen zijn. Net als hun interieurs. Mem en zij kijken hun ogen uit, nu ze in de chique buurt zijn beland. Ze waren begonnen in de wat 'mindere' buurt van Aerdenhout, en kregen daar ook wel respons en medewerking, hoewel hun bij enkele adressen te verstaan werd gegeven dat ze het niet zo hadden op die geleerde lui; het was al vervelend genoeg in zo'n kakdorp te wonen en door die rijke stinkerds met de nek te worden aangekeken. Maar móói dat die Sander niet in hun buurtje zat, die zou wel in zo'n misbaksel van een villa met zwembad wonen...

Mem houdt zich goed, denkt Roos als ze een korte lunchpauze nemen. Nou ja, ze zien er ook door en door betrouwbaar uit en spreken keurig Algemeen Beschaafd Nederlands. Roos is er nog altijd blij mee dat heit en mem hen tweetalig hebben opgevoed, zo kun je immers overal terecht. En als ze een zware Friese tongval zouden hebben... wie weet zouden er lui bij zijn die dat zouden associëren met een persoonlijke betrokkenheid bij 'de zaak Walda'...

De reacties van de mensen op hun vragen – mondeling zowel als schriftelijk – zijn meestal hartverwarmend: dat ze niet graag in de schoenen zouden staan van de ouders van zo'n crimineel, maar toch veel en veel meer meevoelden met de nabestaanden 'van die aardige, behulpzame student Walda'. Hun Mels! Dat de strafmaat ver beneden peil was bleek ook een vrijwel unanieme mening, en dan de verontwaardiging betreffende die procedurefout!

Naar hun legitimatie is slechts tweemaal gevraagd, maar dat geeft toch wel aan dat het een bijzonder slim idee van haar was geweest; stel je voor dat ze hadden moeten zeggen er geen bij zich te hebben!

En nu zitten ze dan aan de thee bij een mevrouw Wesselsde Nooy, een klein breekbaar dametje met een lief, aristocratisch gezichtje, omlijst door een keurige, blauwgrijze 'watergolf'. Die gaat natuurlijk twee keer per week naar de kapper, denkt Roosmarijn, en ze kijkt zo discreet mogelijk de enorme kamer rond. Wat een luxe! Niet overdadig maar onmiskenbaar chic. En duur, je hoeft geen deskundige te zijn om dat te kunnen vaststellen.

De ervaring van twee dagen onderzoek heeft Roosmarijn en Maaike nu al geleerd dat juist hier, in deze dure wijk, veel eenzaamheid is. Neem nu deze dame, omringd door luxe, voorzien van personeel, bestaande uit een heuse butler, een dienstmeisje en een tuinman. 'Voor het grove werk heb ik tweemaal per week een werkster. Tja, en verder ben ik niet meer zo mobiel. Gelukkig dat Ramon naast zijn taken hier in De Groene Wingerd ook nog mijn chauffeur kan zijn. Hij brengt me wekelijks naar mijn fysiotherapeute, de pedicure, de kapper en m'n bridgeavond. Maar veel bezoek krijg ik hier niet, ik heb de meesten van mijn generatiegenoten overleefd. Ik ben negentig, weet u, en mijn geliefde man is al ruim twintig jaren geleden gestorven. Kinderen hadden we niet...'

Ik voel me net een voyeur, denkt Maaike beschaamd. Heel hun levensgeschiedenis geven mensen prijs aan twee wildvreemde vrouwen, die ook nog eens onder valse vlag varen. Maar dat weet men gelukkig niet.

Ze blijven wel twee uur bij mevrouw Wessels-de Nooy, die heel gewetensvol de vragenlijst heeft ingevuld en mondeling heeft toegelicht. Dan wordt er nog koffie met petit-fours geserveerd en luisteren ze vol belangstelling naar hetgeen mevrouw Wessels en haar man in de Tweede Wereldoorlog allemaal meegemaakt hebben.

'Er is zelfs een straat naar hem genoemd, hij was een verzetsstrijder van het eerste uur. Meteen na de oorlog kreeg de laan hierachter de naam Justus Wessels-de Nooy Allee. Ik ben er wel trots op, hoor, maar ik heb mijn echtgenoot er niet mee teruggekregen. Tja, en die familie Walda... Wat ze ook ondernemen, hun zoon krijgen zij er evenmin mee terug. Evengoed vreselijk trouwens, die lieve mensen van Westerweel. En dan zó'n misdadiger als zoon! Hij heeft nooit willen deugen en wat dit betreft kan men de schuld onmogelijk op het conto van zijn ouders schrijven.

Zij wonen hierachter. Ja, in de allee die de naam van mijn man – God hebbe zijn ziel – draagt. Onze tuinen grenzen aan de achterkant aan elkaar. Mevrouw Westerweel had – hoe wonderlijk u dat wellicht ook in de oren klinkt – gehoopt dat Sander achter de tralies terecht zou komen. Dat hij zijn gerechte straf niet zou ontlopen. Tja, er is veel narigheid. Gelukkig ontvangen de Westerweels veel steun van hun andere kinderen en van heel de buurt eigenlijk; ze stonden altijd voor iedereen klaar. Echt christenen van de daad zijn het, niet enkel maar fraaie woorden. Ik ben katholiek, zij gereformeerd, geloof ik. Maar dat maakt niet uit, zij stáán voor hun principes.

Sander heeft er altijd veel ouder uitgezien dan hij is. Die knaap is nog maar zeventien! En al vanaf z'n vijfde heeft dat joch kans gezien de politie aan de deur te krijgen. Het is onbegrijpelijk! Als je nu zijn zuster Machteld neemt, zij zal nu zo'n vijfentwintig zijn... Na die moord, door Sander gepleegd, heeft haar verloofde – een veelbelovend architect, wat verwaand maar niet onaardig – het uitgemaakt. Daarmee had hij al vaker gedreigd als Sander weer eens iets had uitgevreten.'

Roosmarijn bedwingt de neiging te grijnzen. 'Uitgevreten', zo keurigjes komt dat eruit bij hun gastvrouw! Maar meteen is ze weer alert; ze weten wat ze weten moeten, het adres van Sander Westerweel! En hij is nog minderjarig, woont waarschijnlijk nog thuis.

'Eh, mevrouw Wessels, mag ik u iets vragen? Die ouders... Houden zij hun zoon steeds maar weer de hand boven het hoofd? Ik bedoel, ik zou me kunnen voorstellen dat ze hem allang de wacht aangezegd hebben, dat hij maar elders onderdak moest zoeken.'

Mevrouw Wessels-de Nooy schudt haar hoofdje. 'Ach, juffrouw, al vanaf z'n twaalfde is Sander regelmatig weggelopen van huis, en altijd weer opgespoord en teruggebracht. Soms was hij weken onvindbaar. Zijn ouders hebben doodsangsten uitgestaan, dat kan ik u wel vertellen. Wat die mensen in al die jaren ondernomen hebben om die knaap op het rechte pad te houden, dat is niet na te vertellen! Het afgelopen jaar zat hij meen ik in een kraakpand in Leiden, en hij kwam alleen af en toe thuis met z'n vuile was... en om geld natuurlijk. Ik weet van mevrouw Westerweel dat ze het hem vaak weigerde, maar dan ging hij het dievenpad op. Dus soms gaf ze hem een bedrag mee dat die vreselijke jongen meteen weer opmaakte aan drugs en drank. En ik heb ook begrepen dat hij voor liefde betaalde, als u begrijpt wat ik bedoel. En daarnaast... hij heeft al tweemaal in een jeugdgevangenis gezeten wegens verkrachting. Nee, ik ben bang dat...'

Plotseling onderbreekt ze zichzelf en ze slaat haar hand voor de mond. 'O, het spijt me zo. Ik zit hier te roddelen en daar heb ik toch zo'n ontzettende hekel aan! Neemt u het mij alstublieft niet kwalijk. Weet u, met je personeel bespreek je dergelijke zaken niet, en een en ander houdt je toch bezig. Och, en als je zelden of nooit een klankbord hebt...'

'Mevrouw, u hoeft zich niet te verontschuldigen. Het besprokene blijft onder ons,' zegt Maaike rustig. 'En u bent echt de enige niet, hoor, die haar hart eens moet uitstorten. Het is opvallend hoeveel weduwen er hier in de wijk wonen.'

Mevrouw Wessels-de Nooy knikt erkentelijk. 'Bedankt voor uw begrip. En als u me nu wilt verontschuldigen, ik moet mij nog gaan baden en verkleden. Mijn bridgepartners komen hier dineren.

Even later staan ze elkaar wat verdwaasd aan te kijken achter een van de grote struiken twee huizen verderop.

'Bijzondere ontmoetingen hebben wij gehad,' peinst Maaike hardop, 'en deze laatste was wel heel wonderlijk. Heb jij dat nou ook, famke, dat je je schuldig voelt? Ik bedoel, we krijgen zoveel te horen, zo veel persoonlijke verhalen. Ik denk wel dat ik voor ons allebei spreek als ik zeg dat we met oprechte belangstelling al die levensverhalen hebben aangehoord. Maar feitelijk spelen we een spel met de gevoelens van mensen die ons nooit ook maar iets hebben aangedaan. En nu...'

'Nú weten we waar we de familie Westerweel kunnen vinden,' zegt Roosmarijn bot. 'Kom op, mem, laten we nou niet sentimenteel worden, dat levert ons niets op. Ja, je zou bijna medelijden krijgen met die ouders, maar hun lieve zoontje heeft wel us Mels vermoord en hij loopt wél vrij rond. Dáár gaat het om, dat moeten we voor ogen houden.'

Maaike klemt haar lippen opeen, en zegt dan: 'Je hebt gelijk. Wat doen we, gaan we vanavond nog naar die lui toe?'

'Nee, ik ben moe, jij ook. Laten we vanavond maar rustig aan doen en er een nachtje over slapen wat ons morgen te doen staat. Nu zijn we nog te veel beïnvloed door dat verhaal van mevrouw Wessels. Wat een prachtmensje trouwens...'

'Dus dat vond jij toch ook!' zegt Maaike enthousiast.

Roos haalt kribbig de schouders op. 'Ja, natuurlijk, het is gewoon een fijne vrouw. Maar we zullen haar nooit meer ontmoeten en we moeten steeds maar weer het doel voor ogen houden: Melchior – voor zover mogelijk – postuum te geven waar hij recht op heeft. Récht, mem!'

'Ja, ja, je hebt helemaal gelijk. Maar ik mag toch zeker wel over m'n gevoelens praten? Het is toch al zo'n walgelijke maskerade.'

'We hebben samen onze besluiten genomen, mem, het zou niet fair zijn als je nu terugkrabbelde. Denk ná, onze kans om die schoft te vinden is de laatste uren met bijna honderd procent gestegen! Dáár gaat het om. De rest is bijzaak.'

'Hmm, kom, laten we in de auto verder praten.' In de beslotenheid van de wagen spreekt Maaike haar angst uit. 'Jij merkte daarstraks op dat wij die mevrouw Wessels nooit meer zouden zien. Maar heb je je wel gerealiseerd dat... Stel dat ons plan slaagt en we worden ingerekend; Roos, we hebben een spoor van getuigen achtergelaten!'

'Niemand rekent ons in,' zegt Roosmarijn kwaad. 'Bah, als je met zo'n instelling verder wilt...'

'Maar om het nu eens heel cru te zeggen, kind: wij willen de moordenaar van onze Melchior van het leven beroven. Denk je nu écht dat we dat ongestraft kunnen doen?'

'Ja, dat geldt toch ook voor die rotzak? Nou, en we hebben gehoord dat die al heel wat meer op z'n geweten heeft. Tenslotte hebben wij een blanco strafblad. Dat zal, ook als we wel voor de rechter gesleept worden, altijd een pre zijn. Denk nog maar eens aan die lui die Meindert Tjoelker doodschopten. Dat waren toch zulke keurige mannen, ze droegen een colbert en een stropdas. Nou, nou, dat scheelde! Dat hoort kennelijk allemaal bij het récht, mem.'

Maaike hoort de tranen achter die hoge, vliegende stem. Roosmarijn mag dan wel zo sterk lijken, zo vastbesloten ook, maar in de muren rond haar hart zijn inmiddels ook al de eerste bressen geslagen. Net als bij haarzelf. Sietse, ze verlangt ineens zo ontzettend naar Sietses armen om haar heen, zijn veilige armen, zijn onvoorwaardelijke liefde. En Mijntje-kleintje, en niet te vergeten haar lieve ouwe heit! Waar zijn ze toch mee bezig! Er is al zo veel stuk in hun gezin, hun bolwerk dat elke storm leek te kunnen doorstaan. En nu... als Roos' plan volgens het draaiboek zal verlopen, dan is er geen weg meer terug.

'Denk aan Melchior,' zegt Roosmarijn vlak. 'Denk aan hoe hij was, denk aan Robien, aan hun trouwplannen. Bekijk zijn foto, steeds maar opnieuw. Denk aan de klank van zijn stem, denk vooral aan z'n lieve gezicht en hoe dat er later uitzag. Toen ze hem verminkt en gedood hebben, met zó veel getuigen, van wie er maar drie de moed hadden naar voren te komen, hun getuigenis uit te spreken. Denk aan die vreselijke rechtszittingen, denk vooral aan die rotkop van ene Sander Westerweel...'

Ze komen hard aan, die woorden. Harder dan wanneer Roosmarijn ze uitgeschreeuwd zou hebben.

Die nacht kan Maaike Walda de slaap niet vatten. Ze heeft de foto – een van de laatste foto's van Melchior – bekeken, zijn stralende lach ingedronken. Zijn gave gezicht gestreeld. Dood, kil papier. Dood. Verminkt en vermoord. Nu hoeft ze alleen maar haar ogen dicht te houden om zich zijn geliefde gezicht voor de geest te kunnen halen. Roosmarijn heeft gelijk: er is geen andere weg.

HOOFDSTUK 9

Rutger Soterius moet vaststellen dat het zo niet langer gaat. Hij heeft zich sinds de verdwijning van Roos en haar moeder niet meer kunnen concentreren op zijn werk, dat juist zo veel precisie vereist. Bovendien is hij ongenietbaar voor zichzelf en zijn collega's.

Als Roos ruim een week weg is, neemt hij een besluit: hij gaat ze zoeken, Roosje en haar moeder! Niemand zal hem kunnen tegenhouden. Op het werk zal hij alles zo goed mogelijk zien te regelen, hij zal ook open kaart spelen tegenover de achtergebleven Walda's. En een gesprek hebben met pake Van Alkmade, dat zeker.

Hij ziet de opluchting op de gezichten van zijn naaste medewerkers als hij zegt er zeker twee weken tussenuit te zullen gaan. Hij grijnst even.

'Jullie hoeven niets te zeggen, ik zie aan je smoelwerken wel hoe blij jullie zijn een poosje zonder mij te mogen werken. Ik snap dat best, ik was ook niet om mee te leven. Sorry.'

'Al goed, ouwe jongen, ga jij maar fijn achter je meisje aan... Eh, ik bedoel natuurlijk vakantie vieren,' lacht Wubbo, de jongste collega met zijn rooie kuif die altijd – al steekt hij zijn kop tienmaal per dag onder de kraan – rechtop staat.

Waar bemoei jij je mee, snotaap, wil Rutger zeggen, maar hij houdt zich in en lacht als de bekende boer met tandklachten. Laat ze dat trouwens maar gerust denken, dat hij achter Roos aan gaat. Het is tenslotte de helft van de waarheid. En als ze alles wisten, zouden ze hem dan geloven?

Nee. En bovendien heeft hij aan Roos' vader beloofd zijn mond te houden.

Later die avond is er de dreiging, de angst. Nachtzwart en verstikkend. Roosmarijn, wat ben je van plan? Ja, ik weet het. Ik weet ook dat je moeder achter je staat, maar ik kan en wil het niet geloven: dat jij een mens zou doden, ook al is het nog zo'n ellendeling!

'Mij komt de wraak toe, Ik zal het vergelden, spreekt de Here.' Die woorden zoeken hun plekje in zijn vermoeide brein en hij beseft: dát is de enige weg. En het is aan mij Roosje daarvan te overtuigen. God, laat me ze vinden, alstublieft. En laat ik op tijd zijn, bidt hij dringend. Met zijn handen nog gevouwen valt hij in slaap.

Het is op een donderdag, vroeg in de ochtend, dat Rutger naar het westen des lands vertrekt. Met het openbaar vervoer, daar heeft hij heel bewust voor gekozen. Zijn gesprek gisteravond met pake Van Alkmade... 'Ik bid onafgebroken, jongeman, meer kan ik immers niet. Of nee, dat zeg ik verkeerd. Het gebed vermag veel, als je in Christus gerechtvaardigd bent. Maar ik ben ook maar een eigenzinnig mensenkind, Rutger. Het liefst zou ik er zelf achterheen, zou ik zelf daden willen stellen. En als het me dan zou lukken het onheil te keren zou ik ook nog wel een schouderklopje van onze 'Grote Baas' verwachten, stilletjes. Ga vol strijdlust en wilskracht, jongen, maar vooral: ga met God. Hij weet wat je nodig hebt, Hij zal je de weg wijzen. Probeer niet de held uit te hangen, blijf je veeleer verootmoedigen, aldoor maar weer. En zullen we dan nu samen bidden?'

Dat hadden ze gedaan, een geheiligd moment. Nu voelt hij zich sterk en weerbaar, Rutger Soterius. Maar niet roemend in eigen kracht.

'Goedemorgen, mevrouw. Mag ik ons even bij u introduceren? Wij zijn beiden werkzaam op de Rijks Universiteit te Groningen en verrichten een buurtonderzoek. We hebben al veel medewerking gekregen van uw dorpsgenoten en hopen ook wat van uw tijd te mogen vragen. Het betreft zinloos geweld, de gevolgen die dat kan hebben, waar staat justitie in dezen, enzovoort. Wij hebben uiteraard een overzichtelijke vragenlijst en als u mee wilt werken krijgt u later – een en ander zal zeker een jaar in beslag nemen – de doctoraalscriptie waarvoor ik dit onderzoek doe, toegestuurd. Tenminste, als u dat op prijs zou stellen, want ons uitgangspunt is dat u desgewenst anoniem kunt blijven. U beslist of u wel of niet in ons bestand opgenomen wordt.' Het gaat me steeds vlotter af, denkt Roosmarijn als ze haar 'lector, dr. Van Houten' heeft voorgesteld.

Maar dít kan niet de moeder zijn, dit is waarschijnlijk die Machteld. Wat ziet dat kind er vreselijk uit, alsof ze in geen maanden een oog heeft dichtgedaan. En zo mager, daar is zíj nog een 'stevige' Friese boerenmeid bij!

'Mag ik uw legitimatiebewijs zien, alstublieft? Ja, ik moet dat wel vragen, we hebben de afgelopen maanden zo veel journalisten aan de deur en zelfs in huis gehad. Er waren erbij die zich nota bene opwierpen als de meteropnemer voor het gas of zo, en ja hoor, dan klikten de fototoestellen alweer. Dus u zult begrijpen...'

'Ja, dat begrijpen wij maar al te goed,' zegt Roosmarijn nogal bits, en ze schrikt meteen van haar botte gedrag. Ze tovert onmiddellijk een glimlach op haar gezicht. 'Het spijt me, ik ben wat gespannen. Van dit onderzoek hangt namelijk heel veel af en we zijn al dágen bezig, soms van 's ochtends vroeg tot 's avonds laat.'

'Het geeft niet,' antwoordt het meisje mat. 'Ja, ik heb uw legitimatie gezien, dat is wel in orde. Komt u verder. Alleen, veel tijd heb ik niet, over twee uur word ik geacht weer voor de klas te staan. Ik werk parttime momenteel, ik ben docente Frans op het Christelijk Gymnasium.' Maaike en Roosmarijn stappen uiterlijk kalm naar binnen. Ze proberen hun bewondering voor de enorme vestibule, compleet met open haard en diverse zitjes, en twee fraaie trappen met houtsnijwerk te verbergen.

'Volgt u mij maar, m'n moeder heeft zojuist haar koffie-uurtje beëindigd.'

Mens, doe normaal, denkt Roosmarijn geïrriteerd. Mooie spullen, fraaie woorden, maar ondertussen...

Als Maaike mevrouw Westerweel ziet, denkt ze: dit moet Machtelds oma zijn. Een lange, broodmagere vrouw op een chaise longue. Haar enkels zijn net zichtbaar onder de lange rok en zien er zeer breekbaar uit. Net als de handen en polsen. Dan haar gelaat; grote, droevige ogen met donkere kringen daaromheen, talloze rimpels, triest neergebogen mondhoeken. De haren zijn echter nog gitzwart, wat het contrast des te groter maakt.

Machteld stelt hen aan elkaar voor, en legt het doel van hun bezoek uit.

Roosmarijn ziet de vrouw aarzelen en grijpt snel in. 'Mevrouw eh...'

'Westerweel,' zegt de ander met een onverwacht pittig stemgeluid.

'Mevrouw Westerweel, ik heb een voorstel. Normaal neemt ons onderzoek zeker een uur in beslag, maar u lijkt me nogal vermoeid. We kunnen ons beperken tot de meest cruciale vragen en dan zijn we binnen een halfuur weer vertrokken.'

Mevrouw Westerweel doet een poging te glimlachen. Het mislukt deerlijk. 'Nee, nee, dat is het punt niet. Ziet u, mijn man hoopt over een halfuur thuis te zijn voor de lunch. Ik wil hem er graag bij hebben, wij voelen ons nogal betrokken bij het onderwerp.'

Ja, logisch, met zo'n stuk schorem als zoon, denkt Roosmarijn bitter. Maar tegen wil en dank heeft ze medelijden met deze getekende vrouw. Ze kijkt haar 'collega' vragend aan. Dan zegt ze: 'Mevrouw, dat zou heel prettig zijn. Wij kunnen in die tussentijd wel even ergens iets gaan gebruiken, dan komen we over...'

'Welnee,' mengt Machteld zich in het gesprek, 'dat is helemaal niet nodig. Weet u, ik zet even verse koffie en als u het goedvindt, bekijk ik als eerste de vragenlijst. Het onderwerp interesseert mij ook buitengewoon. Jammer dat mijn broer in het buitenland verblijft. Hij werkt daar aan een groot project. Hij heeft in Illinois een opdracht aangenomen. Hij ontwerpt onder meer hotels, en is daarnaast ook tuinarchitect. Die blijft het komende halfjaar nog wel in de VS.'

'Hebt u nog meer broers en zussen?' vraagt Roosmarijn met een stalen gezicht, maar met een wild bonkend hart.

'Eh... ja, we hebben nog een jongere broer. Hij woont niet meer thuis, komt hooguit een keer per maand langs. Hij heeft... och, ik kan het maar beter eerlijk zeggen, hij heeft een drugsprobleem. Vandaar...'

Ja, en nog wel grotere problemen, denkt Roosmarijn cynisch. Ze kijkt naar mem en schrikt heftig van de koude gloed in haar ogen.

'Doctor Van Houten, u kunt beter gaan zitten. U ziet wat bleekjes,' zegt Roos.

Maaike schrikt op uit haar verstarring en kijkt vragend naar de oudere vrouw.

'Ach, natuurlijk, ik had u allang een zitplaats moeten aanbieden! Gaat u toch zitten. Ja, u ook, jongedame. En Machteld, vraag jij even aan Lian of er nog scones voor onze gasten zijn bij de koffie?'

Er valt een pijnlijke stilte als Machteld de enorme salon verlaat.

Roosmarijn opent haar koffertje en doet alsof ze paperassen sorteert.

'Sander, u had het over Sander. De zoon die ik nooit echt gehad heb. Ja, tot z'n kleutertijd, toen ging het nog wel. Ik ben hem al jaren kwijt, tenminste, zo ervaar ik dat. Al vóór hij aan de drugs begon... Och, ik zal u niet lastigvallen met onze privéproblemen.'

'Maar mevrouw, dat stoort ons totaal niet, dat hoort bij ons werk,' moedigt Roosmarijn de oude vrouw poeslief aan. Ondanks haar medelijden met deze vrouw – die waarschijnlijk toch niet veel ouder is dan mem, gezien de leeftijd van haar kinderen – moet ze erachter zien te komen waar die Sander uithangt. Daar gaat het tenslotte allemaal om, die andere gevoelens mag en kan ze nu niet toelaten. Als mem maar niet...

Machteld komt binnen, ze nadert vrijwel geruisloos over het dikke wollen tapijt met een prachtige porseleinen schaal vol lekkernijen.

'Is de koffie goed? Fijn. En neem gerust van alles iets, er is genoeg. Wie weet stimuleert het mamá om ook eens iets extra's te nemen, zij wordt veel te mager.'

'Jij kunt anders ook best een paar kilo's meer gebruiken,' flapt Roos eruit.

Machteld glimlacht. 'Zullen we maar gewoon jij en jou zeggen? Volgens mij zijn we ongeveer van dezelfde leeftijd.'

Nee, dit niet, denkt Roosmarijn paniekerig, die Machteld moet niet zo aardig doen, daar kan ze absoluut niet tegen. Het slaat haar al haar wapens uit handen. Ineens ziet ze meer dan levensgroot het mes dat zij in de auto verborgen heeft. Het neemt voor haar geestesoog wanstaltige proporties aan.

Een mes maakte een einde aan het leven van haar broer Melchior, en zíj zal eigenhandig een jongen van zeventien moeten doden. Ze weet nu al dat ze het niet zal kunnen.

'Roos, blijf even bij de les, wil je?' Scherp en waakzaam klinkt mems stem.

Meteen herneemt Roosmarijn zich. 'Neem me niet kwalijk, mijn gedachten dwaalden even af. Niet erg attent van me nu we hier zo veel gastvrijheid genieten.'

'Ach, meid, geeft niet, je zult ook wel moe zijn. Ik ben trouwens vijfentwintig. En jij?'

'Ik bijna. Nog twee maandjes en ik heb je ingehaald, Machteld.'

Deze lacht. Het klinkt schril, alsof ze het eigenlijk verleerd is. En dat zal ook wel, met zo'n broertje en een ex-verloofde die haar liet boeten voor Sanders fouten.

'Maar over drie maanden hoop ik al zesentwintig te worden, en inhalen zul je me sowieso nooit!'

Ze drinken koffie, nemen – alle vier met duidelijke tegenzin – nog wat van de schaal, en dan buigt Machteld zich over de vragen. Ze neemt een pen en vraagt: 'Mag ik?'

'Graag,' zegt Roosmarijn, 'beter te veel materiaal dan te weinig, ga gerust je gang. Ook wel prettig de mening van een jongere te horen, de meeste mensen uit deze wijk zijn toch al wat ouder. Veel weduwen ook, viel ons op.'

Mevrouw Westerweel knikt instemmend. 'Ja, dat hebt u goed gezien. Helaas, zou ik willen zeggen. Weet u, veel echtgenoten uit deze buurt hebben heel hun volwassen leven niets anders gedaan dan werken, werken, geld verdienen. En een te groot aantal van hen heeft de pensioengerechtigde leeftijd niet eens gehaald. En nooit tijd voor eventuele kinderen... Maar ach, dat zegt ook niet alles. Dat blijkt maar weer met Sander. Die is nooit aandacht en liefde tekortgekomen, noch van mij, noch van z'n vader. Mijn man heeft dan wel een drukke baan bij het ministerie van Sociale Zaken, maar altijd heeft hij tijd weten vrij te houden voor z'n gezin. Juist ook vanwege Sander. En nu... nu zit hij ergens ondergedoken, heeft weer eens iets op z'n geweten...'

Ja, zou Maaike willen zeggen, de dood van míjn enige zoon! Maar ze zwijgt. Juist als ze opzij kijkt naar Roosmarijn en op haar beurt getuige is van de haat in de ogen van haar oudste dochter stapt de heer des huizes binnen. Een knappe, lange man met donker haar, dat in soepele slagen zijn gezicht omkranst. Een jong gezicht, gladgeschoren.

Maar niet vrolijk, nee, dat bepaald niet; de grijze ogen spreken van verdriet, net als de diepe frons tussen zijn bruine ogen.

Hij geeft zijn gasten een stevige handdruk, laat hen door Machteld aan zich voorstellen en loopt dan op zijn vrouw toe. Hij buigt zich over haar tengere gestalte en kust haar voorhoofd, als was ze van porselein. Dit is niet gespeeld, weet Roosmarijn, dit is oprecht. Hier woont de liefde... 'Waar liefde woont gebiedt de Heer de zegen.' Die oude maar nog altijd actuele woorden uit een psalm verschaffen zich ongevraagd toegang tot haar vermoeide brein. Maar ze wil daar niet aan denken. Was het hier maar een zootje ongeregeld, een asociaal stelletje dat elkaar – bezoek of niet – de huid vol schold. Dáár zou het beeld van Sander W. beter in passen. Dit klopt niet, dit klopt van geen kanten! Wat nu?

Gelukkig heeft mem de tegenwoordigheid van geest om uitleg te geven over hun bezoek, na een korte introductie van mevrouw Westerweel. Zowel mem als zij zien hoe het gezicht van de vader betrekt, zich lijkt toe te sluiten.

Opnieuw een pijnlijke stilte.

'Max,' zegt mevrouw Westerweel zacht.

Hij kijkt haar aan. 'Zeg het eens, Marineke.'

'Het is goed als wij hieraan meewerken. Machteld is ertoe bereid, ik ook. Toe, lieveling.'

Maaike slikt als ze de liefdevolle blikken over en weer onderschept en weer laait het verlangen naar Sietse in haar op, het heimwee naar de tijd dat alles tussen hen ook zo goed en zuiver was. Dus het kán wel: door een hel gaan en elkaar blijven steunen. Daar kan zij nog iets van leren!

'Oké, ik doe mee,' zegt Max Westerweel.

Ze blijven er uiteindelijk bijna drie uren – Machteld is dan al vertrokken – en heel de afschuwelijke geschiedenis rond Sander is hun uit de doeken gedaan. Maaike en Roosmarijn zijn diep onder de indruk. En toch springt steeds die ene zin – vlak voor hun vertrek uitgesproken – eruit. 'Een dezer dagen zal hij wel weer langskomen met z'n vuile boel en opnieuw zal hij proberen ons geld afhandig te maken. Maar het zal hem niet lukken! En dan zal hij wel weer afdruipen naar z'n schuilplaats, waar dat ook zijn moge...'

Ja, en dat is dus hun volgende opdracht: dát uit te zoeken!

Ze naderen hun einddoel, Maaike en Roosmarijn Walda.

HOOFDSTUK 10

Rutger Soterius gaat recht op zijn doel af: Aerdenhout. Het is domweg het enige aanknopingspunt. In de trein piekert hij zich suf hoe hij een en ander het beste kan aanpakken, ervan uitgaande dat hij Roosje en haar moeder ook inderdaad weet te vinden. Hij moet zich proberen in te leven in Roos' gedachtegang toen ze haar plan smeedde. Waar zij op uit is, is wraak. De ultieme wraak, daarvan is hij wel overtuigd. Welke mogelijkheden staan haar en mevrouw Walda ter beschikking om het nodige over de verblijfplaats van die Sander W. te weten te komen? Een soort buurtonderzoek misschien? Maar dat zouden ze dan wel heel slim hebben moeten aanpakken. Die lui in dat kakdorp hadden de laatste maanden vast en zeker talloze journalisten op hun dak gehad, ze zouden wel terughoudend geworden zijn.

Maar Roosje is niet voor één gat te vangen, ze is slim genoeg om een goed plan uit te werken. En haar moeder is ook niet van gisteren. Hoe zou híj een en ander aanpakken? Hij piekert zich suf, bedenkt allerlei scenario's, maar komt er vooralsnog niet uit. Pas als hij uitstapt op station Haarlem, flitst de gedachte vlijmscherp door hem heen: misschien is hij al wel te laat!

In zijn uiterst sobere hotelkamertje doet hij wat pake Van Alkmade pleegt te doen: hij legt zijn angst en zorgen voor aan de Heer en vraagt Hem om kracht en wijsheid. Dan ontfermt de barmhartige slaap zich over hem.

Maaike en Roosmarijn spreken nauwelijks met elkaar als ze terugrijden naar hun pension. Er zijn te veel gedachten, hun hoofd zit te vol. Pas als ze beiden een poos hebben gerust op hun kamer en in een eenvoudig maar goed restaurant een kleine maaltijd genuttigd hebben, komt het tot een gesprek.

'Ik wilde dat ik die ouders en Machteld Westerweel nooit had ontmoet,' begint Roosmarijn, terwijl ze haar mondhoeken dept met het servet.

'Nou, daar zijn we het dan helemaal over eens.'

'Tóch moeten we ons verstand erbij houden, de zaken uit elkaar houden, mem. Die ouders kun je niets verwijten, dat is wel duidelijk. En z'n zus al evenmin. Maar het gaat om Sander Westerweel, en die moet zijn gerechte straf hebben. En als wij niet doorzetten, gebeurt er niets, helemaal niets!'

'Die jongen is ondergedoken,' zegt Maaike peinzend, 'eigenlijk is hij een gevangene van zichzelf...'

'Mem, niet van die sentimentele nonsens! Ik wilde dat hij naar de States zou emigreren, en daar een nieuwe moord zou plegen. Het liefst in Texas, daar hebben ze geloof ik nog de doodstraf. Maar dat zit er niet in, dus wij gaan door!'

Maaike knikt, hoog in de schouders.

'Probeer je alsjeblieft een beetje te ontspannen,' zegt Roosmarijn kribbig. 'Schouders omlaag, diep ademhalen, dan bestel ik nu koffie met cognac. Vanavond ondernemen we toch niets meer. Hoewel... stel dat dat stuk schorem juist vanavond of wie weet vannacht z'n ouderlijk huis vereert met een bezoekje. Hij zal wel niet veel op hebben met daglicht. Daar zijn z'n praktijken ook niet naar. Nooit geweest ook. Behalve toen... Het zal je kind maar wezen!'

Ze drinken zwijgend hun koffie met cognac. Maaike krijgt weer wat kleur.

'Goed,' zegt Roosmarijn dan gedecideerd. 'Hoe nu verder?'

'We moeten de huurauto die we nu steeds gebruiken ergens

parkeren, in een garage waar dat dag en nacht mogelijk is,'
stelt Maaike voor.

'Ja, en dan een totaal andere huren. In die buurt kunnen ze
'ons wagentje' inmiddels wel uittekenen.'

'En onze kleding, haardracht en zo, dat moet ook anders.
Heb jij een goed idee?'

'Laat me even rustig nadenken.'

Roosmarijn fronst haar voorhoofd – die knot doet gewoon
pijn! – en wrijft haar vingertoppen tegen elkaar. Dan, na
een tijdje, verheldert haar gezicht. 'Ik héb het!' roept ze uit.

'Nou, zeg het dan?'

'Een legeruniform!'

Maaike kijkt haar dochter schaapachtig aan. 'Hoe bedoel
je? Ergens een kazerne binnenstappen, vriendelijk groeten
en ons van een militaire outfit voorzien? Kind, wat denk je
dáármee te bereiken?'

Roosmarijn lacht. Het klinkt schril en hoog. 'Nee, oentje,
ik bedoel het Leger des Heils!'

'Ja, ze zien ons aankomen. 'Wij willen een paar dagen een
uniform lenen, we hebben die vermomming nodig om een
moord te plegen."

De woorden echoën na in Roosmarijns hoofd: een moord,
moord, moord… Dan buigt ze zich naar voren, en sist fel:
'Een beetje zachter! Wil je soms dat die lui hierachter horen
wat wij van plan zijn?!'

'Het spijt me. Maar Roos, wat had je je dan voorgesteld…'

'Nou, eerst huren we een andere auto. Dan gaan we naar
Haarlem, naar het Leger des Heils daar en stellen we ons
vriendelijk voor als amateuractrices. En of het misschien
mogelijk is… Nou, simpel toch?'

'Stel dat het lukt… Die goeie mensen zouden eens moeten
weten waaraan zij zich ongewild medeplichtig maken!
Voor die mensen staat naastenliefde, vergeving en niet te
vergeten het opvangen van kansarmen, waaronder criminelen, centraal.'

'Geen problemen erbij, mem. Houd alleen ons doel voor ogen. Je gaat toch niet terugkrabbelen, zeg?'

Maaike schudt traag haar hoofd. 'Nee, dat kan niet meer...'

'Goed,' gaat Roosmarijn verder, 'we gaan dus eerst morgen die nieuwe auto regelen en die uniformen, en dan gaan we in de vooravond richting Wessels-de Nooy Allee. Gewapend met een collectebus, daar vind ik ook wel een oplossing voor. Nou, de wijk in dus, om te collecteren. Nee, dat geld houden we niet zelf, dat schenken we aan het Leger, als we onze uniformen terugbrengen.

We bellen natuurlijk niet aan bij de Westerweels, die zouden ons misschien toch herkennen en ook niet bij dat oude dametje Wessels in de laan erachter. Ook niet bij die jonge weduwnaar... dus niet bij degenen met wie we diepgaande gesprekken gevoerd hebben, waarbij we elkaar wederzijds te goed hebben kunnen observeren. Mee eens? Mooi. Tja, de auto parkeren we bij dat parkje, vlak om de hoek bij de Westerweels. En zodra we dan ook maar iets bespeuren van dat stuk ongeluk... Nou ja, we gaan dan zo onopvallend mogelijk op wacht staan.'

Ze giechelt. Op wacht, uniformen... het lijkt wel oorlog!

'Wat valt er nou te lachen!?' zegt Maaike bits. 'En wat kijk je ineens raar!'

'Ach... ik dacht aan uniformen, op wacht staan, gewapend zijn... Het ís oorlog, mem.' Er druppen zomaar een paar tranen op haar handen.

'Dat wisten we toen we aan onze missie begonnen,' zegt Maaike scherp. Het is maar goed dat ze elkaar wat in balans kunnen houden; als de één zwak dreigt te worden is de ander sterk, en andersom. Ja, ze vormen een goed team.

Roosmarijn veegt snel langs haar wangen, kijkt om zich heen en ziet tot haar geruststelling dat er niet speciaal op hen gelet wordt. Dat kunnen ze ook beslist niet gebruiken!

Ze herneemt zich, en werkt al pratend de plannen verder uit.

'We hopen natuurlijk snel beet te hebben en dan is het zaak in de wagen te stappen, te wachten tot die knul weer naar buiten komt. Hoewel, een van ons zal de voorkant, de ander de achteruitgang in de gaten moeten houden. Maar hoe dan ook, zo snel mogelijk de auto in en hem volgen. Uiteraard zo onopvallend mogelijk. We weten niet of hij op de fiets komt, of een brommer heeft. Nou ja, dat zien we wel als het zover is. Maar we moeten er in elk geval rekening mee houden dat het niet de eerste de beste keer raak is. 'Een dezer dagen', zoals meneer Westerweel het formuleerde, kan inderdaad morgen betekenen, maar ook drie dagen later. Dat moeten we ons wel heel goed realiseren. Dus als het even kan 's ochtends uitslapen, een frisse neus halen en goed eten. Ja, ik weet dat dat moeite kost, dat geldt net zo goed voor mij, maar we hebben geen keus. We kunnen daar toch moeilijk als soldateske dames onderuitgaan.'

Maaike grijnst tegen wil en dank, en Roos begint prompt te lachen. Ze lachen tot de tranen hun over de wangen lopen. Ze kunnen niet meer ophouden. En nu trekken ze wel degelijk de aandacht. Maar niemand zal vermoeden dat de twee vrouwen die zo'n 'plezier' hebben een moord beramen... Als ze eindelijk tot bedaren zijn gekomen, bestellen ze nog een cognac en een saucijzenbroodje erbij: ze kunnen het zich niet permitteren dronken te worden.

'Het weer is nu steeds goed,' zegt Maaike na een tijdje, 'maar we moeten er wel voor zorgen dat we warm genoeg gekleed zijn. Dus voor we op pad gaan een paar laagjes extra, en een overjas voor als het echt te koud wordt. En dan natuurlijk proviand. En een thermoskan koffie niet te vergeten.'

'Ja, en we hebben natuurlijk die plaids in de auto. Die moeten we niet vergeten mee te nemen, hoor, als we deze huurauto stallen. En dan de laarzen, en onze regenpakken. Het kan natuurlijk ook gaan hozen en we kunnen het ons nu niet veroorloven ziek te worden.'

Maaike zucht. 'Ja, ik denk dat we het draaiboek zo wel rond hebben.'

Beiden denken ze op dat moment aan het belangrijkste: hun wapens. Ja, zo hebben ze het afgesproken, om werkelijk álles samen te doen...

Die avond komt er niets terecht van hun voornemen om vroeg te gaan slapen; ze praten tot in de kleine uurtjes door op Roosmarijns kamertje, een fles bitter lemon binnen handbereik.

Het was Maaike geweest die erover begonnen was. 'Stel dat alles volgens plan verloopt... Hebben we wel echt nagedacht over 'daarna'?'

Roosmarijn kijkt haar moeder met wijd open ogen aan en zegt dan: 'Eerlijk gezegd niet. Voor mijn gevoel is er helemaal geen 'daarna'.'

'Maar de werkelijkheid zal ons duidelijk maken dat het er wél is. En wat dan, Roos? Hoe gaan onze levens eruitzien? Zal het één grote, eindeloze vlucht worden? Of de gevangenis? En wat moet er dan met Willemijntje en papa gebeuren? Hoe zal Willemijntje ooit kunnen begrijpen... Ik bedoel, ze is haar grote broer kwijt. Ze weet dat hij vermoord is, ook al noemt de wet het dan doodslag. Haar vertrouwen in mensen is al geschaad, en dan krijgt ze op een gegeven moment te horen dat haar moeder en zus... O, Roos, famke, waar zijn we toch mee bezig?' Het is een regelrechte noodkreet.

Roosmarijn staart met lege ogen voor zich uit. Pas na een geladen, eindeloos lijkende stilte zegt ze toonloos: 'Voor mij is dat helemaal niet belangrijk, geloof ik. De toekomst is voorbij, hoe vreemd dat ook mag klinken. Ik verwacht niets positiefs meer van dit leven. Ik maak geen plannen, ik kan er domweg niet over nadenken...'

'En je bent nog zo jong!'

'Ik voel me oud, stokoud, mem. En wat heit en Mijntje betreft... ik kan niks voelen, ik zit ergens op slot. Dat moet ook wel, anders kan ik deze opdracht niet uitvoeren.'

'En Evie? En pake Van Alkmade en die, nou je weet wel, Rutger?'

Roosmarijns gezicht sluit zich toe. 'Met Rutger heb ik niets!'

Maaike zucht diep en bekommerd. Ze zou willen bidden nu, maar ook die weg is afgesloten. 'Roosmarijn, denk jij nog weleens aan God?'

Met een ruk heft Roos haar hoofd op. 'Meer dan me lief is! Ik wil het niet, het overkomt me. Ik wil God almaar bij me vandaan praten, maar dan draait het vaak uit op een soort gebed. Nou ja, geen echt gebed... Ik probeer het met God op een akkoordje te gooien terwijl ik tegelijkertijd niet meer in Zijn bestaan geloof.'

'Dat heb ik nou ook,' bekent Maaike zacht. 'Wat nu, Roosmarijntje?' Roos' gezicht wordt als een masker. 'We kunnen nu niet meer terug. Ik zou toch ook geen toekomst meer hebben gehad in de wetenschap dat de moordenaar van Melchior vrij rondloopt. Nee, mem, de tijd van kiezen is voorbij. Voorgoed.'

HOOFDSTUK 11

Ook Rutger Soterius begint in de 'mindere' buurt van Aerdenhout. Zijn geest staat op scherp, evenals zijn ogen, niets ontgaat hem. Hij knoopt hier en daar een praatje aan met jongelui die buiten staan te kletsen. 'Hoi, ik ben op zoek naar m'n meisje. Ze is samen met haar moeder hier in de buurt op vakantie. En nu wil ik haar verrassen.'
'Die moeder zeker,' lacht een brutaaltje met lange blonde krullen en felroze lipstick op. Ze kan hooguit twaalf zijn.
'Leuk hoor, maar even serieus, meiden. En wie weet kunnen jullie vriendjes me ook een beetje op weg helpen.'
'Kom je uit Groningen of zo, je praat zo raar!' zegt een jonge knul met drie oorringetjes en een brede grijns die een schitterend gebit laat zien. Hij is overduidelijk hét vriendje van dat kleine blondje; hij slaat z'n arm bezitterig om haar heen en kust haar dan vol op de mond. Zij duwt haar knokige heup stijf tegen hem aan.
'Ik kom inderdaad uit wat jullie het hoge noorden noemen. Je weet wel, waar alles zit dichtgeplakt met kranten. Volgens de westerlingen dan. Maar luister, ik zoek m'n vriendin. Ze heeft heel lang roodblond krulhaar en sproeten, en ze is heel slank. Tamelijk lang. Mooie meid in elk geval. En haar moeder, tja, die heeft juist heel donker haar. Ze is een beetje dik, niet echt hoor, en...'
'Nou,' valt een klein jochie met felbruine ogen hem in de rede, 'm'n vader zei laatst dat er hier twee van die wijven, eh, vrouwen rondliepen. Heel truttig, die ene had een knot, en die ouwe zo'n walgelijk pak. Hoe noem je zoiets ook alweer, Hestertje?'

'Een mantelpak.' Hester haalt haar kleine wipneusje op en duwt haar wat al te handtastelijke vriendje van zich af. 'Doe effe normaal, Eddie. Hou je maar in tot vanavond, hoor!'

'Maar die met die knot – ze had trouwens een idiote donkere bril op – die had wel sproeten. Nee, heb ik zelf niet gezien, m'n broer zei dat. Ze waren binnen geweest bij m'n ouders, en m'n broer was ook thuis.

Ze liepen met van die stomme koffertjes en ze deden een soort etiket, nee, het was een ander woord. Heel dure lui, van een universiteit geloof ik.'

'Een enquête?' vraagt Rutger gretig.

'Ja, dat was het. Ging over, hoe noemen ze dat... criminaliteit? Ja, zo noemden ze dat. Zei m'n pa. Nou ja, en verder gingen ze heel het dorp door, ook bij die rijke stinkerds. Je hebt daar lui, nou, die hebben een huis waar het onze wel tien keer in past. En dan nog een zwembad erbij, en van die asociaal grote tuinen, met een tuinman natuurlijk. Nou ja, ik zou d'r niet eens willen wonen. Daar woont die engerd ook, Sander Westerweel. Dat is die gozer die d'r eentje om zeep geholpen heb. Liep altijd al met messen te zwaaien. Wij vreten ook weleens wat uit, maar we vermoorden geen mensen!'

Dit is het goede spoor, weet Rutger. Hij wil er als een speer vandoor, richting 'rijke stinkerds', maar de jongelui houden hem nog wel tien minuten aan de praat. Uiteindelijk weet hij zich van het groepje los te maken. Hij geeft ze nog een tientje en zegt: 'Omdat jullie mij zo goed geholpen hebben!'

'Je bent een toffe peer! En hoe je praat, da's best wel gaaf!' roept eentje hem na.

Een enquête dus... Roosmarijn is inderdaad een slimme meid. Maar van de universiteit? Hoe heeft ze dát voor elkaar gekregen, en hebben ze zich kunnen legitimeren? Maar goed, daar komt hij later wel achter. Het is nu zaak uit te zoeken waar die familie Westerweel woont; in elk geval in de 'kouwe-kakbuurt'.

Hij heeft totaal geen oog voor het fraaie weer, het getjilp van de vele vogels, en de bloesems die met hun pracht pronken. Hij beent met grote stappen voort, ondertussen piekerend over hoe hij een en ander zal moeten aanpakken. Aanbellen bij die mensen, als hij er eenmaal achter is wat hun adres is? Hij kan zich goed voorstellen dat die familie al meer dan genoeg 'bezocht' is de afgelopen maanden.

Na enig speurwerk vindt hij de enorme villa, maar hij besluit niet meteen aan te bellen. Eerst de boel maar eens een poos observeren, letten op de gaande en komende man en vrouw. Later kan hij altijd nog... Hij kijkt op als hij de met koper beslagen voordeur van de villa hoort dichtvallen en spert vol ongeloof zijn ogen wijd open. Daar komt Robien, het hoofd gebogen, haar gang traag. Zijn eerste impuls is op haar toe te rennen, haar naam te schreeuwen. Maar hij beheerst zich, hij zal haar aanspreken zodra ze buiten het zicht én het gehoor van die Westerweels is.

Zij merkt hem niet op, diep in gedachten verzonken als ze is. Hij volgt haar op enige afstand, en pas bij de hoek roept hij zachtjes haar naam. Ze blijft stokstijf staan, en keert zich dan langzaam om. Haar mond valt open, haar wenkbrauwen worden twee hoog opgetrokken, clowneske boogjes.

'Doe je mond dicht, famke, dit staat zo onnozel.'

'Rutger, hoe... wat doe jíj hier?!'

'Hetzelfde als jij, vermoed ik. Maar kom, ik geef je een arm, je staat te zwaaien op je benen en je ziet zo witjes. We zoeken een gelegenheid om iets te eten en te drinken. Ik weet wel iets; ik heb hier al heel wat uren rondgekeken, heel het dorp te voet gedaan.'

Robien knikt en gaat zwijgend naast hem lopen.

Als ze eenmaal achter hun koffie met appelpunt zitten, beginnen ze tegelijk te praten.

'Jij eerst,' sommeert Rutger.

Robien houdt haar hoofd wat schuin, en kijkt hem nadenkend aan.

'Je bent veranderd, Rutger Soterius. Niet meer dat verlegen jochie van vroeger. Hoe...?'

'Dat vertel ik je later wel. Ik wil eerst weten hoe jij hier verzeild bent geraakt.'

'Nou, ik ben er natuurlijk achter gekomen dat Roosmarijn en haar moeder vertrokken waren, zonder ook maar één enkele aanwijzing. Die brief aan Evie heb ik gelezen, en Roos' vader heeft mij de rest verteld. Eerst was ik nog kwaad dat ze mij niet meteen op de hoogte gesteld hadden. Maar ach, die man is zo kapot, die voelt zich compleet machteloos in deze rotsituatie. En Evie kan ik toch eigenlijk ook niks verwijten, die doet zo haar best de boel daar nog een beetje gezellig te houden. Nou ja, dat is het juiste woord niet, maar je snapt me wel... Hoe dan ook, ik heb meteen vrij genomen en door logisch nadenken kwam ik op het idee hier in Aerdenhout m'n licht op te steken. Om te voorkomen wat ze van plan zijn. Het is immers te erg voor woorden...'

Ze huilt ingehouden, Rutger laat haar begaan, hij legt alleen maar zijn hand over haar koude vuisten.

Zij herneemt zich, en zegt nog wat hees: 'Stel je voor, Rutger, dat we te laat zijn! Want ik neem aan dat jij met hetzelfde doel hier bent als ik.'

Hij knikt. 'Hoe ben jij achter het adres van die familie Westerweel gekomen?'

'Hier en daar wat gesprekjes op straat, en binnen twee uur was ik erachter. Heel die onverkwikkelijke toestand leeft hier natuurlijk nog altijd. Moet je denken: zij hebben hier iemand wonen die niet terugdeinst voor moord... Er is nog vrij veel angst, ook onder de inwoners, dat voel je meteen.'

Weer knikt Rutger bevestigend en dan vertelt hij zijn verhaal. Tot besluit zegt hij: 'Nu kunnen we samen verder, Robien. Ik bid God dat we nog een kans hebben. Dat we nog tijd hebben om het onheil af te wenden.'

Roosmarijns opzet is geslaagd. Ze gaan als heilsoldaten door het dorp, mét collectebus. Elke dag tegen halfzes, wat een voor de hand liggend tijdstip is. De meeste mensen zijn dan thuis.

Elke dag. Ja, want drie avonden en nachten hebben niets opgeleverd. Geen spoor van Sander Westerweel.

'M'n voeten,' kreunt Maaike als ze weer op pad gaan.

'Volhouden, mem! Het is nu vrijdag, en het zál lukken deze week. Ik vóel het gewoon. Bovendien, die vader zal zoonlief wel van haver tot gort kennen en aardig kunnen inschatten wanneer hij weer opduikt. Met z'n stinkwas en om z'n hand op te houden. De etter.'

'Wat een vreselijk woord, Roos. Zou die knaap dan totaal geen geweten hebben? Is ieder mens in principe niet... hoe zeggen wij dat in onze belijdenis? O ja, geneigd tot alle kwaad? Is het dan toch Gods geest die ons in staat stelt het goede te doen?'

'Onze belijdenis?' zegt Roosmarijn schamper. 'Nou, wat mij betreft is dat passé, hoor. Bah, mem, hou alsjeblieft op met dat vrome gezever. We hebben nog vermoeiende uren voor de boeg. Dus, doe me een lol...'

Even zwijgt Maaike, dan gooit ze eruit: 'Maar Roosmarijn, al zou het onze belijdenis niet meer zijn... wat wij nu gaan doen, dat is toch puur slecht? Dat is toch het Kwaad zelf? Of wilde je dat ontkennen?'

Roosmarijn rammelt met haar collectebus, en zegt dan scherp: 'Je zult wel gelijk hebben, maar in dit geval heiligt het doel élk middel. Zo denk ik erover. Kom op, we moeten verder.'

Halftwee 's nachts. Maaike is kapot en verzucht: 'Roosmarijn, ik kan niet meer, laten we gaan. Die lui hebben vast en zeker hun lieve zoontje gewaarschuwd. Ze zijn ons natuurlijk naderhand gaan wantrouwen. We moeten het opgeven, famke.'

Roosmarijn rilt. Na een frisse, zonnige dag is het nu koud. En ook zij is moe, hondsmoe. Maar opgeven? Nooit! 'Als jij niet meer meedoet, mem, bel dan een taxi en ga. Maar ik blijf hier, en morgennacht sta ik zo nodig opnieuw hier te blauwbekken. Nou, gá dan.'

'Nee.'

'Oké. Weet je wat? Jij gaat een tijdje in de auto zitten, niet op de bestuurdersplaats hoor! Je doet twee plaids om en neemt koffie. Voor je het weet ben je weer opgewassen tegen...' Ze zwijgt abrupt, en legt snel haar wijsvinger tegen mems lippen. Het geluid van een brommer dringt zich langzaam maar zeker in de stilte van de nacht.

'Daar zul je hem hebben,' zegt Maaike bibberend.

'Sst. Hou je koest, mem! Nu komt het erop aan. En fluisteren graag.'

De vermoeidheid valt van Roosmarijn af, ze staat alert van top tot teen achter een van de hoge cipressen.

'Wat doen we,' fluistert Maaike, 'ga jij naar de achtertuin of...'

'Ja, jij blijft hier. En alsjeblieft, houd je hoofd erbij, mem. Eindelijk wordt ons wachten beloond.' Voor ze wegsluipt, herinnert ze haar moeder aan het afgesproken teken; zijzelf zal een keffertje nadoen en mem zal 'Bello, híer' roepen als een van beiden 'beet' heeft.

Terwijl Roosmarijn zich een weg baant door het struikgewas, zo zachtjes als ze maar kan, moet ze, zoals vaker de afgelopen dagen, zo'n akelige lachkriebel bedwingen. 'Bello, híer' nota bene! Het lijkt verdraaid wel een derderangstoneelstuk dat ze opvoeren! Maar het lachen vergaat haar voordat ze maar een geluid heeft kunnen maken, want ze beseft eens te meer dat het hier niet om een spel gaat. Dit is bittere ernst.

Ze tast naar het mes in haar rechter jaszak, controleert of ze links het al gebruiksklare spuitbusje met haarlak voelt. Ja, ze is helemaal voorbereid, en mem is van dezelfde attributen voorzien. Als zij zich nu maar kalm weet te houden, als mem maar niet...

Ze bevindt zich nu op de grens van de tuinen van Wessels en Westerweel. Haar ogen zijn aan het duister gewend en ze kijkt. Kijkt intens en luistert. Ja, de brommer komt deze kant op! Hé, nu slaat-ie af, wat... Ze voelt zich slap worden van teleurstelling, tot ze zich realiseert dat die knaap slim genoeg is om niet helemaal tot zijn ouderlijk huis door te crossen. Ah, dat biedt perspectieven voor later; als hij eerst een stuk loopt, kunnen ze hem dwingen in de auto te gaan zitten. Maar hij kan zelf natuurlijk ook gewapend zijn.

Ineens duikt ze weg. In de bijkeuken gaat een lamp aan, geen sterke. Maar toch! Papa Westerweel heeft z'n lieverdje natuurlijk ook al horen aankomen, die zal 's nachts ook niet veel rust krijgen. Haar oren staan op scherp. Ja, voetstappen! Heel zacht weliswaar, maar zij heeft een meer dan gemiddeld gehoor en daarbij heeft ze prima ogen. Zij herkent de lange, slungelachtige gestalte, ietwat gebogen. Een bult over z'n schouder; de zak met vuile was, natuurlijk. Nu is hij vlak bij haar. Ze houdt haar adem in en maakt geen enkele beweging tot hij in de bijkeuken verdwijnt.

Ze sluipt terug naar de hoek en keft kort maar krachtig. Nu weet mem dat ze Sander Westerweel gesignaleerd heeft! Gebogen schuifelt ze terug naar haar schuilplaats tussen de hoge, bladerrijke struiken; rododendrons waarschijnlijk. Ze wacht en wacht, krijgt pijn in haar rug en maakt zich ondertussen zorgen over haar moeder. Als mem maar geen onverwachte actie onderneemt, geen domme dingen doet! En het licht in de bijkeuken is al een tijdje uit. Blijft die schoft vannacht thuis, lekker in z'n eigen bedje? Heel voorzichtig komt ze iets overeind, en strekt even haar benen. Ze kan een kreet van pijn amper binnenhouden. Ze moet op de een of andere manier een beetje in beweging zien te blijven; straks, als ze tot actie moet overgaan kan ze geen slapend been gebruiken! Nee, haar waakzaamheid mag nu niet verslappen.

De tijd kruipt voorbij. Ze kijkt op de fluorescerende wijzerplaat van haar horloge: halfdrie. Die knul is nog maar nauwelijks een kwartier binnen. En ze is zo koud, zo moe... Juist als ze dreigt weg te zakken in een lichte sluimering, ritselt het achter haar. Ze schrikt heftig, haar hart slaat op hol. Dan ziet ze nog net de schim van een kat. Roosmarijn legt een hand op haar borst en ademt zachtjes puffend uit. Ze is zich lam geschrokken. Toch mag ze dat beest wel dankbaar zijn, want...

'Bello, híer!'

Die smiecht probeert dus via de voorkant het hazenpad te kiezen! Zo snel als ze kan sluipt Roosmarijn langs de zijkant van het enorme huis, en kijkt bij het hekje de allee in, daar gaat hij! Gelukkig loopt hij richting de auto. Hij heeft z'n brommer zeker ook vlak om de hoek gezet. Mem... zou ze zich al in de auto verscholen hebben?

Die lange slungel zet er stevig de pas in, maar zij doet niet voor hem onder; ze heeft een uitstekende conditie! Daar loopt hij, de moordenaar van Mels. Waarschijnlijk hebben z'n ouders toch weer met hun hand over het hart gestreken en hem poen meegegeven. Ja, die arme jongen moet toch ook eten... Nou, dat zal voor die 'arme jongen' niet lang meer nodig zijn! Ze loopt zo dicht mogelijk langs de tuinen, zodat ze – indien nodig – weg kan duiken. Maar hij kijkt op noch om. Hij waant zich veilig, dat rotjong. Langzaam maar zeker haalt ze hem in. Mem ziet ze niet, dus die zal inderdaad al wel in de auto zitten.

Nu de hoek om... Daar staat inderdaad een brommer. En iets verderop de auto. Nu! Nú moet ze handelen. Ze haalt haar wapen uit haar jaszak, en klemt het heft stevig vast.

'Geen geluid,' fluistert ze scherp, terwijl ze met de punt van het vlijmscherpe mes tegen zijn jas duwt, niet al te zacht-zinnig.

Een gesmoorde kreet. Dan draait hij zich vliegensvlug om en zodra ze in de ogen van de moordenaar van haar broer kijkt spuit ze. Hij slaat zijn handen voor de ogen en kermt. Een metalen voorwerp klettert tegen de stenen; een oorver-dovend lawaai in de diepe nachtelijke stilte.

'Omkeren en lopen!' sist ze, en ze kijkt snel even over haar schouder. Een pistool! Nou, dat kan hij dus wel vergeten! 'Geen geintjes, hup, naar die auto! Ik heb een compagnon, dus ik zou maar precies doen wat je gezegd wordt, schoft!'

Nog tien meter, nog vijf, nog één...

Ze zwaait het achterportier open, en duwt hem naar binnen. 'Liggen, en geen kík!' Snel schuift ze naast hem, met het mes tegen zijn slaap.

'Alles in orde?' vraagt ze Maaike.

'Ja.' Het klinkt vlak maar kalm.

'Goed, jij achterin bij deze fijne jongen. Houd je wapen in de aanslag. Zodra jij hem onder controle hebt, stap ik ach-ter het stuur en verdwijnen we.'

Sander Westerweel biedt vooralsnog geen verzet.

Het starten van de wagen klinkt Roosmarijn als een pistoolschot in de oren. Snel rijdt ze langs het park, en zegt dan zonder om te kijken: 'Zo, jochie, vertel jij ons maar eens even hoe we moeten rijden naar jouw veilige nestje?'

De jongen zwijgt.

'Moet je een leuk krasje op je mooie gezicht?' vraagt Maai-ke zacht maar zonder mededogen.

Sander Westerweel kiest eieren voor zijn geld. Hij schraapt zijn keel en geeft aanwijzingen, monotoon, soms amper verstaanbaar.

'Laat ik niet merken dat je zomaar wat zegt,' dreigt Roos-marijn. Ze voelt zich triomfantelijk en onoverwinnelijk; met mem samen heeft ze de zaak volledig onder controle!

Eenmaal buiten het dorp draaien ze op aanwijzing van Sander Westerweel een zandpad op, dat slecht verlicht is.

'Hier vlakbij is een complex met tuinhuisjes,' zegt hij op nog steeds die vlakke toon.

'Zo, meneer heeft een vakantiehuisje. Fijn toch, zo'n rijke pa en ma! Goed, hoe nu?'

Nog geen tien minuten later zijn ze binnen. Een klein houten huisje met een aardige lap grond eromheen. Donkergroene luiken bedekken de ramen. Als hij het licht aandoet op bevel van Maaike, knipperen ze alle drie met hun ogen, na al dat duister.

'Zo,' zegt Roosmarijn honend, 'meneer heeft het goed voor elkaar hier. Een leuk zithoekje, een televisie, een video.' Ze loopt rond terwijl haar moeder haar mes tegen de slaap van de jongen gedrukt houdt. 'En kijk toch eens, een cd-speler, en hier, een welgevulde koelkast. Tjonge, een comfortabele bedbank, zelfs een kachel! Nou, dat is heel wat beter dan achter de tralies van de Bijlmerbajes, hè?'

'Zitten!' commandeert Maaike, 'we zullen ons eerst eens even netjes voorstellen. Och, trek eerst je jack even uit. Roos, kijk je even of meneertje nog ander wapentuig bij zich heeft, zou me niks verbazen.'

De jongen doet zwijgend wat hem gezegd wordt.

Roos doorzoekt de vele zakken en oogst twee messen.

'Zo, dat hadden we kunnen weten.' Dan haalt ze de grote foto van Mels tevoorschijn en duwt hem die onder de neus.

'Komt je zeker wel bekend voor.'

Sander schokschoudert. Uit de blik in zijn ogen kan Roos niets opmaken.

'Zeg het!' Ze schreeuwt nu.

'O, hij lijkt wel wat op die halfzachte gozer die ik een beetje gekieteld heb.'

'Een beetje gekieteld! Deze 'gozer' hier, dat is… nee wás, de zoon van die mevrouw naast je, en mijn broer. Melchior heette hij. Jij hebt hem vermoord en daarvoor zul je boeten.'

Hij haalt onverschillig zijn schouders op.

Dan verliest Maaike haar moeizaam afgedwongen zelfbeheersing, ze haalt uit en kerft over dat gehate gezicht, van Sanders wenkbrauw tot aan zijn kin.

'Mem, niet doen!' schreeuwt Roosmarijn paniekerig.

Maaike is gaan staan, ze richt zich op en staat als een furie voor Sander.

De jongen heeft geen kik gegeven, hij houdt alleen maar zijn hand tegen zijn gekwetste wang.

Roosmarijn ziet het bloed tussen zijn iets gespreide vingers vandaan druppelen en wordt misselijk; ze moet mem zien te stoppen, dit kan niet verder gaan! Ze kan die schoft niet zien vermoorden, laat staan dat ze er zelf toe in staat is! Ze gilt als mem opnieuw uithaalt, en klemt dan haar handen als een schroef rond haar moeders stevige bovenarm.

'Niet doen, mem! Luister, hij zou er te makkelijk afkomen. Hij gaat binnenkort wel weer de fout in. Deze mislukkeling komt ten slotte heus wel achter de tralies terecht!'

Maaike gromt: 'Laat me los!' en spuugt de jongen vol in het gezicht. Nog altijd even kalm veegt hij het speeksel, dat zich vermengt met het bloed, weg. 'Het maakt mij niet uit wat je doet,' zegt hij onverschillig. 'Het leven is een zootje, en ik ben niet bang om te sterven. Alles laat me koud. Ik heb er al meer bijna om zeep geholpen, en dat zoontje van jou... och, dat was *a piece of cake*. Bovendien had ik m'n gabbers om een handje te helpen. En nu heb ik zin in een stickie, ook eentje?'

Maaike rukt zich los, en haalt opnieuw uit met het mes. Op dat moment wordt er hard op de deur gebonkt. Zij verslapt en valt voor de bank waarop Sander Westerweel zit flauw.

Roos schat de situatie in. De jongen blijft gewoon zitten, hij doet geen poging om het mes dat mem heeft laten vallen te pakken te krijgen. Opnieuw wordt er gebonkt, en dan hoort ze haar naam schreeuwen. Snel raapt ze het mes op, loopt op rubberbenen naar de deur en staat dan oog in oog met Rutger Soterius. En achter hem staat Robien, met grote, angstige ogen.

Robien overziet de situatie in een oogopslag. Rutger staat verwezen in de kleine ruimte.

'Wij zijn jullie gevolgd op die brommer,' legt Robien rustig uit. 'Even zaten we verkeerd – het is hier ook aardedonker – maar ik zie dat we net op tijd zijn.' Hoewel ze een zekere rust uitstraalt trilt haar stem.

'Je bent te vroeg!' schreeuwt Roosmarijn. 'En jij, Rutger, wat doe jíj hier in vredesnaam?'

'Ik kom hier met hetzelfde doel als Robien,' zegt hij scherp. 'Ik heb daar geen spijt van en dat zal ik nooit krijgen ook!'

'Je moeder komt bij,' zegt Robien. 'Roos, geef haar wat water. Is er hier een medicijnkastje? O, achter de koelkast, zie ik. Ik zal even kijken of er pleisters zijn.'

'Je gaat die moordenaar toch niet netjes verbinden?' zegt Roosmarijn huilend, volledig overstuur nu.

'Hou je koest, Roos.' Tegen Sander zegt ze: 'Heb je ook iets van sterke drank hier? Jonge jenever? Prima. Nee, blijf zitten. Ik zal voor ons allemaal een borrel inschenken. Rutger, hou jij die knaap even heel goed in de gaten? Dan zal ik zijn wond ontsmetten en keurig pleisters plakken. Nee, ik duld geen tegenspraak!'

Als ze haar voornemens heeft uitgevoerd – Rutger moest Roos dwingen wat van de jenever te drinken – zegt Robien: 'Zo, allemaal zitten. Ik moet even met je praten, Sander Westerweel. Ik ben Robien Wijngaarden. Ik zou dit jaar nog trouwen met Melchior Walda, de man die jij in koelen bloede vermoord hebt. En het liefst zou ik willen dat we inderdaad te laat gekomen waren. Tenminste, iets in mij... Maar weet je, het zou te makkelijk zijn geweest. Ik denk dat het jou allemaal niet zoveel kan schelen; je doodt en je laat je eventueel doden. Maar nu, Sander, nu heb je levenslang. Je zit niet voor niks hier ondergedoken. Jij zit midden in je eigen oorlog, jongen. Last van je geweten zul je niet hebben, en je bent toch bepaald niet bang uitgevallen. Waarom verschuil je je dan hier? Waarom ga je niet naar de plaats van het misdrijf en laat je je niet lynchen door een woedende menigte? Maar nee, dat durf je niet, hè? Toch bang, nietwaar? Weet je wat jíj bent: een zielige stakker, en daarbij nog een lafaard ook. Kom, wij gaan, ik kan je smoel niet meer zien. Een goede raad nog: laat je ouders en zus met rust. Je hebt al genoeg levens verpest. Gegroet.'

Als Sander niet reageert, zelfs niet met z'n ogen knippert, zegt ze dwingend: 'Kom, mensen, we vertrekken vanhier. Aan dit wezen is geen eer te behalen. Of wou je je handen vuilmaken aan zo'n waardeloos sujet? Nee toch zeker.'

'Maaike, gaat het weer? Rutger, ondersteun jij haar? Roos, kom op, jij redt jezelf wel.'

Ze schopt het mes over de vloer richting Sander Westerweel en zegt: 'Alsjeblieft, ga daar maar fijn mee spelen. Voor mijn part snij je je polsen door, opgeruimd staat netjes. En nu gegroet en hopelijk tot nooit meer ziens!' Roosmarijn is verbijsterd: die Robien!

Eenmaal in de auto heerst er een diep, donker zwijgen. Pas tegen de ochtend, als ze gevieren kleumerig langs het strand bij Bloemendaal lopen, komt het tot een gesprek.

HOOFDSTUK 12

Herfststormen hebben een vroegtijdig einde gemaakt aan de zomer en eind augustus arriveert een nieuwe depressie met slagregens. Er lijkt geen eind aan te komen.

'Weet je nog van die storm, Roos, toen us Mels nog leef-de?'

'Ja, Willeke, dat zal ik niet gauw vergeten.'

'Jammer, hè, dat mem almaar ziek blijft. En zij wil mijn boek niet lezen. Robien heeft het gelezen, en jij en Rutger, en heit natuurlijk. O ja, en Evie...' Ze zucht diep. 'Zou die jongen weleens huilen, Roosmarijn?'

Roos kijkt haar kleine zusje peilend aan. Wat gaat er toch veel in dat koppie om! Ja, dat 'boek'; zíj was Floor, met die vaak te harde stem, 'die het meisje Esmeralda zeer deed er-gens in haar borst'. En Zilvertje was Robijntje. En dan Da-mian, de geliefde broer Melchior. Z'n kleine zusje had hem niet 'terug kunnen skrijven'. Nee, nooit meer zullen ze Mels' stem horen, zijn vertrouwde gezicht zien. Niet hier op aarde...

'Zeg eens, Roos!'

'Och liefje, het spijt me. Wat had je ook alweer gevraagd? O ja, of die jongen weleens zou huilen. Ik... ik weet het niet, Mijntje. Maar zijn vader en moeder en zusje wel. Dat weet ik zeker!'

'Eigenlijk is die jongen meer dood dan us Mels.'

Roosmarijn wil uitvallen, maar dan ervaart ze een diepe sensatie van verwondering; heeft dat lytse famke feitelijk niet gelijk? Melchior leeft niet meer hier, hij is bij zijn he-melse Vader. Thuis, voorgoed. Sander Westerweel... zal hij ooit ergens thuis zijn?

'Ik vind het zo fijn dat jij weer in Jezus gelooft. Denk je dat mem ook weer gaat geloven? Ik vraag het elke morgen en elke avond aan God.'

Roosmarijn zucht. 'Ik ook, Willemijntje. En heit, en pake Van Alkmade... Dat moeten we ook blijven doen en weet je, God kan véél meer dan mensen. Dat weet ik wel zeker.'

'Dus hij had Mels ook weer levend kunnen maken, net als Lazarus uit de bijbel.'

'Ja. Maar God had Mels liever bij zich. Voor ons is het moeilijk, famke, en voor Robien. Maar zij is een flinkerd, vind je ook niet?'

'Ja, echt wel! Maar ik vind jou ook flink, want je probeert almaar weer met mem te praten en soms doet ze zo lelijk tegen jou. En tegen heit ook. Alleen voor mij is ze wel lief. Vreemd en ver, maar toch wel lief.'

'Ja, gelukkig wel. Ze houdt heus veel van jou, hoor, en ook van heit en van mij. Maar het duurt misschien nog wel heel lang voor ze weer beter is. Gelukkig dat heit weer helemaal is opgeknapt, hè, Mijntje?'

'Ja, maarre... ik vind het toch zielig voor heit dat mem nou zo ziek in haar hoofd is. En ik vind die buurvrouw helemaal niet aardig. Ze zet altijd de meubels op de gang als ze komt schoonmaken.'

'Mijntje! Wees nou maar blij dat mevrouw Zijlstra zoveel voor ons doet. Ik heb het te druk met m'n werk en nu ik weer studeer...'

'Ja, en je moet toch af en toe uit vrijen met Rutger!' Mijntje schatert, en slaat dan haar handje voor haar mond: 'Oef, mem kan niet tegen geluiden, toch?'

Rutger, denkt Roosmarijn dankbaar. Liefste, als ik jou niet had! En dan haar trouwe vriendin Evie, die haar al haar streken grootmoedig vergeven had. Vergiffenis... Bijna had zij een medemens om het leven gebracht. God had haar en mem voor die daad behoed, en ze is er nog elke dag dankbaar voor. Af en toe vlamt de haat hoog op, en soms, in zwarte dromen, is daar de grijnzende, bebloede tronie van Sander Westerweel.

Ze staat abrupt op en zegt gedecideerd: 'Kom, famke, ik heb nog veel te doen en vanavond ga ik met Rutger naar pake. Het is altijd fijn bij hem, vind je ook niet?'

Willemijntje knikt heftig, dan komt er een kuiltje in haar bolle wang: 'Weet je wat Minze altijd zei als-ie weer ging werken? 'Kom, kinders, den plicht roept!' '

Roos lacht en knuffelt haar zusje. 'Nou, dat kan ik hem wel nazeggen nu. En morgen ga ik weer naar 'mijn mensen' in het ziekenhuis. Dat is ook plicht, maar leuker dan studeren, hoor.'

'Eh ja. Mag ik nog één dingetje vragen?'

'Tuurlijk.'

'Denk jij ook dat Minze op Evie valt?'

Opnieuw schiet Roosmarijn in de lach, dat lekkere eigenwijsje! 'Tja, ik weet het niet... Evie valt in elk geval wel op hem, en ik weet ook dat Minze toen hij nog hier werkte ineens heel vaak naar Groningen moest.'

'Dus dat wordt wel wat,' besluit Willemijntje.

'Gekke meid! Weet je, jij moet echt verdergaan met je boek, hoor. Want nu kun je toch veel meer vrolijke dingen schrijven. Beloof je dat?'

Mijntje fronst licht. 'Maar dat van mem... En zal ik jou dan gewoon Floor blijven noemen, en Robien Zilvertje en Mels Damian?'

'Dat mag jij beslissen, meisje-eigenwijsje. En nu moet ik écht aan de slag, want...'

'Den plicht roept, kinders!' schalt Willemijntje.

Als Roosmarijn naar haar kamer loopt, glimlacht ze wat weemoedig.

Er is vreugde in haar leven gekomen, jazeker. Maar ook is er nog zo veel verdriet. Om Mels, om mem ook... Maar kom, aan de studie, ze zál dat certificaat Frans halen!

Op haar bureau valt haar onmiddellijk het geopende tuinboek op. Er ligt een briefje van Robien bij.

Lieve Roosmarijn,
Weet je nog? Toen ik sprak op Melchiors rouwdienst had
ik het over bloemen die zelfs in de nacht bloeien. Ik be-
doelde dat toen symbolisch.
Maar nu heb ik ontdekt dat zulke bloemen écht bestaan.
Hier is de foto. Lees ook eens de korte beschrijving.
Roos, ik heb het vaak moeilijk, meer dan mensen aan mij
merken.
Maar dankzij Gods zorg voor mij kan ik verder. En zeker
nu ik weet dat er zelfs in de nacht bloemen hun hart laten
zien.
Liefs,
Robien.

'Rutger, kijk eens...' Haar stem klinkt ademloos als zij het
geopende tuinboek op zijn schoot legt. 'Mooi, hè? Nachtschone, *Mirabilis jalapa*. Lees maar eens wat erbij staat.
Doe maar hardop.'
Rutger ziet haar ogen glinsteren, streelt haar haren en leest
met zijn warme stem: 'De nachtschone of vieruursboom
komt van oorsprong uit Midden- en Zuid-Amerika. Maar
net als vele andere exotische planten heeft de *Mirabilis* allang zijn weg gevonden naar Hollandse tuinen en parken.
De naam 'nachtschone' is veelzeggend: de bloemen openen
zich in de namiddag en gaan pas bij het aanbreken van de
volgende dag weer dicht.'
Hij legt het boek naast zich op de grond en neemt zijn
meisje in zijn armen. 'Roosje, jij bent voor mij de schoonste bloem, maar dit... dit is wel heel bijzonder! Weet je...
ik heb een plan. Wij gaan ervoor zorgen dat die bloemen
bij Mels' graf geplant worden. En dan gaan we elke zondag in de namiddag naar de begraafplaats, naar Mels'

plekje daar, en dan wachten we tot de bloemen zich openen. Later, als we thuis zitten, dan weten we dat ze de hele nacht voluit zullen bloeien. Dat zal een goed gevoel zijn, Roosje. En wie weet kunnen we mem eens meekrijgen.'

Roosmarijn voelt hoe haar ogen vollopen. Ze slikt een paar maal en zegt dan: 'Rutger, ik mis Melchior nog elke dag, maar ik ben zo blij dat ik jou heb. En dat er bloemen bloeien, zelfs in de nacht!'